벌거숭이들

はだかんぼうたち
by Kaori Ekuni

Hadakanbôtachi
Copyright ⓒ2013 by Kaori Ekuni
First published in Japan in 2013 by KADOKAWA CORPORATION, Tokyo
Korean translation rights arranged with Kaori Ekuni
through Japan Foreign-Rights Centre/Shinwon Agency Co.

이 책의 한국어판 저작권은 Japan Foreign-Rights Centre사와 신원에이전시를 통한
독점계약으로 (주)태일소담에 있습니다. 저작권법에 의해 한국 내에서 보호를 받는
저작물이므로 무단 전재와 무단 복제를 금합니다.

벌거숭이들

펴 낸 날 | 2017년 2월 10일 초판 1쇄

지 은 이 | 에쿠니 가오리
옮 긴 이 | 신유희
펴 낸 이 | 이태권

책임편집 | 박송이
책임미술 | 양보은

펴 낸 곳 | (주)태일소담
　　　　　서울특별시 성북구 성북로8길 29 (우)02834
　　　　　전화 | 02-745-8566~7　　팩스 | 02-747-3238
　　　　　등록번호 | 1979년 11월 14일 제2-42호
　　　　　e-mail | sodam@dreamsodam.co.kr
　　　　　홈페이지 | www.dreamsodam.co.kr

ISBN　　　979-11-6027-007-5 03830

이 도서의 국립중앙도서관 출판시도서목록(CIP)은 서지정보유통지원시스템 홈페이지
(http://seoji.nl.go.kr)와 국가자료공동목록시스템(http://www.nl.go.kr/kolisnet)에서
이용하실 수 있습니다.(CIP제어번호: CIP2017001622)

• 책값은 뒤표지에 있습니다.
• 잘못된 책은 구입하신 곳에서 교환해드립니다.

はだかんぼうたち

벌거숭이들

에쿠니 가오리 지음

신유희 옮김

소담출판사

|차례|

11월

모모가 귀가했을 때는 저녁 무렵이었다.

엊저녁부터 내리고 있는 비는 그칠 기미가 없고 현관문을 여는 동안에도 접은 우산 끝에서 물이 뚝뚝 떨어졌다. 핸드백을 먼저 현관 턱에 내려놓고, 조문객들에게 나눠준 종이 가방에서 소금이 든 작은 봉지를 꺼낸다. 봉지를 찢어 소금을 손바닥에 붓고, 모모는 자신의 양어깨에 두 차례 팍, 팍, 뿌렸다. 격식 있는 옷차림일 때만 신다 보니 아직 길이 들지 않은 구두를 벗고, 짐을 주워 들고 안으로 들어간다. 어둑어둑했지만 불은 켜지 않는다. 밤이 되는 것을 조금 더 늦추고 싶었다. 히비키는 참 대견하다. 모모는 젖은 스타킹을 벗어 세면실 바구니에 넣으며 그렇게 생각한다. 갑작스레 모친상을 당해 흐느껴 울면서도 마지막 가시는 길을 잘 배웅해낸 친구에게 경의와 애도의 뜻을 표하고, 아울러 이번 일을 스스로 떨쳐내고자.

죽은 사람을 되살릴 수는 없다고 모모는 생각한다. 그러니 이제 생각은 그만하자고.

"모모, 믿어지질 않아, 그 아줌마."

히비키는 모모를 보더니 그렇게 말했다.

"죽여도 죽지 않을 여자라고 생각했는데."

모모의 어깨에 얼굴을 묻은 채 오열하면서. 슬프다기보다 육체적인 고통에 허덕이는 듯한 목소리였다. 모모가 할 수 있는 일은 그저 서서, 온몸으로 열을 발산하는 듯한 친구의 커다란 몸을 끌어안아주는 것뿐이었다.

자기 엄마를, 다른 곳도 아닌 그 장례 자리에서 '아줌마'라 부르다니, 혹시라도 모모 엄마가 그 소리를 듣는다면 기겁하며 눈살을 찌푸릴 게 틀림없지만, 돌아가신 분이 만약 모모 엄마였다면 히비키는 모모와 모모 엄마 때문에 가슴이 아파 모모 이상으로 울었을 것이다. 그 모습을 상상하고 모모는 어깨를 으쓱한다. 엄마가 옛날부터 히비키를 마땅찮아 한다는 것을 알고 있기 때문이다. 하지만 히비키는 그런 엄마를 '모모 마미, 모모 마미' 하고 부르며 마음 깊이 따른다.

코트를 벗고 상복을 벗는다. 빨간 스웨터에 청바지로 갈아입은 모모는 헤어클립으로 머리카락을 고정한 후 손을 씻고 양치를 했다. 화장을 깨끗이 지우고 세수까지 하고 나니 개운해졌다.

직장에 전화를 걸어 별다른 문제가 없었는지 확인하고 고마움을 전한 후 전화를 끊었다. 모모는 치과의사다. 주상복합건물의 한 모퉁이에 자리한 치과클리닉을 2년 전에 아버지로부터 물려받았다. 모모 외에 치과기공사가 한 사람, 월급의사가 한 사람, 치위생사가 네 사람 있다. 아버지도 일주일에 하루는 나온다. 예전부터 보아온 환자를 진료하기 위해.

모모는 플레이어에 론 카터의 시디를 얹는다. 스위치가 파랗게 빛나고, 자신이 생각해도 너무 어둡다 싶은 방 안에 재즈 베이시스트가 연주하는 바흐 곡이 흐른다. 1991년에 녹음된 이 시디는 모모가 아끼는 한 장이다. 엄청나게 관대한 음악이라고 모모는 생각한다. 유혹한다기보다 맞아들이는 느낌이다. 온화하면서도 관능적인, 위험하지만 마음 편한 장소로.

사바사키를 떠올렸다. 자신만만하고 낙천적인 연하의 남자를.

6년간 사귀면서 서로의 가족들과도 허물없이 지내고, 언제가 되든 — 그리 머지않아 — 결혼할 예정이었던 남자와 모모가 헤어졌을 때 주위의 모든 이가 놀랐고, 솔직히 말하면 모모 자신도 내심 조금 놀랐다. 이시와를 좋아한 건 맞고, 못마땅한 구석이 하나도 없는 상대였다고 지금도 생각한다. 정열적인 연애라기보다는 피차 좀 더 이성적으로 상대를 골라잡았다는 자신감도 있었다.

그런 모모를 사바사키가 바꾸어놓은 것이다. 사바사키를 만나면서 비로소 모모는 자신이 어떤 인간인지 알게 되었다. 그것은 소녀 시절의 인격이기도 해서, 알게 된 것이 아니라 기억났다고 해야 하는지도 모르지만.

따라서 이시와와 헤어진 것에 대해 사바사키만은 놀라지 않을 거라 여겼다.

모모는 미소 지으며 양손을 들어 올리고 음악에 맞춰 천천히 팔을 움직인다. 지휘하는 듯이 혹은 헤엄치는 듯이. 그렇게 온 집 안을 돌아다니며 전등을 켰다. 거실, 복도, 부엌.

사바사키의 놀라는 방식은 우스꽝스러울 정도였다. 어, 하고 작은 소리를 내더니 뒤이어 자못 놀랐다는 듯이 어엇! 하고 큰 소리를 냈다. 만화 같은 동작으로 침대에서 상체를 벌떡 일으키고는 벌거벗은 채 모모의 얼굴을 올려다보았다. 모모는 서 있었다. 침대 옆에, 역시 벌거벗은 채.

"진짜? 헤어져버린 거야? 이시와 씨랑?"

기뻐하는 것처럼 보이진 않았다.

"모모 짱, 괜찮아?"

순수하게 걱정하는 표정으로 사바사키는 말했다.

괜찮아, 많이 생각하고 결정한 일인걸. 모모는 미소 띤 얼굴로 그렇게 말하며 사바사키를 안심시켜주었다. 아홉 살이나 어린 남자에게 달리 뭐라고 말해야 좋을지 몰랐다. 그렇지만 버림받은 기분이 들었다. 마치 얼음 조각을 삼켜버렸을 때 같았다. 보름 전 일인데도 그 얼음은 아직 목구멍에 걸린 채 전혀 녹을 기미가 없다.

바보 같으니.

사바사키에 관한 이야기를 만약 히비키에게 한다면 그렇게 말하며 기막혀 할 게 틀림없다고, 모모는 생각한다. 모모 너 정말, 바보 같은 짓에도 정도가 있지. 어린아이를 나무랄 때처럼 킬킬 웃으며 그렇게 잘라 말하는 그녀의 목소리도 말투도 또렷이 그려졌다.

배는 고프지 않았지만 모모는 저녁 준비를 시작한다. 론 카터의 손가락이 퉁기는 우드베이스의 따뜻한 소리가 방 안에 가득 차고, 모모는 그 소리에 힘을 얻는다. 원래부터 혼자였다고 생각한다. 이시와랑 헤어져 원래 상태로 돌아온 것뿐이다.

마늘을 썰고 양파도 썰었다. 당근과 샐러리도. 장례식에 다녀온 후이니 뭔가 맛있고 힘이 나는 것을 먹어야 한다고 모모는 생각한다. 나는 아직 살아 있으므로 그 점을 내 몸에 일깨워줘야 한다고. 하지만 이내, 그런 생각을 했다는 것에 가책을 느꼈다. 가장 친한 친구의 어머니가 돌아가셨다는데—.

넌 정말 에고이스트로구나.

모모는 오래전 엄마에게 그런 말을 들은 적이 있다. 뭘 해서— 혹은 무슨 말을 해서— 그런 소리를 들었는지 기억나진 않지만, 꽤 어렸을 때 일이다. 에고이스트라는 말은 그때 처음 들었는데 무섭고 기분 나쁜 말이라고 생각했다. 그리고 내가 그런 거로구나, 라고. 모모는 엄마와 벌써 몇 년 넘게 대화다운 대화를 해본 적이 없다.

엄마와 사이좋게 지내려 해봤자 시간 낭비다. 볶은 다짐육에 월계수 잎과 오레가노를 더해 다시 볶으면서 모모는 스스로에게 말한다. 이제까지 수도 없이 노력했다. 사고방식이 달라도 서로 존중하고 이해하는 일은 가능할 거라 여겼기 때문이다. 하지만 모모가 보기에 엄마에게는 그럴 의사가 전혀 없는 것 같았다. 엄마를 떠올리다니, 하고 모모는 생각한다. 아마도 장례식 때문에 감상적 기분에 젖은 것이리라. 아니면 6년씩이나 교제한 남자와 헤어진 지 얼마 안 된 탓에.

고독한 탓에. 아니면 단지 밖에 비가 내리는 탓에.

섹스가 하고 싶다고 모모는 생각했다. 오늘 밤은 너무 너무 너무 섹스가 하고 싶다고. 사바사키가 보고 싶었다. 전화하면 그가 와줄 거란 것도 안다. 찾아와서 이시와를 대신해 모모를 안고 돌아갈 것이다. 외톨이가 되어버린 모모를 위해.

그런 것에는 견딜 재간이 없다. 한 달 전이었다면, 하고 얄궂은 기분으로 모모는 생각한다. 한 달 전이었다면 한 치의 망설임도 없이 이시와가 아니라 사바사키에게 전화를 걸었을 것이다. 그래서 더더욱 이시와와 헤어졌다.

그리고 모모는 사바사키에게 전화를 걸 수 없게 되고 말았다.

홀토마토 통조림을 그대로 냄비에 붓고 정성껏 으깬다. 부글부글 끓는 소리가 나길 기다렸다가, 모모는 우편물을 가지러 맨션 입구로 나갔다. 비는 여전히 내리고 있다. 공기를 사락사락 적시고, 처마에서도 정원수의 이파리 끝에서도 투둑 투둑 물 떨어지는 소리가 들렸다. 방으로 돌아온 모모는 우편물을 열어 보고, 이메일에 답신을 보냈다. 젖은 구두를 손질하고 핸드백을 뒤져 필요한 물건을 출근용 가방에 옮겨 담는다. 종이 가방에서 인사장과 일본주를 꺼내고, 종이 가방과 인사장은 휴지통에 버렸다. 창문을 열자, 끓고 있는 파스타 소스의 농밀한 냄새가 풀어지면서 비와 밤공기에 섞이는 것을 알 수 있었다.

와이퍼가 분주히 움직이는 차 안은 과자 냄새로 가득 차 있다.

"어이, 유우키."

운전석에서 하야토가 룸미러 너머로 아들의 시선을 잡으며 아, 하고 입을 벌렸다. 올해 열한 살인 맏아들 유우키가 뒷좌석에서 몸을 내밀고, 어쩐지 벌레가 연상되는 모양의 단 과자를 아버지 입에 밀어 넣는다.

"엄마한테도."

조수석에 앉은 아내 히비키의 그 말에 하야토는 안심이 됐다. 모친의 영정 사진을 무릎에 놓은 히비키는 눈이고 얼굴이고 온통 울어서 퉁퉁 붓고 목소리도 잠겨 있지만, 아들이 서툰 손놀림으로 과자를 내밀자 입을 벌리기 전에 미소 지으며 고맙다고 말했다.

장모인 카즈에 씨 — 생전에 자신을 그렇게 부르도록 하야토에게도 손주들에게도 요구했고, 모두 그 요구에 따랐다 — 는 직장인 국수집 뒷문 앞에서 심장발작을 일으켜 쓰러졌다. 곧장 병원으로 옮겨지고 가족들이 달려왔지만 영영 의식을 되찾지 못하고 그대로 돌아가시고 말았다. 너무도 갑작스러운 일이었다. 아직 쉰일곱인 데다 '출산 때 말고는 병원 신세를 져본 적이 없다'는 것이 자랑거리였고, 인터넷상으로 알게 된 남자 친구와 막 동거를 시작한 참이었는데. 남자 친구가 생겼다는 말을 들었을 때는 하야토도 놀랐고, 히비키로 말할 것 같으면 뭔가 사기 사건에 연루된 건 아닌지 걱정하며 한바탕 소란을 떨었다.

돌아가셨다는 사실이 하야토 자신도 믿어지지 않는데 하물며 자신과 결혼할 때까지 줄곧 엄마와 단둘이 살아온 히비키의 심정이 지금 어떨지, 하야토로서는 알고도 남았다.

"싫다니까. 하지 마."

미쿠가 말한다.

"하지 말라니까."

아이가 넷이나 되다 보니 뒷좌석은 늘 소란스럽다.

"료."

하야토는 뒷좌석에서 풀썩풀썩 엉덩이를 퉁기며 맏딸에게 싫은 소리를 듣고 있는 둘째 아들을 불렀다. 료가 움직임을 딱 멈춘다.

"야마구치 씨, 안돼 보이더라."

히비키가 말했다. 야마구치 씨란 장모의 동거남 이름이다.

"죽은 남편이 데리러 왔나, 그러더라. 회식 자리에서 헌배한 후에 툭하니."

료가 다시 풀썩 댄다.

"글쎄, 뭐."

안돼 보이더란 말을 들어도 하야토로서는 딱히 대꾸할 말이 없다.

"유골, 괜찮겠어? 야마구치 씨에게 들려 보내서."

그래서 그렇게 물었다. 히비키는 어제 밤새도록 모친의 시신 앞에 쭈그려 앉아 울었다. 짐승 같은 울음이었다고 하야토는 생각한다.

"아 진짜, 그만 좀 하라니까!"

미쿠의 목소리가 커지고, "시끄럽기는" 하고 중얼거리는 유우키 목소리가 들렸다.

"그야, 엄마 집에 살고 있으니까, 그 사람이."

히비키는 그렇게 말하더니 다시 젖은 목소리로 흐느껴 울기 시작한다.

"아이구, 이 사람아."

하야토는 자신이 아무 도움도 못 된다고 생각했다. 울고 있는 아내를 위해 해줄 수 있는 게 없다. 뒷좌석에 소란스러운 아이들만 없다면, 하고 하야토는 생각한다. 그렇다면 차를 갓길에 세우고 아내를 폭 감싸줄 텐데. 지금까지 늘 그래왔듯이 살갗으로, 입술로, 아내의 슬픔을 닦아 없애줄 텐데. 실제로 그 방법이 가장 효과적이다. 몸을 사용하는 것이. 적어도 하야토의 인생훈人生訓은 그러하다.

우선 움직여라. 몸으로 보여라.

업무 현장에서도 하야토는 팀원들에게 늘 그렇게 말한다.

뒤에서 귀청을 찢을 듯한 비명 소리가 난다. 목소리 주인은 료. 제 누나에게 꼬집혔거나 얻어맞은 모양이다.

"어지간히 좀 해라!"

하야토는 고함을 쳤다. 으름장을 놓듯이 말했기에 일순 정적이 흐른다. 하지만 그것도 잠시, 이내 서로 밀치락거리며 소곤소곤 책임 전가하는 소리가 시작된다.

"햄버거 먹을 사람!"

히비키의 느닷없는 그 말에 하야토는 귀를 의심한다. 햄버거? 장례식 후에, 그것도 상복 차림으로?

"나요!" "나요!" "나요!"

세 아이가 나란히 목소리를 높였다(막내딸인 노카는 차 안이 소란스럽거나 말거나 세상모르고 자고 있다).

"결정. 그럼 모두 바깥을 잘 보고 있다가 햄버거 가게가 보이면 알려줘."

괜찮아? 하고 묻는 기분으로 하야토가 옆을 살피자, 하야토의 속내를 읽은 듯이,

"괜찮아"

라는 답변이 돌아온다.

"긴 하루였고, 아이들은 말도 잘 들었고. 그치?"

마지막의 그치?는 뒷좌석을 향한 말이었다.

"사찰 요리는 어쩐지 좀 부실했고."

하야토는 거의 감동한다. 좀 전까지 울고 있던, 모친을 여읜 지 며칠도 안 된 아내의 강인함에.

히비키의 손이 하야토의 굵은 허벅지에 얹힌다. 통통하고 자그마한 손이다(체구에 비해 손발이 작은 여자라고, 하야토는 옛날부터 생각했다). 차는 집이 있는 고지야에 다 와가고 있다. 다이이치 교하마에서 간파치 도로로 들어가 조금만 더 가면 드라이브 스루 매장*이 있지 싶은데, 라고 하야토는 생각한다. 이런 꼴로 매장 안에 들어가는 건 아무래도 영 내키지 않는다.

눈을 떠보니 엊저녁부터 내리던 비는 그쳐 있었다. 한 채만 깔린 이부자리에서 몸을 일으키고, 현실임을 야마구치는 깨닫는다. 이곳

* 차에서 내리지 않고 음식 주문이 가능한 매장.

에 카즈에는 — 적어도 살아 있는 육체를 지닌 그녀는 — 없다고. 바로 옆, 평소엔 이부자리가 또 한 채 깔려 있던 자리에 장의사가 상자를 쌓아올려 만든 즉석 제단이 있고, 거창하게 흰 천을 덮어씌운 제단 중앙에 유골함이 놓여 있다. 몇 군데가 찢어진 장지문이(새로 발라 달라고 부탁받았던 것을 야마구치는 떠올린다) 빛을 투과시켜 훤하다.

선향 냄새는 이미 온 방에 — 이부자리에도, 자기 자신에게도 — 배어 있었지만, 야마구치는 우선 바르게 앉아 선향을 한 개 피우고 합장했다. 종은 울리지 않아도 될 것 같았다. 알리지 않아도 카즈에는 — 카즈에의 혼령은, 이라고 해야 할지도 모르지만 — 이곳에 있을 테니까.

이불 위에 펼쳐놓은(왜냐면 카즈에가 매일 밤 그렇게 했기 때문이다) 카디건을 걸쳐 입고 장지문을 연다. 유리문 너머로 메마르고 을씨년스러운 마당이 보였다.

부엌으로 가서 커피를 내린다. 냉장고에서 낫토를 꺼내고 빵 보관함에서 식빵을 꺼낸다. 낫토를 잘 섞고, 식빵을 토스터에 넣는다. 찬장에서 그릇과 머그잔을 꺼내고, 머그잔에는 먼저 각설탕 한 개와 차가운 우유를 넣어둔다. 이 모든 동작을 야마구치는 막힘없이 척척 해나간다. 아무 생각 없이, 거의 하나로 이어진 동작인 양.

낫토 바른 토스트를 야마구치는 좋아한다. 카즈에는 처음에 그것을 보고 "어쩐지 징그러워"라고 했지만, 먹여보았더니 우스울 정도로 맘에 들어하고는 이후 매일 아침 먹는 습관이 들었다.

부엌은 좁고 어수선하다. 조미료 병이며 봉지들이 여기저기 나와 있고, 찻잎 이외의 것이 들어 있을 듯싶은 차통이 작은 젖빛 유리창 바로 앞에 몇 개씩이나 늘어서 있다. 몇 장이나 되는 행주, 걸레. 어떻게 구분해서 사용하는지 알 수 없는 낡아빠진 스펀지조차 싱크대에 네 개나 있다. 바닥에는 신문지 다발이 쌓여 있고, 빈 병도 줄줄이 늘어서 있다. 카즈에라는 여자가 오랜 세월 혼자 사용해온 부엌이다.

어떻게 해야 하나.

낫토 바른 토스트를 대충 씹어 밀크커피로 내려 보내면서 야마구치는 생각한다. 아무리 생각해도 자신에겐 여기서 이대로 계속 살 수 있는 권리가 없었다. 이 집은 카즈에의 죽은 남편이 카즈에에게 남긴 것이다. 그 후 2층을 개축해 세를 놓고 거기서 나오는 집세와 파트타임으로 일해 번 돈으로 카즈에는 외동딸을 키워냈다.

고작 일곱 달, 이라고 야마구치는 생각한다. 남들 눈을 피해 몰래 만나다 가정을 버리는 모양새로 자신이 이곳에 굴러 들어온 지 이제 고작 일곱 달밖에 지나지 않았다고.

3년 전에 조기 퇴직을 한 탓에 야마구치는 무직 상태였다. 자신 소유의 집도 있고 모아둔 재산도 좀 있지만 그건 전부 가족들에게 준 거나 다름없었다. 그 집으로 돌아갈 생각은 없다. 그러나 지금 자신이 기거할 장소가 없다는 것이 당장 닥친 문제였다. 어떻게 해야 좋을지 카즈에에게 상담하고 싶었다.

야마구치는 느릿느릿 설거지를 하고 느릿느릿 이부자리를 갠다. 내친 김에 널어 말리고 싶어진다. 유리문을 열고 새 샌들에 — 카즈에가 야마구치를 위해 사온 — 발을 집어넣었다.

클리닉은 할아버지 대부터 같은 거리에 자리하고 있다. 중간에 한 번 — 아버지 대 때 — 이전했지만 그건 거의 엎어지면 코 닿을 거리, 저 빌딩에서 이 빌딩으로 옮겨온 것에 지나지 않는다. 모모는 이 거리가 어릴 때부터 좋았다. 특히 아침에 이런 식으로 해가 닿는 포장도로 위에서, 청정한 공기를 폐로 들이마시면서 걸을 때는. 청정하다지만 물론 조용하고 한가로운 시골의 공기 같지는 않다. 배기가스며 지하철에서 불어 나오는 습한 바람이며, 출근길 사람들의 풀 먹인 셔츠며, 오래된 석조 건물 벽으로 따스한 햇살이 번져나가는 기운이며, 그런 것들이 한데 섞여 생기는 공기.

수위 아저씨에게 인사를 하고 엘리베이터로 5층까지 올라간다. 건물 안은 조용하고 서늘하다. 경시청의 포스터, 방화 훈련 전단. 벽에는 그런 것들이 붙어 있다.

일이다, 라고 생각하면 모모는 자연스레 마음을 다잡게 된다. 오가는 인사, 이미 난방이 돌아 따뜻한 실내. 업자가 칫솔 납품 기일을 잘못 알고 있었다며 치위생사인 나카가와 씨가 툴툴거리고 있었다. 흰 가운, 데스크, 예약 명부 확인. 환자 이름이 30분 간격으로 거의 공백 없이 나열되어 있다. 모모는 머리를 뒤로 묶는다. 가방 안에서 휴대전화가 진동해 꺼내보니, '미나코'라고 떠 있다. 조그맣게 한숨을 쉬고, 통화 버튼을 누르며 복도로 향한다.

"여보세요?"

밝은 목소리를 내면서. 강박신경증적으로 수시로 이를 닦지 않으면 못 견뎌 하는 치위생사 오오타 씨가, 복도 바로 오른쪽에 있는 화장실에서 민트 향을 풀풀 풍기며 불쑥 나오는 바람에 모모는 하마터면 그녀와 부딪칠 뻔했다.

이 아이의 머리카락은 대체 누구를 닮아서 이 모양인지.

막내의 머리카락에 붙은 먼지덩어리를 꼼꼼히 떼어내주면서 히비키는 생각한다. 다른 식구들은 모두 직모인데 유독 막내인 노카만 심한 곱슬머리여서 바깥으로 놀러 나가기만 하면 머리카락에 온갖 것을 들러붙이고 돌아온다. 마른 잎이며 삭정이, 말라빠진 무당벌레. 한번은 길이가 10센티미터나 되는 죽은 도마뱀 ― 역시나 파삭파삭하게 말라비틀어진 ― 을 들러붙이고 온 적도 있다.

고양이가 따로 없네.

딸이 도마뱀을 달고 왔다니까 남편인 하야토는 그렇게 말하며 웃었다. 고양이는 포획물을 입에 물고 오지, 털에 붙여 오진 않는다. 히비키는 그렇게 생각했지만 입 밖에 내지는 않았다. 어쨌거나 아이는 건강한 게 최고라고 여기는 하야토에게 밖에서 놀다 머리카락에 이것저것 붙이고 온다는 건 건강하다는 증거가 되는 듯했다.

하지만 히비키 눈에 노카는 건강한 아이라기보다 너무 맹한 아이처럼 비친다. 자기 머리카락에 뭐가 붙어 있든 신경 쓰지 않는 건 물론이고 알아채지도 못하는 것처럼 보인다.

"침대 밑에 들어가면 안 된다고 엄마가 전에도 말했지?"

먼지를 다 떼어내고, 목소리에 짜증이 배어 나오지 않도록 신경 쓰면서 히비키는 말했다. 딸의 머리 냄새를 맡으며 이상한 냄새가 안

나는지 확인한다. 머리카락에선 아이 특유의 햇볕에 쬔 냄새만 났다.

"온 집 안이 다 깨끗한 건 아니니까."

타이르면서, 오늘 밤 하야토가 돌아오면 단단히 일러둬야겠다고 생각한다. 행위 후에 다 쓴 콘돔을 아무렇게나 던져놓는 것은 절대, 절대 금지인 줄 알라고.

"료, TV 시끄럽다. 소리 좀 낮추렴."

아들에게 말하고, "자, 됐다" 하고 중얼거리며 딸의 등을 톡 친다.

"엄마가 꽥꽥 소리 질러서 안 들렸단 말이야."

히비키는 속으로 한숨을 쉰다. 그건 네 여동생이 먼지투성이 머리에 콘돔을 붙인 채 아침을 먹고 있었으니까 그렇지. 그 꼴을 보면 누구라도 소리 치고 싶어지지 않겠니? 도대체가 다른 날도 아니고 엄마의 엄마 장례식이 있었던 그날, 그렇게 타올라버리는 너희 아빠도 참—.

목구멍까지 치밀어 오르는 말을 꿀꺽 삼키고 히비키는 딱 한 마디만 했다.

"말대꾸 하는 거 아니다."

아이들 식기를 치우고 잼이니 빵 부스러기니 잔뜩 어질러진 식탁을 닦는다. 남편은 이미 출근했고, 위의 두 아이도 학교에 갔다. 료만 유치원을 하루 보내지 않은 까닭은 제시간에 버스 정류장까지 '데리러' 나갈 수 없기 때문이다. 오후에 히비키는 친정에 가야 한다. 하야토도 퇴근 후에 그리로 오기로 되어 있다. 장의업체 사람이 일러주는 대로 결정해야 할 일이 많았다. 납골 일정이라든지 부의賻儀 답례품

품목이라든지, 초이레에 맞춰 주문할 음식이라든지. 그 후에는 법적인 절차도 기다리고 있다. 2층을 세놓은 엄마는 임대 수입이 있는 집주인이기도 해서 절차가 복잡해질 듯했다.

오후에 오갈 이야기에 대해 생각하면 마음이 답답했다. 친정에는 엄마의 유골과 함께 야마구치가 있다. 야마구치에 대해 히비키가 아는 거라곤, 원래는 큰 전자기기 회사에 근무했다는 것과, 가나가와 현에 집이 있고 그곳에 아내와 성년이 된 딸이 살고 있다는 것 정도였다. 엄마 소개로 두 차례 식사를 같이한 적이 있지만, 말수가 적고 풍채가 좋은 남자라는 인상밖에 없었다. 그래도 야마구치와 같이 살면서부터 엄마가 생활에 활력을 느끼기 시작했다는 건 알았다. 야마구치를 엄청 신뢰한다는 것도.

"어쩔 수가 없어서, 이 사람은 내가 보살펴주기로 했어."

그렇게 말했다. 그래놓고 자신이 먼저 그렇게 어이없이 가버리다니ㅡ. 또다시 두 눈에 차오르는 눈물을 히비키는 간신히 억누른다.

"저 사람은 누구니?"

엄마의 지인과 친척 몇몇이 히비키에게 물었다. 빈소에서도 장례식 자리에서도.

"엄마 남자 친구."

히비키는 솔직하게 대답했다. 달리 뭐라 대답해야 좋을지 알 수 없었다.

아침에 먹고 난 그릇만으로 싱크대가 꽉 찼다. 세면실에서 첫 번째 세탁이 끝난 신호로 버저가 울린다. 양손을 닦으며 급히ㅡ오늘은 무슨 일이 있어도 한 번 더 세탁기를 돌리고 싶어서인데, 노카와 료가 나란히 요에 지도를 그렸기 때문이다 — 세탁기 앞으로 가려다 무언가에 걸려 하마터면 넘어질 뻔했다. 간신히 넘어지지 않고 그것 — 장난감 실로폰이었다 — 을 타 넘다가 한쪽 발로 작고 단단한 것을 짓밟는 사태에 이르렀다. 플라스틱 인형이 달린 휴대전화 줄.

"료—, 노—카—!"

돌아보니 늘 그렇지만 방이 있는 대로 어질러져 있었다.

"바닥에 내던져둔 물건은 다 갖다 버린다고 했지? 치우지 않으면 진짜 버린다!"

그림책이며 크레용 같은 아이들 물건뿐만 아니라 시디, 액자, 박스테이프, 옷솔, 분무기 등등 왜 나와 있는지 알 수 없는 물건들까지 이 집에선 바닥에 나뒹군다.

"못 살아."

콧김과 함께 말을 내뱉고, 얼마 전에 신문에서 읽었던 기사가 생각났다. 아이가 잘못했을 때 주절주절 잔소리하듯 나무라는 건 좋지 않다는. '그런 말은 감정적인 데다 구체성이 결여되어 대부분의 아이가 엄마의 입버릇에 지나지 않는다고 여기게 됩니다.' 기사에는 그렇게 쓰여 있었다. 심리학자였는지 소아과 의사였는지는 잊어버렸지만, 그 글을 쓴 사람은 셋을 헤아릴 것을 권하고 있었다. 야단치기 전에 천천히 숫자 셋을 헤아리며 아이에게 무엇을 전하고 싶은지, 무엇을 이해시키고 싶은지 명확히 하는 것이 중요하다고 했다.

"자, 들었으면 바로 한다."

히비키는 큰 소리로 외치고, 기사에 대해선 그 이상 생각하지 않기로 한다. 아마 그 글을 쓴 사람은 아이 넷을 키우진 않았을 것이다.

"아―, 진짜. 아―, 진짜. 아―, 진짜."

누구에게랄 것도 없이 구호처럼 말해본다. 해야 할 일이 너무 많다. 너무 울어서 머리가 무겁고, 미열이 있을 때처럼 팔다리도 나른했다(하긴 그 나른함의 일부는 어젯밤 부부생활 탓인지도 모르지만). 그리고 그토록 많이 울고 난 후에도 여전히 히비키에게는 어머니의 죽음이 곧이 믿어지지 않았다.

정원 일 따위, 유키는 조금도 좋아하지 않는다. 그래도 지금의 집으로 이사 온 이래 20년 가까이 정성을 들인 건 에이스케를 위해서였다. 에이스케가 나고 자란 집에 있던 근사한 정원에는 소나무 고목이 유려하게 가지를 뻗었고, 잉어가 헤엄치는 연못가엔 아름다운 붓꽃이 피었다. 꽃보다 수목 위주로 설계된 정원이었지만, 둥그렇게 쳐낸 관목 밑에는 꽃잔디며 복수초, 용담 같은 작은 꽃들이 계절에 맞춰 얼굴을 내밀었다. 뒤뜰에는 우물이 있고, 여름 귤이며 무화과며 딸기가 열렸다. 우물물은 놀랍도록 맑고 차가웠다.

에이스케와 갓 결혼했을 무렵, 유키는 그곳에 갈 때마다 에이스케 자체인 양 풍요로운 정원이라고 느끼곤 했다. 풍요롭고 평온하고 아름다운 정원이라고. 그 집은 남의 손으로 넘어간 지 오래지만, 에이스케가 언제고 정원 딸린 집에 살고 싶어 한다는 걸 유키는 알고 있었다. 그렇게 된다면 아름다운 정원을 꾸미는 게 자신의 임무라는 것도.

물론 에이스케의 본가와 같은 정원은 될 수 없다. 이 집의 정원은 훨씬 좁고, 타일과 유리를 많이 사용한 건물 분위기로 봐도 그렇게까지 전통적인 일본식 정원은 단념하지 않을 수 없다. 그 대신 유키가 생각해낸 것은 야생초였다. 위령선, 우산나물, 자귀나무, 갈퀴덩굴 같은 수수한 야생초를, 그다지 크게 자라지 않는 나무들 — 앵두나무라든지 산사나무라든지 — 주변에 심으면 운치 있을 것 같았다. 일단 뿌리만 내리면 야생초는 품이 들지 않는다고들 했지만 순 거짓말이었다. 연약한 야생초는 뿌리를 내리지 않고 강한 야생초는 세력을 너무 넓힌다. 종묘상의 웃음을 사가며 수목을 늘리고 화초를 수도 없이 바꿔 심으면서 10년이 걸려 간신히 지금의 정원을 만들었다. 목장갑을 끼고 모자를 쓰고, 유키는 매일 두 시간은 정원에 나가 시간을 보낸다. 잡초를 뽑고 너무 자란 가지와 잎은 잘라내고, 물을 줘야 하는 것에는 물을 주고 해충은 구제한다.

그런 보람이 있어서 정원은 무척 아름답다(고 유키는 생각하고, 에이스케도 그렇게 말한다). 의외로 에이스케는 서양 꽃도 좋아해서 어느 날 갑자기 장미 묘목이며 팬지 화분을 손수 사들고 오기도 했다(그 장미를, 담장 한 면을 덮을 때까지 키운 것은 유키다).

"야생초도 결국은 잡초 아니야?"

일찍이 유키가 어떻게든 정원을 꾸며보려고 기를 쓰던 무렵, 십 대와 이십 대가 되어 있던 딸들은 우습다는 듯이 그렇게 말했다.

"이 정원, 정원사가 수시로 드나드는 것치고는 풀만 더부룩해 보이지 않냐?"

유키는 상대하지 않았다. 이 아이들이 이 정원에 대해 뭘 알까.

"등대꽃, 빨개졌네?"

오늘 아침에 에이스케가 말했다. 팔손이나무도 하얗게 꽃을 달고 있다고 알리자 에이스케는 지난주부터 달려 있었다고 대답했다. 11월의 정원은 쓸쓸하다. 그래도 에이스케와 자신에게는 봐야 할 것이 보인다고 유키는 생각한다.

도구를 정리하고 목장갑을 벗는다. 정원 일 따위 좋아서 하는 건 절대 아니라고, 유쾌한 기분으로 유키는 다시 한 번 생각한다. 거실은 난방이 들어와 따뜻하고 TV가 켜져 있었다.

에이스케와는 대학 시절에 처음 만났다. 유키보다 여섯 살 위인 에이스케는 이미 치과대학을 졸업하고 인턴 생활을 하고 있었다. 이지적이며 호기심 왕성하고, 클래식 음악에 조예가 깊고, 동료를 소중히 여기는 남자였던 에이스케에게 유키는 금세 빠져들었다. 사귀잔 말을 들었을 때에는 자신에게 다가온 행복이 믿기지 않았다. 에이스케는 정열적인 연인이었다. 친구들에게도 가족들에게도 유키를 자신의 '마돈나'라고 소개했다. 당시만 해도 동거에 대한 부정적인 인식이 강할 때였지만 유키는 졸업도 하기 전에 에이스케의 하숙집에서 살기 시작했다. 진보적인 여대생이어서라기보다 단순히 에이스케와 떨어져 있는 것이 부자연스럽게 느껴졌다. 떨어져서는 살 수 없었다.

동거를 하는 바람에 유키가 아버지로부터 의절당하게 생겼을 때 유키 아버지의 마음을 돌려세운 사람 또한 에이스케였다. 대학에서 오랫동안 교편을 잡은 데다 완고함을 그림으로 그린 듯한 남자였던 아버지를 에이스케가 무슨 말로 설득했는지 유키는 알지 못한다. 하지만 어쨌든 그 설득 덕분에 유키는 계속해서 학비를 내고 무사히 대학을 졸업할 수 있었다. 졸업과 동시에 결혼하여 딸을 둘 낳았다.

지난 40여 년간, 물론 다툼도 많았지만 유키는 자신이 에이스케의 아내라는 사실에 늘 기쁨을 느껴왔다. 그럼에도 지금만큼 충족감을 느꼈던 적은 일찍이 없었다고 생각한다. 에이스케의 부모님도 유키의 부모님도 일찍 타계하셨다. 두 딸도 각기 집을 나갔다. 게다가 에이스케가 일선에서 거의 물러났기 때문에 드디어 — 진짜 드디어, 라고 유키는 생각한다 — 둘만의 생활이 손에 들어왔다.

유키는 TV를 끄고, 정원 일을 할 때만 입는 코트를 벗어 부엌 구석의 훅에 걸고 남편을 찾으러 간다.

에이스케는 욕실에 있었다. 최근 새롭게 고친 욕실은 아주 널찍한 데다 밝고, 온통 흰색과 은색으로 꾸며놓았다. 에이스케는 방수 라디오를 들고 들어가 목욕하는 것을 은퇴 후 취미로 삼고 있었다.

"여보? 문 열게요."

유키는 그렇게 말하고, 응, 하는 목소리가 들리길 기다렸다가 유리문을 연다. 천창으로 햇살이 쏟아져 들어오고, 욕조 물이 묘하게 일렁이며 빛을 담아내고 있다.

"왜? 벌써 시간 됐어?"

에이스케의 얼굴도 어깨도 발갛고 땀이 살짝 배어 있다.

"아직 점심때예요, 괜찮아."

유키는 대답하고 남편의 알몸을 내려다본다. 배가 좀 나오고 가슴

털이 허예지긴 했지만, 에이스케는 멋진 몸을 유지하고 있다. 일흔 살치고는 젊다고 해도 될 정도로. 물 너머로 보면 거부감이 들지 않는 건 왜일까, 하고 유키는 생각한다. 아무리 부부 사이라도 물이 없는 곳에서 알몸을 빤히 보는 건 부끄러운데.

"그럼 왜? 그냥 엿보기?"

에이스케가 웃음을 머금은 부드러운 목소리로 말했다.

"어떻게 알았지?"

유키는 대답하고 싱긋 웃어 보였다.

"천천히 해요."

말을 남기고 욕실을 나선다. 확인하고 싶었던 거라고, 입 밖에 내진 않고 생각했다. 에이스케가 어디에 있는지 궁금해서라기보다 이 집 어딘가에 그가 잘 있다는 것을 확인하고 싶었다.

등 뒤에서 찰싹, 하는 물소리가 났다.

미나코가 일하는 화랑은 모모네 치과클리닉과 같은 동네에 있다. 걸어서 20분 정도 거리지만 그래도 말하자면 근처였다. 그런 우연에 처음엔 둘 다 환성을 질렀다. "와아, 그래요?"라든지 "그럼, 금방 만날 수 있겠네"라는 식으로. 그리고 실제로 모모와 미나코는 한 달에 한 번이나 두 달에 한 번은 만나서 같이 점심을 먹었다. 런치 세트가 나오는 오뎅집이라든지 포장도로 변에 차양을 내단 카페에서.

점심시간, 모모는 그런 카페 중 한 곳에서 미나코를 기다리고 있는 참이다. 카운터에서 주문하고, 나온 음식을 직접 받아들고 테이블로

가 앉는 시스템이어서 모모 앞에는 스푼과 샐러드와 아이스티가 놓인 쟁반이 있다.

이시와랑 헤어진 이후 미나코를 만나는 건 오늘이 처음이었다. 별로 만나고 싶지 않았지만 갑자기 태도가 돌변했다고 비치는 것도 싫어서 결국 만나자는 제안에 응하고 말았다.

"미안해요, 시간 다 돼서까지 손님이 들어오는 바람에."

뛰어온 것도 아닐 텐데 헐떡이는 목소리로 그렇게 말하고, 미나코는 모모가 앉은 테이블로 다가온다. 반짝거리는 비즈 손가방을 의자 위에 털썩 내려놓는다.

"오랜만이에요. 그래도 다행이다, 모모 짱 건강해 보여서."

모모를 보며 그렇게 말하더니 발길을 돌려 카운터로 향했다. 자리를 떠도 향수 냄새만은 남아, 모모는 무심코 미소 짓는다. 미나 짱 냄새.

쟁반을 들고 돌아온 미나코는 모모 맞은편 자리에 앉더니 대뜸 말했다.

"오빠는 완전 엉망이에요, 축 처져서는."

모모는 대답할 말이 궁해 고개를 갸웃한다. 아이스티를 빨대로 한 모금 마셨다.

"그리고 엄마. 모모 짱을 마음에 들어 한 터라 엄청 아쉬워해요. 좋은 아가씨였는데, 하고."

모모는 웃었다.

"그건, 어머니가 오해하신 거야."

일단 말을 꺼내고 나니 마음이 편해졌다. 미나코가 이시와의 여동생이라고 해서, 자신이 남자와 헤어진 것에 대해 이 아이에게 미안해야 할 필요는 없을 터.

"그런가."

이번에는 미나코가 고개를 갸웃한다.

"모모 쨩은 그동안 잘했다고 봐요. 오빠에 대해서가 아니라 우리 부모님에 대해서지만. 그 사람들 꽤 까다롭잖아요."

모모는 샐러드에 든 토마토에 포크를 꽂았다. 까다롭지 않은 부모님이 있기는 할까, 라고 생각한다.

"뭐, 나는 어쩐지 이렇게 될 것 같았지만."

미나코의 그 말은 모모에게는 뜻밖이었다.

"어째서?"

자신도 모르게 목소리가 높아졌다. 이렇게 될 줄 모모는 전혀 몰랐다. 자신과 이시와는 시간을 들여 관계를 구축했다. 스스로 생각해도 닮은 구석이 많은 안정된 커플이었다. 주위 사람들 눈에도 그렇게 비쳤을 터이다.

"그냥 느낌에, 모모 쨩이 오빠보다 온도가 낮아 보였거든."

그런 건 아니야. 모모는 재빨리 그렇게 부정하려 했다. 이시와를 많이 좋아했다. 그렇게 말하고 싶었다. 하지만 말하면 안 될 것 같아서, 또한, 그러면 왜 헤어졌느냐는 질문을 받고 싶지 않아서,

"온도는 그다지 상관없지 않나"

라고만 말했다.

"누구의 온도든, 때에 따라 오르기도 하고 내리기도 하겠지"

라고.

미나코는 납득이 가지 않는 얼굴이었지만 그 이상 그에 관한 이야기는 하지 않았다. 그 대신 최근 발견했다는 옷가게 이야기를 했다. 취향이 괜찮은 셀렉트 숍으로, 모모 짱 마음에 들 것 같은 옷들만 있더라고 미나코는 말했다. 그러니 다음에 같이 가자고. 걸쭉한 당근 수프 — 이미 다 식어버렸다 — 를 입으로 가져가면서 모모는 생각한다. 어떨까, 하고. 어떨까, 헤어진 남자의 여동생과 그 후로도 계속 가깝게 지낸다는 것은.

"언제가 좋아요?"

미나코는 전혀 개의치 않고 비즈 손가방에서 수첩을 꺼낸다. 직업이 그래서인지 고풍스럽게 웨이브 진 까만 긴 머리, 속눈썹을 강조하는 화장. 아담한 체구에 곡선적인 여성스러운 몸매. 리본타이가 달린 물방울무늬 블라우스에 검정 머메이드 스커트를 받쳐 입고 같은 색 카디건을 걸친 미나코는 모모의 망설임을 간파한 듯 말했다.

"하지만 남녀 사이란 거, 허무하네. 사랑이 식으면 끝이잖아요?"

라고.

"나는 앞으로도 모모 짱 만날 거야. 우정은 변치 않잖아요?"

모모는 가게 앞에서 미나코와 헤어졌다. 다음 주 오늘, 각자 일이 끝난 후에 한 시간의 쇼핑과 저녁 식사를 함께하기로 약속하고.

사거리에서 신호가 바뀌길 기다리면서 휴대전화를 보자, 메시지가 두 통 와 있었다. 하나는 언니한테서, 다른 하나는 사바사키한테서 온 것이었다. 모모는 사바사키가 보낸 메시지를 먼저 확인한다. 여느 때와 마찬가지로 제목은 반복 사용하여 'Re: Re: 오늘은'으로 되어 있고 별다른 의미도 없다.

'지금 네즈 미술관 옆 가게에서 일하는 중이고, 유리창 밖으로 초 등학생 넷이 지나갔는데, 가위바위보에 진 녀석이 네 명분의 책가방 을 다 들고 가는 것을 보고 옛날 생각이 났다. 이상.'

모모는 메시지를 되풀이해 읽다가 보행자용 신호가 점멸하고 있 는 것을 깨닫는다. 자신이 미소 짓고 있다는 것도. 그대로 전화기를 켠 채 잰걸음으로 횡단보도를 건넌다. 사바사키가 보내는 메시지는 늘 이런 식이다. 특별한 용건도 없고 달콤한 말도 없고, 그럼에도 모 모를 미소 짓게 만든다.

길을 다 건넜을 즈음, 언니가 보낸 메시지 ─ '미안, 또 핀치. 3만 엔만 부탁해' ─ 를 읽고, 바로 '오케이' 하고 답문을 보냈다. 그길로 곧장 현금인출기로 향한다. 겨울답게 청명한 오후다. 가로수에서 떨 어진 잎이 마른 소리를 내며 포장도로를 굴러갔다.

"여보, 슬슬 택시 부를게요."

서재 문 틈으로 얼굴만 내민 유키의 말에 에이스케는 "어" 하고 대 답한다. "어, 이제 준비 다 됐으니까 언제든 상관 없어요" 하고. 사실 에이스케는 아르누보 예술이란 것에 흥미가 없다. 에이스케가 아는 한, 유키도 흥미가 없지 싶다. 하지만 〈에밀 갈레와 그 시대전〉이라 는 것을 지금 둘이서 보러 나갈 참이었다. 일반 공개에 앞서 이러이

러한 날짜에 꼭 와주십사, 하는 안내장이 에이스케 앞으로 왔고, 예전 같으면 보나마나 휴지통으로 직행했을 그 인쇄물에 유키가 참석하겠다는 답변을 보냈기 때문이다. 최근 에이스케의 아내는 종종 그런 일을 벌인다. 그래도 일단 사전에 스케줄을 물어오기 때문에 비어 있으면 비어 있다고 대답하지만, 문제는 유키의 흥미에 방향성이 없다고 할까, 스스로 보고 싶은 것과 보고 싶지 않은 것을 구분하지 못하는 듯하다는 점이었다. 연극이든 와인 시음회든 스포츠카 전시 수주회든 가리지 않는다.

알 수 없어서, 라는 것이 유키 자신의 설명이었다. 실제로 보지 않고선 자신이 그것을 좋아하는지 아닌지 알 수 없다고. 그러나 딸인 모모가 말하길, 그건 '순 거짓말'이란다. "엄마만큼 뭘 실제로 보지도 않고 단정 지어버리는 사람도 없잖아?"

에이스케로서는 판단이 잘 서지 않는다. 그런 면이 있는 것 같기도 하지만, 만약 보지도 않고 단정 짓는 일이 있다 해도 그건 그녀의 직관이랄까 통찰력에 의한 것이니 의외로 올바를지 모른다는 생각도 있다.

"그 사람은 있지, 단지 아빠랑 밖에 나가고 싶은 것뿐이야. 행선지 따위는 아무려나 상관없어. 다 가진 듯한 유부녀인 자신을 과시하고 싶은 것뿐이니까."

모모는 그렇게 말했지만, 그렇다면 그건 그것대로 기쁜 일 아닐까, 하고 에이스케는 생각한다. 친구들 이야기를 자꾸 듣다 보니, 모든 아내가 자기 생활에 만족하며 살진 않는다는 것을 에이스케도 헤아리게 되었기에.

"택시, 왔어요."

유키가 부르러 와서 나란히 집을 나섰다.

집에서 가장 가까운 역까지는 택시로 약 10분 거리다. 버스로 가도 큰 차이가 없지만 유키는 에이스케를 버스에 태우고 싶어 하지 않는다. 자기 혼자 외출할 때는 버스를 이용("부르지 않아도 오니까 편리하잖아.")하면서, "당신은 '선생님'이니까 버스 같은 걸 타고 다니면 좀 그렇잖아"라고 한다. 그래서 도쿄 외곽에 자리한 이곳에 집을 샀을 때 유키가 맨 먼저 한 일은 운전면허를 따는 것이었다. 매일 출근 때마다 에이스케를 역까지 바래다주기 위해.

친구들 ― 이건 에이스케가 자랑스럽게 여기는 일 중 하나인데, 에이스케에게는 친구가 많다. 학창 시절 친구들과는 지금도 가깝게 교류하고 있고, 일터가 있어 오랜 세월 지나다닌 거리의 상점주 조합이랄까 경영자 모임이랄까, 아무튼 그런 유의 모임을 통해 알게 된 사람들과도 업무를 넘어선 만남이 이어지고 있다 ― 사이에서 종종 놀림거리가 되는 것처럼 자신과 아내는 아마도 원앙 부부가 아닐까, 하고 에이스케는 생각한다. 실제로 유키는 대단한 아내였다. 에이스케가 바깥일에 전념할 수 있도록 모든 집안일을 도맡아 해줬을 뿐만 아니라, 남자들끼리의 교류에도 충분한 이해를 보여주었다. 요트도 그중 하나다. 에이스케는 친구 여섯 명이 투자한 요트를 한 척 가지고 있다. '히기에이아 호'라는 이름을 가진 그 요트에는 여인 승선 금지, 아내든 애인이든 데려와선 안 된다는 규칙이 있다. 초대 히기에

이아 호를 손에 넣은 때는 에이스케가 아직 삼십 대이던 무렵으로, 이후 줄곧 그 규칙이 지켜지고 있지만 아내로부터 한 번도 불평불만을 사지 않은 사람은 여섯 남자 중 에이스케 한 사람뿐이었다. 두 딸은 유키를 '질투가 많다'느니 '남편바라기'라느니 하며 비난하지만, 유키에게는 그런 포용력이랄까, 한결같은 면도 있다고 생각하며 에이스케는 택시에서 내린다. 해가 저물었다. 울 코트를 입고 있어도 여전히 춥게 느껴졌다. 요금을 내고 내린 유키가 에이스케에게 팔짱을 낀다. 스르르 미끄러져 들어오는 손의 자연스러움에 에이스케는 왠지 모르게 감탄한다.

　일은 예정대로 정오 지나 끝났는데 차를 가져다놓으러 회사로 돌아가는 길이 밀렸다. 세 시에는 가겠다고 해놓고 하야토는 네 시가 지나서야 처갓집에 도착했다. 갈색 널빤지로 둘러친 낡은 집은 확실히 손을 봐야 할 것 같다. 물받이도 일부가 떨어져 나가고, 모르타르 벽에 생긴 금이 여기저기 거무스름한 색을 띠고 있는 것이 길에서도 눈에 들어온다. 2층에 세 들어 사는 여대생이 자전거를 끌고 귀가하는 길이었는지 대문 앞에서 우연히 마주쳤다.

　"안녕하세요."

　안경을 쓰고 수수한 색상의 다운코트 차림에 흰색 벙어리장갑을 낀 그녀는 작은 소리로 무표정하게 말하고, 하야토를 먼저 들여보내기 위해 멈춰 섰다.

　"먼저 들어가시죠."

하야토가 손을 내밀어 재촉하자 자전거의 앞뒤를 차례로 들어 올리며 능숙하게 대문을 통과한다. 이 세입자를 빈소에서 보았던 기억이 났다. 문상용 복장을 제대로 갖춰 입고 왔었다. 카즈에 씨와 가깝게 지냈던 걸까. 아니면 단순히 의례상 들른 걸까. 어찌됐든 갑자기 집주인이 죽어서 당황스러울 테지. 더구나 집주인 집에는 의문의 남자가 살고 있다.

저녁나절인데도 이부자리가 그대로 널려 있는 것을 힐끗 보면서 미늘문을 열자 선향 냄새가 하야토를 맞이했다.

히비키는 이 집의 거실 겸 침실에 있었다. 급히 마련한 제단 앞에 나지막한 가짜 와지마 칠기 탁자를 사이에 두고 야마구치와 마주 앉아 있다. 탁자 위에 세 사람분의 찻잔과 다과, 서류며 팸플릿 다발이 놓여 있는 걸로 보아 장의업체 사람은 이미 돌아간 듯싶다.

"미안, 늦었네. 길이 밀려서."

이미 메시지로 전한 것을 하야토는 다시 한 번 말했다.

"괜찮아. 금방 끝났어. 정할 것만 정하고 났더니."

히비키의 목소리에 흥겨운 여운이 묻어났다. 여자 친구와 실컷 담소를 나눈 후처럼.

"뭘로 마시겠습니까?"

야마구치가 말하며 자리에서 일어났다.

"녹차나 홍차나 커피. 아, 아니면 차라리 맥주가 나으려나."

"아, 신경 쓰지 마세요. 직접 가져올 테니."

하야토는 그렇게 말하고 나서, "아이들은?" 하고 히비키에게 묻는다. "위의 언니네"라는 대답이 돌아왔다. 위의 언니란 2층에 사는 여대생을 말하는 것으로, 이전부터 가끔 아이들이 올라가서 놀곤 하는 모양이었다. 두 세입자 중 누구를 말하는 건지 하야토는 알 수 없었지만, 한 사람은 방금 전에 들어왔으니 그 안경 낀 학생은 아니겠구나 싶었다.

"그래서 말인데, 지금 야마구치 씨에게 엄마 이야기를 듣고 있던 참이야. 놀라워. 우리 엄마, 참 대담해."

눈은 빨갛지만 즐거움이 묻어나는 말투로 보아 울고 웃으면서 이야기하고 있었으려니 짐작했다.

"메일은 답답하니 직접 만나서 이야기하자고, 엄마가 먼저 말을 꺼냈대. 그것도 개인적인 메일을 주고받게 된 지 얼마 안 돼서."

하야토에게 그건 그다지 의외의 일도 아니었다. 카즈에 씨라면 충분히 그럴 수 있다.

"게다가, 채팅이라고 하지? 두 사람이 처음 만난 그 인터넷 공간에 엄마는 '로잘리'라는 이름으로 참가했대. 그거, 옛날에 우리 집에서 기르던 잡종견 이름인데 그 무렵 초등학생이었던 내가 붙여준 거거든. 좋아했던 소녀 만화에 나오는 가난한 딸 이름에서 딴 건데, 사실 그 여자아이는 귀족의 딸이거든? 다카라즈카 극단이 그 만화를 무대에 올리게 됐을 때는 너무너무 보고 싶어서—"

"여기."

야마구치가 캔맥주를 내밀었다. 직접 가져오겠다고 했잖느냐며 혀라도 차고 싶은 기분에 휩싸였지만, 그건 하야토가 야마구치라는 남자를 처음부터 마땅찮게 여기는 탓이었다. 왜 그렇지 않겠느냐고 하야토는 생각한다. 카즈에 씨는 미망인이 된 지 오래다 보니 만남을 바랐던 것도 납득이 간다. 하지만 처자식이 있는 유부남이 무슨 생각으로 그런 사이트에 참가하는지, 하야토는 이해가 되지 않았다. 아니, 이해 이전에 용납할 수 없었다. 캔맥주를 받아들고는 일러주었다.

"이부자리, 널려 있던데요."

혀를 차는 대신 무뚝뚝한 목소리로.

"인터넷으로 알게 됐다는 이야기는 들었지만, '로잘리'래, '로잘리'. 믿어져?"

히비키는 거듭 말하고, 야마구치에게 건네받은 캔맥주를 주저 없이 딴다. 야마구치는 "아이고" 하고 중얼거리더니 장지문을 열고 유리문도 열어둔 채 마당으로 나갔다. 난방이 돌아 따뜻해진 실내에 차가운 공기가 흘러들어온다.

"난 커피로 할게."

하야토가 말했다.

"왜? 차 안 가져왔잖아. 회사에서 바로 온 거면."

의아한 듯이 묻는 히비키에게 대답하지 않고 부엌으로 향한다.

"하야토? 뭐야, 왜 그러는데?"

뒤쫓아 온 히비키가 말했다.

"커피가 좋으면 내가 끓일게. 그러니 가서 야마구치 씨 상대해줘."

멈춰 서버린 까닭은, 아까 야마구치에게는 그렇게 말했지만 그건 맥주의 경우이지 이 집에 커피가 어디 있는지는 물론이고 커피메이

커 사용법도 하야토는 알지 못했기 때문이다.

"저 사람은 남이잖아."

그렇게 말해본다.

"이 집에서, 저런 식으로 제집인 양 행세하는 거 우습지 않아? 부동산업자와 얘기가 어떻게 되어 있는진 몰라도 위층 사람들에 대한 책임도 있는 거니까."

"알고 있어."

히비키는 말했다.

"알고 있지만, 장례식은 바로 어제였어. 아직 그런 이야기는 할 수 없어. 하다못해 납골이 끝날 때까지는 시간을 줘야지."

커피메이커가 보글보글하고 부드러운 소리를 내기 시작한다.

"야마구치 씨, 위층 사람들과도 사이좋게 지내는 것 같고."

히비키는 찬장에서 잔과 받침 접시를 꺼낸다.

"게다가, 저 사람은 엄마를 좋아했잖아? 메일로만 알고 지내던 '로잘리'를 처음 만났을 때, 예상했던 것보다 예뻐서 놀랐대. 예뻐서……."

목소리가 떨리고 히비키는 얼굴을 일그러뜨린다.

"자신을 예쁘게 봐주는 사람을 만나서 엄마는 기뻤을 거야. 왜냐면, 나랑 같아서, 그 아줌마도 그런 말과는 거의 연이 없는 인생이었으니까."

마지막에는 울면서 웃는 상황이 되었다. 하야토는 아내 바로 곁에 서서 아내가 자신의 어깨에 얼굴을 묻을 수 있게 해주었다(히비키는 그렇게 했다). 달래듯이 아내의 등을 토닥인다. 예상했던 것보다 예쁘다는 건 과연 칭찬일까, 하고 생각하면서.

"아, 맞다."

울다 웃는 것이 가라앉자 히비키는 퉁기듯이 얼굴을 들고, 눈물 콧물로 푹 젖은 목소리 그대로 말했다.

"콘돔 말인데, 끝나고 나서 아무 데나 던져놓는 짓 좀 그만해."

카즈에 씨를 꼭 닮았다고 하야토는 생각한다. 가차 없는 말투가.

뭐랄까, 하고 하야토는 생각한다. 하야토 생각에 히비키는 본디 심성이 착하고 귀여운 여자지만 데퉁스러운 면이 있었다. 돌아가신 어머니 이야기와 콘돔 이야기를 동시에 해버리는, 그런 면이.

커피가 다 내려지길 기다리지 않고 결국 하야토는 혼자 거실로 돌아왔다. 복도에 갠 이부자리가 놓여 있고, 방에선 야마구치가 멍하니 맥주를 마시고 있었다.

"여러 가지로 큰일 치렀네요."

하야토는 그렇게 말을 꺼내고, 좀 전까지 히비키가 앉아 있던 자리 — 야마구치 맞은편 — 에 앉았다.

"이런 시기에 이런 말을 하는 것도 껄끄럽지만, 앞으로의 일을 생각해야겠죠, 피차."

이런 이야기는 역시 남자가 해야 한다고 하야토는 생각한다.

"예에, 뭐, 그렇죠."

야마구치는 입속에서 웅얼웅얼 대답하고 제단 쪽으로 시선을 돌린다. 카즈에 씨의 유골함을 보는 거다. 도움이라도 청하는 듯이.

슬슬 아이들을 데리러 2층에 올라가봐야 한다. 손님용 커피 잔
— 흰 바탕에 파랗고 작은 꽃무늬가 아로새겨진, 히비키가 어릴 적
부터 이 집에 있던 잔이다 — 에 향긋한 액체를 부으며 히비키는 생
각한다. 학교에 보낸 큰아들과 큰딸은 같은 맨션에 사는 동급생(큰아
들인 유우키의 동급생)네 집에 봐달라고 부탁해두었다. 늦어질 것 같
으면 저녁밥도 대충 챙겨 먹일 테니 아무 걱정 말라고 그 집 엄마가
말해주었지만, 되도록 저녁 시간 전에 데리러 가고 싶었다. 오후 다
섯 시. 늦지 않게 갈 수 있을까. 히비키는 거울 대신 전자레인지 문을
들여다보며 부은 얼굴에 눈물 자국이 나 있지 않은지 확인한다.

거실로 돌아와 와지마 칠기 탁자 — 커피 잔과 마찬가지로 히비키
가 어릴 적부터 이 집에 있던 — 에 커피 잔을 내려놓고, 곁에 있는 카
탈로그 더미에서 두 권을 골라내 남편에게 건넸다.

"부의 답례품, 이걸로 정했어. 리스트 중에서, 별표 한 사람들에게
는 이거. 액수가 조금 큰 거. 괜찮지?"

그밖에도 오늘 협의해서 정한 이것저것을 히비키는 요점만 보고
했다. 초이레에는 아주 소수의 집안 식구끼리만 간다. 장소는 어디
고, 예산은 얼마며, 납골 일시는 언제이고, 인사장 내용은 이거(견본
이 있었다).

"됐어, 히비키가 정한 거면 난 그걸로 괜찮아."

카탈로그를 팔락팔락 넘기며 하야토는 말했다.

"다행이다. 그럼, 난 위층에 애들 데리러 갔다 올게. 커피 마시고
있어."

그러고 나서 히비키는 한 마디 덧붙였다.

"얼른 돌아가지 않으면 큰애들도 걱정되니까."

하야토는 역정이 난 듯한 얼굴을 했다.

"걱정되면 전화하면 되지. 그렇게 서두르지 않아도 되잖아? 여기 이야기, 아직 덜 끝났고."

이야기? 히비키는 그 말에 반감이 들었다. 무슨 이야기? 묻지 않아도 짐작은 갔다. 야마구치가 지금 이 집에 살고 있다는 사실에 대해 아마도 하야토는 의구심을 드러낼달까, 뭔가 불만거리를 말했을 테지. 히비키는 속으로 한숨을 쉰다.

"그런 거, 그만둬주면 안 되나. 지금 여기서, 엄마 앞에서, 그런 이야기는."

따 둔 캔맥주가 생각나서 손에 들고 벌컥벌컥 마셨다.

어쩔 수가 없어서 이 사람은 내가 보살펴주기로 했어.

엄마의 그 말이 떠올랐다.

예뻐서 놀랐다.

야마구치의 그 말도.

"그 집, 대충이라서 걱정 돼."

하지만 히비키는 자제력을 발휘해 그렇게 말했다.

"큰애들 밥, 즉석 카레정도면 그나마 괜찮지만, 과자 같은 거면 싫잖아?"

하야토는 들고 있던 커피 잔을 당황한 듯 입에서 떼어놓는다.

"과자? 아무리 그래도, 그런 일은 없겠지?"

"있어."

히비키는 딱 잘라 말했다.

"그런 일, 당신은 모르겠지만, 있어."

그리고 남편이 겁먹은 듯한 표정으로 자신을 멍하니 응시하는 것을 바라본다.

"어쨌든 커피 마시고 있어. 난 료와 노카를 데려올 테니."

알았다는 남편의 말을, 히비키는 방을 나가면서 등 뒤로 들었다.

"저녁, 뭐 먹을까?"

전시회장인 미술관 앞의, 분수가 있는 광장을 가로지르면서 에이스케는 아내에게 물었다. 리셉션 형식의 내람회는 접수 개시가 다섯 시 반으로 되어 있어 아무리 서둘러 감상해도 전시회장을 나서면 일곱 시가 지날 것 같았다.

"난 뭐든 좋아요."

유키는 너그럽게 대답한다.

"당신이 좋아하는 걸로"

라고.

해가 완전히 저문 하늘은 먹빛으로 물들고, 보름달에 한 발짝 못 미친 달이 건물 맞은편에 어렴풋이 떠 있다.

"요우한테 전화해볼까?"

에이스케는 마치 방금 생각났다는 듯이 가벼운 어조로 장녀의 이름을 말했다.

"모처럼 도심에 나온 데다, 그 녀석은 늘 가난하니까 맛있는 거 사준다고 하면 좋아서 나오지 않을까?"

울 코트 팔에 감겨 있던 아내의 손이 풀린다.

"그러세요."

싸늘한 목소리가 돌아왔다.

"그 애가 나올까요."

에이스케는 멈춰 서서 마치 용돈을 조르는 아이처럼 어색하게 아내를 향해 한 손을 내민다. 휴대전화라는 것을 갖고 있지 않았기 때문이다. 유키는 조용히 한숨을 쉬고 핸드백에서 전화기를 꺼낸다.

요우는 신호음이 세 번 울렸을 때 전화를 받았다. 받았지만 아무 말도 하지 않기에 에이스케가 먼저 목소리를 냈다.

"여보세요? 요우니?"

"아—, 아빠야?"

안도감이 배어 나오는 어조인 까닭은 유키의 전화번호가 표시되어서였던 게 틀림없다.

"지금, 엄마랑 우에노에 와 있는데."

에이스케는 설명했다.

"오랜만에 같이 저녁 먹으면 어떨까 해서."

바로 옆에서 미간을 찌푸리고 서 있는 유키를 보며 에이스케는 말을 이었다.

"네즈에 있는 양식집 기억나지? 여기 일은 앞으로 두 시간쯤 걸릴 것 같으니, 딱 좋을 듯싶은데."

요우는 아무 대답이 없었다.

"여보세요?"

하는 수 없이 에이스케는 다시 목소리를 냈다.

"미안한데."

요우는 에이스케 자신도 거의 예상하고 있던 대답을 했다.

"만약 딸이 필요하면, 모모를 불러요. 이 시간이면 아직 클리닉에 있잖겠어요?"

에이스케가 미처 대답하기도 전에 전화는 끊겨버렸다.

"10분 차이!"

모모는 그렇게 말하고, 바퀴 달린 사무용 의자의 틸팅 기능이 있는 등받이를 젖혔다.

"비어 있었는데 방금 전 약속을 잡아버렸어. 아쉽다아."

하루 진료를 마치고 클리닉 한구석에 마련된 응접실 겸 사무 공간 — 진료 의자가 석 대 있는 메인 공간과는 찬장 하나로 칸이 질러져 있다 — 에 모모는 있다. 데스크에는 마지막 환자의 엑스레이 사진 — 치열교정 2년차인 여고생의 위아래 턱 사진 — 이 그대로 쌓여 있고, 그 바로 앞에는 좀 전에 빼놓은 머리핀이 뒹군다.

"그래? 그럼 하는 수 없지. 늙다리 둘이서 실컷 즐기기로 하마."

전화기 너머 아버지의 목소리에 딱히 낙담의 여운은 담겨 있지 않았다. 마지막에는 웃음소리가 섞였다.

"후후후. 어쩐지 나, 아빠랑 엄마 방해하지 않으려고 약속을 잡은 것 같네?"

그래서 모모도 그렇게 말하고 웃었다. 아마도 옆에 있을 엄마와 모모를 다 배려한 아버지에게 감사하면서.

"재미있게 즐기고 와요."

덧붙여 말했다.

"그렇게 하마. 무슨 약속인지는 모르지만, 너도."

이제부터 좋아하는 남자를 만난다고는 짐작도 못할 거라고 모모는 생각했다. 지금의 모모는 주변의 모든 이가 곧 결혼할 거라 여기고 있던 남자와 헤어진 지 얼마 안 된 상심한 아가씨이므로. 사바사키를 만나는 것에 대해 한순간이지만 가책을 느꼈다. 이시와가 아니라 아버지 앞에서 가책을 느꼈다는 사실에 모모는 당황한다.

전화를 끊고 쓰다만 진료 기록 카드를 마무리 짓는다. 엑스레이 사진과 함께 서류철에 끼워 넣고 데스크 주변을 정리했다. 창밖은 이미 어두워졌지만 여자아이들 ― 치위생사 넷 중 한 사람은 모모와 나이가 같고 한 사람은 몇 살 위였지만, 옛날부터, 왔다가는 결혼이나 출산 등의 이유로 퇴직해 나가는 여성 치위생사들(예전에는 간호사로 불렸지만)을 부모님이 집에서 늘 그렇게 불러 익숙해져 있던 탓에, 그녀들을 개인이 아니라 한 묶음으로 생각할 때면 모모도 그만 그 말을 사용하고 만다 ― 은 기구를 열탕 소독하거나 타월을 개거나 잡지를 펼친 채 수다를 떨고 있다.

10분 차이, 라고 아버지에게 한 말은 사실이었다. 점심시간에 받은 메시지에 답신을 하지 않고 있었더니 '어―이, 모모 쨩, 무사해요?'

라는 메시지가 다시 들어오고, 일을 마치고 전화하자, 좀 있다 만나기로 된 것이다. 여느 때처럼 아주 자연스럽게.

처음 봤을 때부터 그랬다. 그때 일을 떠올리다 모모는 달콤함이 아닌 막연한 불안을 느낀다. 대처할 수 없을 만큼 크나큰 재난이라는 것을 깨닫지 못하고 스스로 뛰어들려 하고 있는 건 아닐까, 라는 불안. 아니면 이미 뛰어들고 만 걸까. 이시와랑 헤어진 것 때문에? 모모로서는 판단이 서지 않지만, 어쨌든 '자연스럽다'는 것이 모모에게는 무서운 거였다. 자연스러운 것에는 선택의 여지가 없다.

사바사키는 언니네 집에서 처음 만났다. 엄마가 말하길 '어른 실격'인 언니는 마흔한 살이 된 지금도 여전히 독신이고, 가난한 학생(그것도 모모가 보는 한 남학생만)과 가난한 외국인(그들 중에는 여자도 있지만, 애인으로 보이는 남자와 함께 살고 있으므로 언니만큼 대책이 없지는 않다고 모모는 생각한다)만 사는 듯한, 게스트하우스로 불리는 오래된 공동주택에 살고 있다. 게스트하우스라는 것의 정의가 뭔지, 몇 번을 들어도 모모는 잘 이해가 가지 않았지만, 여하튼 욕실도 부엌도 공용인 그런 곳에서 자신은 도저히 못살 것 같다. 그리고 쾌적하다고도 청결하다고도 하기 어려운 언니 집에는 끊임없이 사람이 모인다. 친구라든지, 친구의 친구라든지. 부모도 남자도 믿지 않지만 친구만은 믿을 수 있다고 늘 말하는 언니의 인덕인지도 모르겠다고 모모는 생각한다.

그리고 그곳에 어느 날 사바사키가 와 있었다. 무슨 이야기를 했는지 기억나지 않는다. 하지만 많은 이야기를 나눈 것은 기억한다. '자연스러웠다'. 전화번호와 메일 주소를 교환하는 것도, 그 후 둘이 만나는 것도. 마음이 맞고 안 맞고가 아니라 피부감각이라고밖에 말할 수 없는 무언가에 의해 모모는 사바사키와 자신이 가깝게 느껴졌다. 그때만 해도 이렇게 될 줄은 생각도 못했다. 사바사키의 존재가 그저 신선해서, 사바사키와 같이 있을 때의 자신 또한 신선해서, 그래서 이시와도 사바사키에게 소개했고, 일도 연애도 더할 나위 없이 잘해내는 연상의 여자답게 행동했다. 약간의 정사 정도는 여유롭게 즐길 수 있는 여자처럼.

화장을 고치러 화장실에 가자, 하나밖에 없는 세면대 앞에는 먼저 온 손님이 있었다. 아니나 다를까, 퇴근 후의 양치에 힘쓰는 오오타 씨였다.

네 사람이 허둥지둥 떠나고 나자 집 안이 순식간에 고요해졌다. 야마구치는 내내 바깥공기를 쐬어 얼음장처럼 차가워진 이부자리를 복도에서 방 안으로 들인다. 소리가 고파서 TV를 켰다. 뉴스, 애니메이션, 쇼핑 프로그램. 야마구치는 차가운 이부자리에 등을 기대고 앉아 리모컨을 눌러가며 잇달아 바뀌는 화면을 바라본다. 내용은 아무러나 좋았다. 아니, 그렇다기보다 아무것도 머리에 들어오지 않았다. 색과 소리. 그것만 나온다. 야마구치는 한동안 그렇게 TV를 바라보다 문득 꺼도 된다고 깨닫는다. 그래서 껐다. 자리에서 일어나 찻잔과 커피 잔, 마시다 남은 캔맥주를 치운다.

가족과 살던 무렵, 야마구치는 부엌일을 거드는 남편은 아니었다.

가부장적인 남편이어서라기보다 오히려 조심하느라 그랬다. 상대방 영역을 침범하면 안 될 것 같았다. 아내 또한 남편에게 도움 받는 것을 달가워하지 않았을 터이다. 자기 나름대로 순서와 방식이 있고, 그것이 흐트러지면 짜증이 나는 눈치였으므로. 또 쓸데없는 짓을. 입밖에 내진 않았지만 야마구치가 평소 안 하던 짓을 하면 아내는 한숨과 표정과 태도로 그렇게 전했다. 특히 남편이 조기 퇴직한 후에는 번번이.

카즈에는 전혀 달랐다. 어깨를 주물러주면 좋아했고, 산책 나갔다 돌아오는 길에 별것 아닌 물건이라도 사들고 오면 그것을 기뻐했다. 귀찮아하는 것이 거의 없는 여자였다고 야마구치는 새삼 생각한다. "고마워라. 덕분에 살았네." 담박하게, 노래하듯이 그렇게 말했다. 마당을 쓸어달라느니 욕조에 물을 받아달라느니, 대형 폐기물에 붙일 스티커를 사다달라느니 하는 부탁도 주저 없이 했다. 빨리요, 라고 덧붙일 때조차 있어서 처음에는 감탄해야 할지 화를 내야 할지 몰랐을 정도다.

그때가 그립다는 건 아니다. 카즈에의 거리낌 없는 말투며 하루에도 열두 번씩 야마구치를 말똥말똥 바라보면서 "좋은 남자네" 하고 기쁜 듯이 말할 때의 표정, 선이 무너진 몸을 부끄러워하는 기색도 없이 '알몸으로 딱 붙어서' 자고 싶어 했던 일 따위를 이래저래 떠올리면서 야마구치는 생각한다. 마냥 그립다기보다는 좀 더 부정적인 기분. 이건 뭐라고 해야 할까. 옛날부터 야마구치는 자신의 감정을 말로 표현하는 일이 서툴렀다. 부정적인 기분. 무척 인정하기 어려운 일. 카즈에의 희고 부드러운 피부. 목소리.

보고 싶다. 그것을 깨닫고 야마구치는 스스로 놀란다. 그 말의 기묘함과 비현실감에, 이름 붙인 순간 생겨나는 어둠의 바닥 모를 깊이에. 자신은 카즈에가 그리운 거다. 명백한 사실로서, 어쩔 도리 없이 카즈에가 보고 싶고 그리운 거였다.

반지하에 자리한 가게 안은 사람들로 북적북적하고, 조명이 아름답고, 중앙에 나무와 놋쇠를 조합하여 만든 매끄러운 카운터가 있었다. 코트를 맡기고, 일행이 있다고 말한 모모는 자리로 안내받기에 앞서 사바사키를 발견했다. 한눈에 직장인임을 알 수 있는 양복과, 무심한 척 세심하게 신경 써서 세운 머리카락. 손을 흔들기에 몇 개 안 되는 계단을 내려가면서 모모도 손을 흔들었다.

자신이 느슨해지는 것을 느꼈다. 사바사키를 본 순간, 몸이 제멋대로 긴장을 풀고 안심해버리는 것을.

"일찍 왔네?"

연인이라기보다 남매 지간으로 보일지도 모른다는 생각이 드는 건 나이 차이가 아니라 그 안도감 탓이었다. 같은 소재로 만들어진 종족임을 남들도 알아버릴 것 같은 기분이 든다.

"서둘렀지. 모모 짱이 들어오는 모습을 보는 게 좋거든."

순간 대꾸할 말이 떠오르지 않았다. 건네받은 물수건으로 손을 닦으면서 모모는 화이트와인 — 그것이 사바사키가 마시고 있던 것이었고, "굴 요리는 어때?"라는 것이, 전화상으로 장소를 궁리하면서 사바사키가 한 말이었으므로 — 을 주문한다.

"하프로 할까?"

사바사키가 말했다.

"하프?"

모모는 되묻고 나서 새삼 가게 안을 둘러본다. 요리 이름이 적힌 칠판이며 잘 닦인 마룻바닥이며 거꾸로 매달린 채 빛을 반사시키고 있는 유리잔들이며.

"굴 말이야. 한 다스는 많겠지?"

많다고 모모는 대답한다. 하프로 하자고. 사람들의 이야기 소리며 웃음소리, 조리실에서 나는 소리에 섞여 「Little Girl Blue」가 흐른다.

"이 곡 좋아해."

모모가 말했다.

레몬즙을 뿌린 차가운 생굴이 입술 사이로 미끄러져 들어간다. 진하고 둥글둥글한 맛을 톡하니 입안에 남기기 무섭게 몸속으로 스며들어버리는 바람에 하프를 하나 더 주문하고, 모모와 사바사키는 결국 둘이서 한 다스를 먹었다.

"일, 아오야마였어?"

점심나절에 왔던 메시지를 떠올리고 모모가 물었다. 네즈 미술관 옆에서 초등학생을 봤다는 내용이었다.

"응. 모퉁이에 카페 키하치 있는 큰 사거리 있잖아. 거기서 살짝 오모테산도 쪽으로 돌아가서 왼쪽 좁은 길에……."

사바사키가 하는 설명을 들으며 모모는 머릿속으로 지도를 더듬는다. 그러면서 모모가 보려고 하는 건 사바사키가 업무상 찾은 가게도, 그가 보았다는 초등학생들도 아니다. 오늘 낮 동안 그곳에 있었던 사바사키의 모습이다. 지금 옆에 있는 남자와 같은 짙은 남색 양복, 같은 라벤더색 셔츠, 셔츠에 맞췄을 좁다란 넥타이는 블루와 라벤더 색상 줄무늬, 구두가 너무 커 보이는 것도 지금과 같고, 그것은 단지 이 남자가 큼지막한 구두를 선호하기 때문임을 모모는 알고 있지만, 자사 제품(사바사키는 신발 제조업체에 근무하고 있다)에 깊은 자긍심을 지니고 있는 것처럼 보여서 안성맞춤이라고 언젠가 본인 입으로 말했었다. 세상 사람들은 모두 신발의 소중함을 좀 더 깨달아야 한다고 사바사키는 말한다. 품질 좋고 쾌적하고 아름다운 신을 신기만 해도 모두 좀 더 행복해질 수 있고 남들에게도 친절해질 수 있는데, 라고.

모모 자신도 사바사키를 만나면서부터 사람들이 신은 신발에 눈길이 가게 되었다. 의식해서 보면 확실히 고급스러워 보이는 신을 신은 사람은 흡족해 보이고, 초라한 신을 신은 사람은 무언가에 불만을 느끼고 있는 것처럼 보였다.

"모모 짱은? 오늘은 뭘 했어?"

프랑스빵을 뜯어 입에 넣고 사바사키가 물었다. 생굴을 즐긴 후, 와인을 가벼운 화이트에서 무거운 화이트로 바꾸고, 부야베스˙와 샐러드를 서로 나눠 먹는 참이었다.

˙　　프랑스식 해물 스튜.

"어제는 장례식이 있었어."

질문과 대답이 맞지 않는다고 생각하면서 모모는 말했다.

"친구 어머니가 갑자기 돌아가셔서."

사바사키가 포크를 내려놓았기에 숙연해질 정도는 아니어도 다음 이야기를 기다린다는 것을 알았지만, 모모는 갑자기 그다음을 어떻게 이어가야 할지 알 수 없어진다. 비가 내리고 있었던 것, 모모 자신의 엄마를 떠올렸던 것, 사바사키가 보고 싶어졌던 것. 하나같이 히비키와 상관없는 일들뿐이다. 히비키의 불행을 빗대어 이야기하는 건 아니지 싶었다.

"하지만 오늘은 평범한 날이었어."

그래서 그렇게 말했다. 바꾸고 나서 아직 입을 대지 않은 두 번째 화이트 와인을 한 모금 홀짝이고 중얼거린다.

"맛있다."

"그래? 다행이다."

모모는 그렇게 대답한 사바사키가 뒷이야기가 없었던 것에 안심한 건지 불만인 건지, 그 어조로는 파악할 수 없었다.

"저녁에 아빠랑 전화 통화했어."

모모가 그렇게 말한 까닭은 단순히 오늘 일로서 머리에 떠올랐기 때문이다.

"또 엄마한테 끌려나온 모양인데, 요우 언니에게 같이 저녁 먹자고 했다가 거절당했대."

자매와 부모님과의 관계 — 아버지와는 사이가 좋지만 엄마와는 험악한 — 를 사바사키는 모모보다 언니인 요우를 통해 — 아마도 아주 대략적이겠지만 — 이해하고 있으며, 모모로서는 굳이 설명하지 않아도 되는 게 고마웠다. 설명하기에는 너무 개인적인 이야기이고, 들어서 기분 좋을 이야기도 아니었으므로.

"에, 설마, 진짜?"

모모가 아버지의 제안을 거절한 것, 어찌됐든 거절했겠지만 때마침 사바사키와 약속을 잡은 후였기에 거짓말하지 않고 거절할 수 있어서 다행이었다고 이야기하자 사바사키는 그렇게 말했다. 모모는 실수를 깨닫는다. 에, 설마, 진짜? 사바사키가 보인 당황에 가까운 반응은 모모가 이시와랑 헤어졌다고 전했을 때와 비슷했다. 문제는 모모와 부모님 사이가 아니었던 거다.

"잘못했네. 나하고야 언제든 만날 수 있고 요우 짱은 그런 상태니, 모모 짱이 그쪽으로 가드렸어야지."

"괜한 참견."

모모가 말했다.

"내 스케줄은 내가 정합니다."

"그야 그렇지만."

사바사키는 어깨를 으쓱한다.

"보고 싶었는걸."

모모가 말했다.

"그쪽이 아니라 이리로 오고 싶었거든."

묘하게 단조로운 목소리로. 사바사키는 금세 웃는 낯이 된다. 모모

눈에는 지나치게 밝아 보이는. 지나치게 밝고, 지나치게 순수해 보이는 웃는 얼굴이.

"그래?"

그리고 이렇게 되묻는다.

"이만큼?"

양손을 어깨넓이 정도로 벌리고 싱글싱글 웃는다. 모모가 어이없어 하며 눈썹을 치켜세우자,

"난 있지, 오늘 밤, 우주만큼 모모 짱이 보고 싶었어"

하고 말했다.

2월

히비키에게 츠츠이 모모는 이 세상에서 유일하게 무슨 이야기든 다 털어놓을 수 있는 상대였다. 중학교 때부터의 절친. 누가 물어오면 그렇게 대답했고, 물론 거짓은 아니다. 하지만 그때 당시의 반 친구들에게 물으면 히비키와 모모가 친했던 기억은 없다고 할 거라고, 히비키는 생각한다. 같은 반이라는 것 외에 자신과 모모 사이에는 딱히 공유할 만한 요소가 없었으니까. 행동을 같이 하는 그룹이랄까, 친하게 지내는 아이들이 각기 달랐고, 동아리나 학급임원회 활동도 함께했던 예가 없다. 몸집이 작은 모모와 반대로 몸집이 큰 히비키, 우등생이었던 모모와 낙제를 간신히 면할 정도였던 히비키, 차분한 성격에 선생님과 친구들 사이에서 성씨로 불리던 모모와 긴 머리와 색깔 있는 립크림에도 불구하고 '아저씨'라는 달갑지 않은 별명으로 불리던 히비키는 애당초 존재의 방향이 반대였다. 하지만 입학식 날,

강당에서 우연히 옆자리에 앉게 되어 아무려나 좋은 이야기를 두세 마디 나눈 후부터 줄곧 히비키와 모모 사이에는 이른바 개떡 같이 말해도 찰떡 같이 알아듣는 느낌이란 게 있었다. 도시락을 함께 먹지 않아도, 선택 수업을 같이 받지 않아도, 예사로. 그 무렵의 여학교에서 그런 예사로움은 얻기 어려운 것이었다. 모모는 히비키를 '히비키'로 불렀다. 성씨가 아닌, '아저씨'도 아닌.

돌이켜보면 자신들이 가까워진 계기는 성적의 특수성 때문이었는지도 모른다고 히비키는 생각한다. 둘 다 수업에 불만을 가지고 있었다. 모모는 성적이 뛰어나게 우수했기 때문에, 히비키는 눈에 띄게 형편없었기 때문에.

그래서 종종 오후 수업을 빼먹었다. 둘이 같이 행동하면 사람들 눈에 띄기 쉽기 때문에 각자 따로따로 빠져나와 교문에서 5분쯤 걸어가면 나오는 작은 절 앞에서 합류했다. 히비키로서는 이해할 수 없는 일이었지만 모모의 목적지는 도서관이었다. 그것도 학교 근처 도립 도서관이 아니라 굳이 지하철을 타고, 같은 도립이어도 좀 더 큰, 교복 차림의 중학생이어도 의심을 사지 않을 도서관으로 갔다. 히비키에겐 이렇다 할 목적지가 없었지만 도서관보다는 좀 더 시끌벅적한 장소 — 옷 가게라든가 레코드 가게라든가, 아이스크림 가게 같은 곳 — 로 가고 싶었다. 그렇더라도 교외 생활지도반에 붙들릴 위험은 무릅쓰고 싶지 않았기에 우선 도서관으로 갔다가 정규 하교 시각을 넘기고 나서 둘이 번화가를 배회했다. 결국 중학교 3년을 통틀어 히비키는 공부라는 것을 학교가 아니라 도서관에서 했다. 비록 열의를 쏟은 것은 시험 전뿐이었다고 해도. 모모는 열성 교사는 아니었지만 냉정하고 끈기 있는 교사였다.

"모모, 나중에 선생님 해라."

히비키는 친구에게 여러 번 그런 말을 했다.

도서관에도 번화가에도 가지 않고, 학교를 빠져나와 곧장 히비키네 집으로 갈 때도 있었다. 어머니가 바깥일을 하고 있어서 집 안에 감독할 사람이 없다 보니 마음이 편했다. 히비키는 과자를 먹으며 TV를 봤지만, 모모는 그 집에서도 공부를 했다.

그렇게 히비키와 모모는 학교 밖에서 가까워졌다. 두 사람이 다닌 여자중학교는 낙제만 안 하면 같은 재단의 단기 대학까지 그대로 진학할 수 있어서, 그 점이 히비키에게는 가장 큰 매력이었다. 하지만 모모는 중학교를 마치자 다른 고등학교로 진학했다. 도쿄대학이나 교토대학 같은 곳을 목표로 삼는 우수한 학생들이 모이는 학교였다.

다른 학교에 다니게 됐어도 일주일에 한 번은 만나서 도서관에 갔고(어머니인 카즈에가 앞으로도 히비키 공부를 봐줬으면 좋겠다고 모모에게 부탁했기 때문이다), 일주일에 두 번은 번화가에서 놀았다. 히비키가 보는 한, 모모는 중학교 때보다는 공부를 열심히 안 하게 되었던 듯싶다.

고등학교 시절, 히비키는 교외로 이사한 지 얼마 안 된 모모네 집에 공부를 봐달라는 핑계로 종종 놀러갔다. 가면 대개 저녁을 얻어먹었다. 시험 전에는 정말 공부도 했고, 카즈에가 생전에 곧잘 말했다시피 '히비키가 무사히 단기대학을 졸업할 수 있었던 것도 모모 짱

덕분'이지만, 시험 전 말고는 모모 방에서 음악을 듣거나 그저 수다를 떨며 지냈다.

정말 그렇게 잘도 재잘대던 시절이 있었구나, 하고 히비키는 놀란다. 모모에게 처음으로 생긴 남자 친구 이야기며, 당시 히비키가 빠져 있던 록밴드의 아무개에 관한 이야기, 언젠가 가보고 싶은 외국(모모는 네덜란드, 히비키는 아일랜드)에 관한 이야기에서부터 안전한 제모 방법까지, 여하튼 밤을 새도 모자랄 만큼 할 이야기가 많았다.

만나는 횟수는 줄어들었고 이야기 내용도 달라졌지만 히비키에게 모모는 지금도 뭐든 이야기할 수 있는 상대이며, 어쩌면 이야기해선 안 될지도 모르는 것 — 시댁과 관련된 푸념, 아이 학교 문제, 동네 엄마들과의 인간관계, 신체 고민이나 성적인 꿈(옛날에 동경했던 남자가 줄곧 널 좋아해왔다고 말하며 대시하는)을 꾼 일 — 까지 이야기하지 않고는 못 배기는 상대이고, 자신도 모모에게 그런 존재일 거라 여기고 있었다.

때문에 겨울 오후의 부엌에서, 오랜만에 놀러온 모모에게 애인과 헤어졌다는 이야기를 들었을 때 입을 타고 나온 첫마디는 "왜?"가 아니라 "언제?"였다. 어쩌면 그것이 헤어졌다는 사실 이상으로 중요한 양.

"뭐야아, 그게."

히비키는 호들갑스럽게 말하며 눈을 휘둥그렇게 뜬다. 모모는 홍차를 한 모금 홀짝이고 어깨를 으쓱해 보인다.

"꼭 그렇다고도 할 수 없다니 무슨 소리야, 꼭 그렇다고도 할 수 없 다니."

홍차에는 두껍게 썬 레몬이 한 조각, 둥실 떠 있다.

"그러니까 그게, 나한테는 이시왓치가 있었던 셈이고."

대답하고 나서, 모모는 그 레몬이 어쩐지 히비키와 닮았다고 생각 했다. 아낌없이 크고, 좋은 향이 나고, 밝다.

"하지만 헤어졌잖아? 그 카사노바 때문에, 이시와 씨랑."

지나친 염색 때문에 푸석푸석해진 머리카락이 흔들릴 정도로 히 비키는 몸을 내밀었다.

"말인 즉, 그 녀석이 모모를 이시와 씨한테서 빼앗은 거잖아? 그런 데도 애인이 아니면 뭔데? 의미를 모르겠다. 그보다, 그 녀석 대체 어 쩌자는 건데?"

모모는 정말 화가 난 친구의 얼굴을 바라본다. 알고 있었다고 생각 했다. 히비키가 이런 반응을 보일 거라는 건 알고 있었다. 이시와 히 라쿠와 헤어진 것, 그 헤어지기 얼마 전부터 사바사키와 사귀기 시작 한 것을 모모는 지금 이 오랜 친구에게 이야기한 참이었다. 오랜 친 구의 두 눈은 우선 놀라움으로 인해 커지고, 이어서 걱정되는 듯 흐 려지고, 그리고 금세 호기심으로 빛났다. 사바사키가 모모보다 아홉 살 아래임을 알자 "꺄아―" 하고 놀리는 듯한 목소리를 높이고, 모 모가 사바사키를 같은 소재로 만들어진 종족이라고 느낀다, 라고 이 야기했을 때만 어찌된 영문인지 두 손에 얼굴을 묻고 "뭐야아" 하 고 부끄러운 듯이 말했다. 하지만 "그럼, 이제 새로운 애인이 있는 거

네" 하고 당연한 듯이 결론 지은 히비키에게 "꼭 그렇다고도 할 수
없어" 하고 모모가 대답한 즈음부터 호기심이 의심으로, 의심이 불
만으로 바뀐 참이었다.

"사바사키가 나를 빼앗은 건 아니야."

모모는 말했다.

"내가 멋대로 헤어진 거야. 그래서 사바사키는 나를 걱정해주고
있달까."

"뭐야아, 그게."

친구의 큰 목소리에 모모는 저도 모르게 몸이 움츠러들었다.

"통 모르겠다."

히비키는 말을 내뱉고 일어나 냉장고를 연다. 모모가 사온 슈크림
을 ― 방금 둘이서 하나씩 먹은 참이었는데 ―, 다시 하나씩 꺼내 그
릇에 놓는다.

"난 됐어."

그랬었지, 하고 모모는 문득 옛날 일을 떠올렸다. 히비키는 옛날부
터 화를 내거나 애가 타거나 감정이 흐트러지면 뭘 먹는 버릇이 있
었다.

이곳에 오는 건 오랜만이었다. 이전에는 수시로 들러 아이들과 놀
아주거나 히비키와 둘이 요리를 하곤 했다. 방문이 뜸해진 것은 히비
키가 셋째 아이 ― 남자아이로, 이름은 '료'다 ― 를 임신했을 무렵
부터였다고 기억한다. 다른 치과클리닉의 비상근 의사였던 모모가
그 무렵 지금의 치과클리닉 전임의가 되어 일이 바빠졌던 것이 물론

가장 큰 이유였지만, 이 가족의 높은 인구밀도와 시끌벅적함, 히비키와 남편이 자아내는 분위기나 정서가 불편해지기 시작했던 것 또한 사실이었다. 그러고 보니 이시와와 사귀기 시작한 때도 그 무렵이었다고 모모는 멍하니 회상한다. 이전 직장의 환자였던 아주머니 소개로 만나게 되었다.

"료가 지금 여섯 살?"

하고 묻자,

"말 돌리지 마"

하고 야단맞았지만,

"다섯 살이야. 노카가 세 살. 유우키가 열한 살, 미쿠는 아홉 살"

이라는 답변이 돌아왔다.

"잘도 낳았네."

모모가 새삼 감탄하며 중얼거리자, 히비키는 대수롭지 않은 듯이 "뭐 그렇지" 하고 대답하고, 좀 전의 이야기를 또다시 문제 삼았다.

"하지만 난 역시 납득이 가지 않아. 말하면 되잖아, 난 너 때문에 사귀던 사람과 헤어졌다고. 사실이잖아. 왜 말 안 하는데?"

그런 말은 도저히 할 수 없다고 모모는 생각한다. 그런 협박 같은 말은.

"하지만 화가 나."

모모가 입을 벌리기에 앞서 히비키는 "하지만"을 거듭한다.

"그런 건 말하지 않아도 알아야 하는 거잖아, 그 남자는."

모모는 정곡을 찔린다. 그리고 생각한다. 히비키에게는 옛날부터 내가 가장 듣고 싶어 하지 않는 말을 아무런 악의도 없이 찾아내 말하는 능력이 있었다고.

궁지에서 구해준 건 료와 노카였다. 현관문 여는 소리가 나는가 싶더니, 다녀왔습니다― 하는 두 가지 색깔의 귀여운 목소리가 나고, 작은 남매가 방으로 쿵쾅쿵쾅 뛰어 들어온다. 모모는 절로 미소가 지어졌다.

"손 씻고, 양치하고."

히비키가 말한다. 아이들은 집까지 뛰어왔는지 숨을 헐떡이고 있다. 서로 장난치면서 온 듯 서로서로 얼굴을 보고는 도망칠 태세를 취하고, 목 안에서 새어나오는 웃음소리는 금방이라도 비명으로 바뀔 것만 같았다.

"안녕."

세면실에서 돌아온 아이들에게 모모가 말했다.

"안녕하세요."

료한테서는 같은 인사가 돌아왔지만, 노카는 아무 말 없이 모모를 바라보다 느닷없이 식탁 밑으로 기어들어가더니 배를 깔고 누워 모모의 슬리퍼 신은 발 위에 자신의 머리를 얹었다. 모모는 놀란 나머지 순간 말을 잃었다. 히비키는 눈도 꿈쩍하지 않는다.

"노―카―. 나오렴. 안녕하세요, 해야지."

하지만 놀란 가슴은 금세 가라앉았다. 간신히 상대가 어린아이라는 것에 생각이 미친다.

"오랜만이네."

모모는 의자를 당기고 식탁 밑으로 두 손을 넣었다. 아이의 양 옆구리를 받치고 머리를 찧지 않게 조심하면서 당겨 올린다. 무겁다는 생각이 들었다. 이렇게 작은데 무겁다. 아이는 몸을 맡긴 채 모모의 무릎 위에 앉았다.

"잡았다—."

모모는 말끝을 늘리며 말했다. 장난삼아 한 말이지만 아이에게 통할지 어떨진 알 수 없었다. 모모가 당황스럽게도 히비키는 갑자기 딸의 머리카락을 검사하기 시작한다. 모모의 무릎 위에 앉힌 채.

"또 모래투성이. 우와, 여기, 끈적끈적하네. 사탕이라도 묻힌 거니?"

그렇게 말하고 머리 냄새까지 맡았다.

"다행이다. 사탕이네."

그러고 나서 별안간 목소리 톤을 바꿔,

"료—"

하고 말한다.

"노카가 이상한 데 들어가지 않게 잘 보랬지. 네 동생이잖니? 정말이지—, 오늘은 어디서 놀았니?"

"공원."

어느새 TV를 켜고 한 손에 리모컨을 쥔 채 보고 싶은 프로그램을 찾고 있는 모양인 료는 화면에서 눈을 떼지 않고 대답한다.

"하지만 돌아오는 길에 틈새에 들어가버려서 그래."

"틈새라니 무슨 틈새?"

히비키가 물었다.

"엥—? 보통 틈새."

료의 대답에 모모는 저도 모르게 웃고 말았다. 보통 틈새.

그 와중에도 노카는 얌전히 모모에게 안겨 있었다. 아이 몸의 부드러움과 무게, 게다가 콩주머니를 얹어 놓은 듯 안정감 있는 앉음새에 모모는 신선한 감흥을 느낀다. 평소 닿을 기회가 있는 성인 남자들의 몸과는 어쩜 이리 감촉이 다른지.

"이리 와."

히비키가 노카를 안아 올린다. 다시 세면실로 가게 된 노카는 머리카락의 '끈적끈적'한 것을 물로 씻긴 모양이었다. 돌아온 노카가 모모를 향해 브이 사인을 보냈기에 모모도 같은 동작으로 화답했지만 무슨 의미인지는 알 수 없었다.

그 후에는 홍차를 맥주로 바꾸고 히비키의 근황을 들었다. 장남의 진학을 둘러싸고 부부 사이에 의견 대립이 있었다는 것, 하지만 결국 히비키가 양보해 입시는 치르지 않고 공립 중학교에 진학시키기로 정했다는 것, 돌아가신 어머니를 둘러싼 이런저런 일이며, 이전부터 모모도 들어서 알고 있지만 어머니 장례식 때 처음 본 '야마구치 씨'에게 '지금 있는 두 명의 세입자가 나갈 때까지'라는 조건을 붙여 관리인으로서 그 집에 남도록 했다는 것, 여기에 대해서도 남편과 의견 충돌이 있었지만(하야토는 융통성 없이 원리 원칙대로만 하려는 면이 좀 있다고 히비키는 말했다) 이번엔 의견을 굽히지 않았다는 것, 왜냐면 어머니라면 틀림없이 그러길 바랐을 테니까, 등등의 이야기를 여고

생을 방불케 하는 속도와 기세로 히비키는 단숨에 쏟아냈다.

꽤 흥미로운 화제이기는 했다. 모모는 자신에게 없는 것 — 남편, 아이들, 돌아가신 어머니 — 만 갖고 있는 친구의, 자신으로서는 상상도 못할 고민을 들으며 감탄한다. 히비키는 참 장하다, 라고. 그런 성가신 일들을 다 맡아 하는 히비키는 참 장하다. 그리고 그렇게 여기는 마음 바로 밑에서 그것들과 — 적어도 바로 지금 — 연이 없는 자신을 축복하고 싶은 기분이 솟구치는 것을 막을 길이 없었다. 아, 또야, 하고 모모는 생각한다. 나는 또 마땅치 않은 인간이 되었다.

"5천만 엔 플러스 법적상속인 수를 곱한 천만 엔을 상속세에서 공제받게 됐는데."

히비키는 아직 뭔가 열심히 이야기하고 있었지만 모모는 거의 듣고 있지 않다. 아이들이 보고 있는 TV에서 시끌벅적한 웃음소리가 피어오른다. 친구 일가가 사는 이 맨션이 갑자기 다른 세계인 양 느껴졌다. 자신이 있어야 할 장소는 아닌 것처럼.

"뭐야, 모모, 비었잖아."

히비키는 모모가 마시고 있던 맥주 캔을 집어 들고 흔들어 보였다.

"사양 말고 말하라니까. 맥주는 얼마든지 있으니까."

창밖은 어두워져 있다. 히비키의 남편과, 영어학원에 가 있다는 위의 두 아이도 곧 돌아올 것이다.

"슬슬 가봐야지."

모모가 말하고 일어섰다. 그러거나 말거나 히비키는 새 캔맥주를 딴다.

"농담이지? 이렇게 오랜만에 와놓고, 유우키랑 미쿠 얼굴도 안 보고 가려고?"

위의 두 아이와 모모는 예전에 자주 같이 놀았다. 히비키의 결혼기념일에 부부 둘이 외출할 수 있도록 하룻밤 맡아준 적도 있다.

"오늘 저녁은 만두야. 속은 이미 만들어뒀으니 싸는 것만 도와줘."

히비키는 생글거리며 말을 잇는다.

"새 애인 이야기도 아직 이것저것 듣고 싶고."

애인이라고 딱 꼬집어 말할 수 없다고 되풀이해봤자 별 의미는 없을 것 같았다. 사람과 사람 간의 모든 관계에 이름을 붙이는 일이 과연 가능할까, 하고 모모는 의구심을 갖는다. 이름이 그렇게 중요한 걸까.

전혀 중요하지 않아요. 사바사키라면 그렇게 대답할 것 같았다. 그런 건 아무려나 좋지 않나? 삶은 풋콩이라도 쏙 집어 먹는 양 선선히 말하는 사바사키의 표정과 말투까지 떠올랐다.

"뭐야, 모모, 지금 생각나서 웃는 거잖아."

친구에게 그렇게 지적당할 때까지 모모는 자신이 미소 짓고 있다는 것을 깨닫지 못했다.

사무실에 다다르자 밤공기를 타고 천리향 냄새가 났다. 오후 일곱 시. 하루에 현장을 세 군데 도는 것이 이 시기에 드문 일은 아니지만, 아침 여덟 시 반에 출근하고부터 거의 열한 시간 이어진 노동이었다.

"수고 많으셨습니다. 정말 미안합니다."

실내에 발을 들여놓자마자 사과를 받고, 하야토는 언짢게 고개를 끄덕인다.

"견적이랑 완전히 다르잖아요. 그거 절대 다 못 실어요, 한 대로는."

하야토는 이사업체 작업원이다. 팀장으로서 아르바이트 직원을 통솔하고 현장을 도는데, 작업이 막힘없이 진행되고 안 되고는 눈앞의 남자 ─ 플래너 ─ 가 낸 견적이 정확하냐 아니냐에 달려 있다.

"아무리 혼자 산다고 해도, 그런 사람은 물건을 쟁여두기 때문에."

우치다, 라는 이름의 신입 플래너는 오로지 '미안하다'는 말을 반복하며 머리를 숙인다. 악의가 있어서 그런 건 아니기에 딱한 마음이 들지 않는 것도 아니었지만, 그것과 화나는 것은 또 다른 문제였다.

"뭐, 이제 어쩔 수 없지만, 조심 좀 해요, 다음부터."

트럭에 짐을 다 실을 수 없는 사태가 일어나, 다른 현장에서 지원 오길 기다리는 동안 헛되이 발이 묶이고 말았다. 하야토는 자신의 퇴근이 늦어지는 것은 상관없었다. 원래 이 일이 그런 성격이라는 걸 이해하고 있다. 하지만 아르바이트 직원에게 잔업을 강요하는 건 되도록 하고 싶지 않았다.

하야토는 고등학교를 졸업하자마자 숙부의 권유로 지금의 회사에 취직했다. 어차피 운행관리자 시험을 치르고 영업일을 할 생각이었는데 막상 일을 시작하고 보니 자신에게는 현장이 맞는다는 것을 알았다. 체력에는 자신이 있는 편이고 운전을 좋아하기도 하지만, 그 이상으로 현장이란 곳은 제각각 다 달라서 임기응변으로 대응할 필요가 있다는 점이 마음에 들었다. '문제를 해결하는' 능력.

하긴 현재 자신이 우두머리 격인 '팀장' 입장에 있는 것도 얄궂다고 하면 얄궂은 일이었다. 어릴 적, 오토바이 레이서를 동경했던 하야토는 ─ 오토바이 경주를 보러 데려가준 사람도 숙부였다. 숙부는 부동산 사업으로 성공하여 한때는 제법 떵떵거리며 살았는데 그 후 불운이 겹쳐 처자식을 모두 잃고 현재는 택시 운전을 하고 있다 ─, 열여섯 살이 되자마자 바로 오토바이 면허를 땄다. 스피드광이긴 했지만 폭주족 근처에도 가지 않았던 것은 '우두머리'가 있는 듯한 인간관계가 번거로워서 싫었기 때문이다.

사무실이 있는 카마다에서 집까지는 구코 선空港線, 공항선으로 두 정거장 거리다. 시끌벅적한 역 앞을 지나 주택가로 접어들자 다시 천리향 냄새가 진하게 났다. 달이 떠 있다. 하야토는 퇴근길이란 것이 좋다. 자신을 기다리는 사람들이 있다고 생각하면 뿌듯한 기분이 든다.

하야토가 사는 맨션은 사거리의 한 모퉁이에 자리하고 있다. 2층 오른쪽 끄트머리 창에 불이 들어와 있는 것을 여느 때처럼 올려다보며 확인하고 나서 맨션 입구로 들어섰다.

현관문을 열자, 소리를 알아차린 료만 나왔다. 요리하는 냄새와 TV 소리.

"어서 와요."

아내가 목소리만 울려 인사를 건네고, 유우키와 미쿠 목소리가 뒤를 잇는다.

하야토는 거실 입구에 서서 가족들에게 "다녀왔습니다", 그리고 아내의 절친한 친구에게 "왔어요?" 하고 말했다. 츠츠이 모모는 자리에서 일어나며 "안녕하세요. 죄송해요, 먼저 시작해버려서"라고 대답했다. "일요일인데도 수고가 많으시네요"라고도. 실내는 연기로 자욱했다. 식탁에는 철판이 나와 있고, 이미 불이 꺼진 그 위에 만두가 네 개 남아 있었다.

"금방 새로 구울게."

아내 말에 하야토는 "어" 하고 대답한다.

옷을 갈아입고 식탁으로 돌아오자, 샐러드와 맥주와 사시미곤약이 차려져 있었다. 위의 세 녀석은 방으로 쫓겨 간 듯 막내딸인 노카만 어린이용 의자에 앉아 있다.

"두 종류 만들었어, 돼지고기 넣은 거랑 새우 넣은 거."

TV도 끄고 조용해진 실내에서 히비키 목소리는 묘하게 크게 들렸다.

"만두피 싸는 거, 모모도 도와줬어."

그 모모는 싱크대 앞에 서서 설거지를 하고 있다.

"됐어요, 됐어, 모모 쨩. 그런 건 나중에 히비키가 할 거니까."

하야토는 손님에게 그런 일 좀 시키지 말라고, 표정으로 전하려 아내를 보았다. 하지만 히비키는 철판에 만두를 늘어놓느라 여념이 없어 하야토는 안중에도 없는 듯했다. 주전자 물이 부어지고 요란한 소리와 함께 증기가 피어오르자 히비키는 철판에 뚜껑을 덮는다.

"모모, 이시와 씨랑 헤어져버렸대."

이어서 말했다.

"그래서, 지금 다른 애인이 있대."

느닷없는 소리에 말문이 막혀버렸다. 아내 친구가 누구랑 사귀든 알 바 아니었지만 면전에서 그 사실을 전해들은 이상, 무언가 반응을 보여야 한다.

"역시, 모모 쨩."

그래서 그렇게 말해본 건데 그 말은 왜인지 혼잣말처럼 허공에 뜨고 말았다. 철판 뚜껑 안쪽에서 기름 튀는 소리가 난다.

"애인까지는 아니야."

돌아보며 모모가 말했다.

"아직 '그레이 존'이야. 히비키 넌 뭐든 흑백을 가리려든다니까."

난감해 보이는 얼굴을 하고 있다. 모모를 만나는 건 오랜만이었다. 카즈에 씨 장례식 ─ 그마저도 벌써 석 달 전이다 ─ 을 제외하면 근 반년만인 듯싶었다. 청바지에 올이 성긴 갈색 터틀넥 스웨터. 꾸밈없는 복장이 흰 피부와 예쁜 얼굴을 돋보이게 한다.

"알지, 알지."

하야토가 웃었다.

"이 사람, 그런 면이 있지요, 성급하달까."

"외곬."

모모가 말하고, 그 말을 히비키가 바로잡는다.

"공평하다고 해줬음 좋겠어. 정의감이야, 정의감."

"확실히 강하지, 정의감. 히비키는, 옛날부터."

차분한 어조로 말하면서, 설거지를 마쳤는지 모모가 원래 자리로 돌아와 앉는다. 평소에는 유우키가 앉는 위치다.

"있잖아, 정의감이 강하다는 것과 반대되는 말이 뭘까. 정의감이 약하다고는 하지 않지?"

"그렇게 말하지 않나?"

히비키가 대답하자 모모는 얼굴을 찌푸렸다.

"그런가? 뭔가 이상하지 않아?"

하야토는 미소 짓는다. 처음 만났을 무렵의 두 여자들 모습일 것 같았기 때문이다. 하야토가 만나기 이전, 다시 말해 중학교 시절부터 아마도 두 사람은 이렇듯 아무려나 좋은 일을 진지한 얼굴로 이야기 해왔으리라.

츠츠이 모모는 하야토와 히비키의 연을 맺어준 신이었다. 이 부부 사이에서는 그런 존재가 되어 있다. 고등학교 시절, 하야토가 모모를 꼬드기려고 했다. 해 질 무렵 시부야에서. 모모는 혼자 오도카니 서 있었다. 교복 차림으로, 109(이치마루큐) 앞에.

"친구를 기다리는 중이라서."

모모가 웃음기 하나 없이 그렇게 말한 것을 하야토는 지금도 기억 한다.

"남자 친구?"

그렇게 묻자 경멸감까지 드러내며 말했다.

"그쪽하곤 상관없잖아요?"

그리고 나타난 '친구'가 히비키였다.

크다, 라는 것이 히비키의 첫인상이었다. 모모와는 다른 교복을 입고, 가방에 인형을 몇 개씩이나 주렁주렁 달고 있었다. 셋이서 커피

숍에 들어갔는데 하야토는 주로 모모에게 관심이 있었지만, 차를 다 마시자 모모는 돌아가버리고 히비키가 남았다. 게임센터에 가서 바라는 대로 봉제 인형이니 과자니 따주었다. 2층으로 올라가 빙고게임을 가르쳐주자 그 게임에 푹 빠져버렸고, 바깥에 나왔을 때는 저녁이 되어 있었다. 모모와 둘이서 자주 시부야를 얼쩡거린다기에 그다음 주에 다시 셋이 만나자고 약속하고 헤어졌다. 그런데 약속한 당일 나타난 것은 히비키 혼자였다.

하야토는 지금도 의아하게 생각한다. 스스로 생각해도 한심한 녀석이어서 여자를 외모로 점수 매기곤 했던 그 시절에 어떻게 히비키의 장점이 눈에 보였을까. 히비키에게는 말할 수 없지만 처음엔 '작작 좀 해라' 하는 생각이 들었다. 히비키는 잘 웃고 잘 떠들고 잘 먹는 여고생이었다. 하야토가 가는 곳은 어디든 따라오고 싶어 했고, 하야토가 하는 건 뭐든 함께하고 싶어 했다. 느닷없이 자기가 쓸 헬멧을 사온 적도 있다. 하야토는 오토바이 뒤에 아무도 태우지 않는 주의였기에 그렇게 말하자, 슬퍼 보이는 얼굴로 "알겠어"라고 대답했다(그 후, 하야토는 자신의 원칙을 접고 히비키를 태우게 되었다). 나중에 들은 이야기인데 당시 모모는 하야토와 사귀는 것을 반대했던 모양이다. 하지만 히비키는 꺾이지 않았다. 대체 무슨 이유에서였는지 하야토로서는 짐작도 가지 않지만, 처음 만났을 때부터 히비키는 하야토를 믿어주었다. 게다가 참을성이 많기도 했다. 하야토가 다른 여자와 사귀게 되면서 그 사실을 알렸을 때에는 "그 여자랑 헤어질 때까지 기다릴게" 하더니, 실제로 반년 정도를 기다렸다.

만두를 반찬 삼아 밥을 쓸어 넣듯이 먹으며, 하야토는 아내와 그 친구를 바라본다. 낮부터 내내 수다를 떨었으련만 여전히 할 이야기가 남은 듯싶은 두 사람을. 물론 이미 고등학생으로는 보이지 않지만, 두 뺨이 상기된 채 아무려나 좋은 일을 즐겁게 이야기하는 두 사람은 하야토에게 당시 기분을 떠올리게 한다. 뭘 해도 성에 차지 않고, 그러면서도 무언가를 주체하지 못했다. 모모와 사귀었으면 좋겠다고 생각하면서 어느새 히비키에게 빠져들고 있었다. '팀장' 등으로 불리며 서른여섯 나이에 네 아이를 둔 지금의 자신을 당시의 자신이 본다면 뭐라고 할지, 상상도 가지 않는다.

요우는 지하철 표를 사려다 가방 속 휴대전화가 빛나고 있는 것을 알아차렸다. 머릿속에는 방금 보고 나온 영화의 기운이랄까, 잔상이 소용돌이치고 있었기에 자신에겐 필요악일 뿐인 그 작은 전자기기 — 참 싫다, 라는 것이 요우가 휴대전화를 봤을 때 맨 처음 떠오른 형용사이고 이하, 지긋지긋하다, 앙큼하다, 기분 나쁘다, 로 이어졌다 — 는 딱 무시해버리고 싶었지만, 지하철 표를 사고 개찰구를 지나 계단을 내려가는 도중 체념하고 꺼내 연다(이런 점이 싫다고 요우는 생각했다. 전화기는 어디까지나 내가 다루어야 하는데, 가방 안에서조차 내게 무언의 압력을 가해와 결국 나를 다루고 마니까, 라고).

그건 전화가 아니라, 여동생인 모모가 보낸 메시지였다.

'정의감이 강하다, 의 반대말이 뭘까?'

엥? 요우는 순간 혼란스러웠다. 오늘 밤 내가 영화 시사회에 온 것을 그 아이는 알 리 없는데. 그리고 깨닫는다. 영화 내용과 이 메시지는 아무 관련이 없을 것이다. 게다가 오늘 본 클로드 샤브롤 감독의 영화는 정의正義라기보다 모럴과 인모럴, 그 정의定義를 묻는 듯한 이야기였다. 루디빈 사니에와 브느와 마지멜. 요우는 마지멜을 좋은 배우라고 생각한다.

계단 중간에 멈춰선 채 답신을 보내는 바람에 뒤에서 내려오는 사람들이 거치적거리는 듯이 자신을 비켜 가는 것을 알았다.

'정의감이 강하지 않다, 말고 달리 뭐가 있겠어. 지금 긴자. 하지만 일요일이고, 이 시간이니 클리닉에는 없겠지?'

플랫폼을 걷고 있는데 답신이 도착했다(휴대전화를 싫어하는 요우와 달리 모모는 항상 답신이 빠르다. 깔끔한 성격 탓이라고 요우는 생각한다. 그 아이는 옛날부터 깔끔했다. 함께 살았던 무렵엔 요우의 책상 서랍도 옷장도 전부 모모가 정리해주었다).

'그래? 고마워. 요우 언니는 머리가 좋네. 지금 히비키네 집에 있어. 다 같이 만두 먹은 참이야. 다음 주 아빠 생신 잊지 말고. 절대 빠지면 안 된다? 히비키가 언니한테 안부 전해달래.'

굉음과, 뜨뜻미지근한 미풍과 함께 전철이 플랫폼으로 미끄러져 들어온다. 잘 없는 도요코선 직행이다. 요우는 휴대전화를 가방에 집어넣고 사람들의 하루치 피로와 탄식이 가득 차 보이는 차량 안으로 발을 들여놓는다.

다음 주―. 물론 잊지 않았다. 잊기는커녕 그날의 일정 ― 요우도 모모도 오후 여섯 시에 부모님 집에 가기로 되어 있다 ― 은 요우의 머리 한구석에 눌러앉은 채 충치처럼 이따금씩 욱신거렸다.

감기에 걸렸다거나 갑자기 일이 생겼다고 하고 가지 않을 수는 있다. 실제로 올 설에는 감기에 걸렸다고 하고서 가지 않았고, 작년에도 부모님 생신 때마다 무슨 핑계를 댔는지는 잊었지만 여하튼 구실을 만들어 불참했다.

그 집―. 요우가 스무 살 때 일가가 이사한 그 집은 엄마의 성이었다. 교외에 있는 정원 딸린 단독주택. 유독 채광에 얽매여 여기저기 천창을 내고, 벽 일부는 통유리에, 지하에는 세탁실과 가사실이 있다. 야트막한 단이나 선반을 많이 만든 까닭은 엄마가 몇 년에 걸쳐 모은 현대 작가의 그림과 도자기 ― 요우가 보기엔 악취미 그 자체 ― 를 장식하기 위해서이며, 그중 백미는 아버지 및 그 친구들이 소유한 요트 '히기에이아 호'의 모형인데, 실물을 정확하게 축소해 만든 그것은 계단 중간 벽에 붙박이식으로 설치한 유리 달린 선반에 미술품답게 자리하고 있다.

요우에게는 집 자체가 공포였다. 부모님과의 대화라든지 끊임없이 이어지는 엄마의 비난과 비아냥거림을 받아넘기는 일은 거기에 비하면 아무것도 아니다. 요우 자신은 대학을 졸업하자마자 혼자 나와 살기 시작했기 때문에 지금 그 집에서는 2년도 채 살지 않았다. 따라서 그 이전에 살았던 집에 비하면 싫은 기억이 덜하지만, 그래도, 아니 바로 그렇기 때문에 집은 엄마 그 자체가 되어 요우를 짓뭉개버리려 했다.

그렇다고 해서―. 지하철 차창에 비치는 자기 얼굴을 무심코 바라보며 요우는 생각한다. 그렇다고 해서, 거짓말을 해가며 계속 피하는 것도 어른스럽지 못한 행동이라는 건 알고 있었다. 자신을 걱정해주는 아버지에게 미안한 마음도 있다(이 나이 먹고도 아직까지 생활비를 받아 쓰는 입장이니 더더욱 그렇다). 게다가 가족 모임에 빠지는 날엔 엄마가 의기양양한 얼굴로 "그것 봐, 역시나지. 난 처음부터 알고 있었어요"라고 할 게 뻔하고, 그래서는 엄마만 좋은 일 시키는 거 아닌가 하는 생각도 들었다.

전철이 지상으로 나가자 차량 안의 공기가 미묘하게 달라진다. 요우는 그게 늘 이상했다. 밤이라서 창밖은 어차피 컴컴하고 승객이 몽땅 교체된 것도 아닌데.

지상으로 나와 세 정거장째가 요우가 내릴 역이다. 낯익은 플랫폼, 걸음을 재촉하는 사람들. 공기는 살을 에는 듯이 차가웠다. 그다지 배가 고프진 않았지만, 개찰구를 빠져나온 요우는 곧장 입식 국수집의 자동문으로 향한다. 영화 관람 후 서서 먹는 국수는 가공의 세계에서 수수한 현실로 돌아오기 위한 작은 통과의례였다.

보름달, 이라고 야마구치는 생각했다. 오래전 퇴근길에 가끔 들르곤 했던 바에서 미즈와리*를 두 잔 마시고 밖으로 나온 참이었다. 골목은 좁고 비슷비슷한 분위기의 바와 스낵바가 가게 이름이 적힌 파란 빛깔, 자주 빛깔 간판과 함께 올망졸망 늘어서 있다. 골목도 가게도 야마구치가 직장 생활하던 때와 조금도 다름이 없어 보였다. 그게

*   위스키에 물을 타서 마시는 것.

078

의외이기도 하고 이상하기도 했던 건 자기 자신이 너무 많이 변해버렸기 때문일 거라고, 야마구치는 멍하니 생각해본다. 이런 곳에 올 생각은 없었다. 올 생각은 없었는데 어느 틈엔가 발이 향했고,

"어? 야마구치 씨, 오랜만입니다."

그렇게 낯익은 바텐더가 맞아주었다. 심성이 굳고 억척스러운 남자로, 진즉에 퇴직하고도 남았을 나이인데 나비넥타이에 체크무늬 조끼라는 예스러운 모습으로 일 년 내내 하루도 쉬지 않고 가게 문을 열었다. 야마구치는 자신이 걸친 스웨터에 바지, 다운재킷이라는 복장이 기묘하게 느껴졌다. 예전에는 늘 양복만 입고 다녔다. 머리도 지금보다 훨씬 자주 이발소에서 관리받았고, 깨끗하게 잘 닦인 구두를 신었다. 하긴 바텐더가 야마구치의 변화에 뭔가 위화감을 느꼈을지언정 내색할 리가 없었다. 오랜만입니다, 라는 말조차 기껏해야 일주일만에 보는 양 담담하게 입에 올렸다. 그때 자신은 안도했다고 야마구치는 인정한다. 안도하고, 습관대로 카운터 끄트머리에서 두 번째 자리에 앉아 아무것도 달라지지 않은 척할 수 있었다.

낯익은 사이라 해도 야마구치는 바텐더에게 사생활을 시시콜콜 털어놓는다든지 한 적은 없고, 따라서 무언가를 ─ 집을 나온 것, 좋아하는 여자가 생긴 것, 그 여자가 죽은 것 ─ 설명할 필요가 없다는 점이 고마웠다.

오늘 야마구치는 딸을 만나고 왔다. 전화를 걸기까지는 용기가 필요했다. 딸에게 있어 자신은 처자식을 버린 남자란 것도 알고 있고, 자신에게 그런 의도가 ─ 적어도 딸을 버릴 의도는 ─ 없었다고 해도

그것이 어느 의미에선 사실이란 것도 알고 있었다. 딸은 만나는 것에는 동의해주었다. 다만, 식사하면서 이야기하자는 제안은 거절했다. 자신의 직장인 시내 백화점 근처 커피숍을 지정하고, 퇴근 후 30분 내로 차만 마신다는 조건을 달기에 야마구치는 거기에 따랐다.

집을 나가겠다고 말했을 때도 그랬지만, 미토코 — 올해로 스물여섯 살이 되는 딸의 이름이다 — 는 화는 내지 않았다. 적어도 아내가 보인 것 같은 싸늘한 증오는 보이지 않았다. 어처구니가 없다. 지긋지긋하다. 아마도 그런 느낌일 거라고 야마구치는 생각한다. 딸의 태도며 목소리에는 약간의 동정심마저 엿보였다.

여기저기 분산해 모은 예금 중에서 통장을 하나만 돌려받을 수 없을까. 그것이 야마구치의 용건이었다. 아내에게 그리 전해달라고 딸에게 부탁하는 것이.

미토코는 손가락으로 홍차 잔을 들어 올려 입으로 가져가더니 찻잔 너머로 야마구치를 힐끗 노려보았다.

"왜 엄마한테 직접 말하지 않아?"

홍차를 한 모금 홀짝이고 나서 그렇게 말했다.

"부부 사이 일에 나를 끼워 넣지 말았으면 하는데."

찻잔을 내려놓기 위해 아래를 향한 딸의 속눈썹이 부자연스러울 정도로 풍성하다는 것을 야마구치는 깨달았다.

"그러게나 말이다. 면목이 없구나."

두 손을 무릎에 놓고 등을 구부리다시피 하며 머리를 숙였다. 흠칫 놀라는 딸의 반응이 보지 않아도 느껴졌다.

"하지만, 어떻게든 좀 부탁한다."

야마구치는 얼굴을 들고 말했다.

"부탁해."

다시 한 번 되풀이하고, 딸의 눈에 떠오른 빛이 연민에서 혐오로, 혐오에서 경멸로 바뀌는 것을 보았다.

당신하곤 이제 같이 살 수 없어. 야마구치는 자신이 아내에게 그렇게 말한 것을 기억한다. 집이고 돈이고 다 당신에게 줄게. 난 몸만 나갈 거야. 그렇게 당당하다 못해 야멸차게 말한 것도.

몸만 오면 되니까, 둘이 먹고 살 정도는 충분히 되니까. 카즈에한테 그런 말을 들어서가 아니라, 야마구치 나름대로 깔끔하게 매듭을 짓기 위함이었다. 책임이랄까, 처자식에 대한 보상이랄까.

"알았어."

마지못한 표정으로 미토코는 말했다.

"엄마한테 전해보긴 할게. 하지만 미리 말해두는데 한 마디라도 거드는 일은 없을 거야. 난 누구 편도 아니니까."

찻값을 치르고 밖으로 나왔다. 그렇게 딸과 헤어져 걷다 보니 어느 덧 예의 바로 향하고 있었다. 딸이 일하는 백화점이 있는 거리에서 미나미아오야마에 있는 그 가게까지는 이 추운 하늘 아래 걸어서 족히 30분은 걸리는데.

"건강해 보이시네요."

야마구치가 미즈와리에 입을 대자 바텐더가 미소 지으며 말했다.

"예, 뭐, 그럭저럭."

야마구치도 미소 띤 얼굴로 답했다. 술잔을 흔들어 얼음이 내는 소리를 들었다. 오랜만에 듣는 그리운 소리였다.

"그거, 인조 속눈썹이냐?"

야마구치는 헤어지기에 앞서 미토코에게 물었다. 미토코는 노골적으로 언짢은 얼굴을 하고 대답했다.

"아니거든. 연장술 받은 거야."

얼음이 내는 시원한 소리를 들으며 야마구치는 그런 일을 떠올리고 있었다.

모모는 열한 시가 다 되어서야 집에 돌아왔다. 히비키가 선물로 이것저것 들려주는 바람에 가방 외에 무거운 쇼핑백까지 들고 있었다. 저도 모르게 영차, 하는 소리가 나온 것은 스니커즈를 벗고 복도로 올라설 때였다. 그 스니커즈는 갈색과 남색의 배합이 마음에 들어서 지난주에 구입했다. 피곤한 건 아니었지만 머리가 멍했다. 그 집의 명도 — 왜 그리 휘황하게 밝았을까, 하고 모모는 의아해한다. 아주 평범한 맨션 방인데 — 와 떠들썩함, 히비키의 웃는 얼굴, 쉼 없이 권하는 음식, 언제부터인지 어린이용 의자에 앉은 채 자고 있던 노카의 잠든 얼굴. 그런 익숙지 않은 것들에 한껏 잠겨, 그 여운이 자신 속에서 울리고 있었다. 미열이 있을 때와 같은 느낌이라고 모모는 생각한다. 피부 표면은 차갑고 추운데 머릿속만 왕왕 울리고 뜨거운 느낌. 피곤한 건지도 모른다고 모모는 고쳐 생각한다. 이런 것을 피곤하다고 하는 건지도 모르겠다. 친구네 집인데. 그리고 무척 즐거웠는데.

양말을 벗어 세면실 바구니에 넣고 욕조에 물을 받는다. 추워서 코트는 그대로 입고 있었다. 이곳은 어쩜 이리 조용할까. 안도와 만족, 게다가 그 두 가지를 기쁘게 음미하는 것에 대한 약간의 가책과 함께 모모는 생각한다. 조용하고 쾌적하다. 모든 것이 있어야 할 자리에 있고, 거치적거리거나 쓸데없이 남아도는 것도 없다. 모모 이외의 다른 인간의 존재가 느껴지는 일도.

이전에는 이시와가 쓰던 물건이 몇 가지 있었다. 모모 것과 나란히 걸어둔 목욕 가운이라든지, 휴일에 공원에서 차고 싶다며 어느 날 갑자기 사온 축구공이라든지. 그것들을 몽땅 처분한 지금 여기 있는 건 정숙과, 모모 자신의 취향을 반영한 것들뿐이다.

사바사키에게 전화해볼까, 하고 생각한다. '오늘은 뭐했어?' 그렇게 물으면 된다. 이시와와 사귀던 무렵, 만나지 못한 휴일이면 어김없이 서로 그렇게 물었던 것처럼.

모모는 냉장고를 열고 물을 병째 들고 마셨다. 코트를 벗고 욕실로 돌아온다. 양치를 하고 화장을 지웠다. 그러고 나서 수위가 서서히 높아져가는 욕조를 응시했다. 물 표면의 움직임에 따라 빛이 반사되어 아른아른 반짝인다. 맨발바닥이 차가웠지만 모모는 눈을 떼지 않고 딱딱한 타일 위에 서 있었다. 솟구치는 물소리, 흔들리는 빛.

집에 다다르자 1층 부근이 캄캄했다. 현관 쪽 바깥벽에 달린 전구가 나가 있는 것을 알아차린 야마구치는 내일 새로 갈아 끼우자고 머릿속에 새겼다. 열쇠를 꺼내 미닫이문을 연다. 현관의 콘크리트 바닥에는 카즈에의 샌들과 통근용 워킹슈즈가 장례를 치른 지 석 달이 지난 지금도 여전히 나와 있다. 치울 방도가 없다고 야마구치는 생각한다. 작은 신발장은 신발 말고도 잡다한 물품들 — 살충제, 예비 갑 티슈, 물뿌리개, 목공 도구 — 이 꽉꽉 들어차 있고, 설령 오래 신어 낡은 신이라 해도 자신에게는 카즈에의 유품을 버릴 권리가 없으므로.

제단이 치워지고 간신히 원래 넓이로 돌아온 거실에 이부자리를 한 채만 깐다. 야마구치는 위패에 흘끗 시선을 보내고 — 나, 돌아왔어, 라는 인사 대신이었다—, 잠옷으로 갈아입고 화장실에서 소변을 본다. 위패는 향로와 종과 함께 나란히 찻장 위에 놓아두었다. 옆방에 깔끔히 정돈된 불단이 있었지만 야마구치는 카즈에를 죽은 남편과 그 선조의 위패가 모셔진 그곳에 놓아두고 싶지 않았다. 그곳에 두어야 한다고 알고 있었지만 아직은 마음이 내키지 않았다.

불단이 있는 그 옆방은 카즈에 살아생전에 이미 창고로 바뀌어 있었다. 뭐가 들어 있는지 알 수 없는 — 카즈에도 잊어버렸다던 — 골판지 상자며 보따리, 선풍기며 난로와 같은 전기제품, 화로(!), 오래된 잡지, 앨범, 스크랩북, 음반, 세탁소 비닐에 그대로 들어 있는 의류 따위가 빽빽이 놓여 있거나 걸려 있다. 야마구치에게는 열어선 안 되는 문이랄까, 열 수 없는 문이라고도 할 수 있다.

오랜만에 마신 미즈와리는 어쩐지 쓸쓸한 맛이 났다고 야마구치는 생각한다. 이부자리에 들어가 몸을 말고 두 손을 무릎 사이에 끼워 넣은 채 눈을 감자, 미토코의 얼굴이 떠올랐다. 혐오, 동정, 그리고 경멸이 드러난 표정이.

아버지를 한심한 남자라고 여겼을까. 비참한 남자라고. 아니면 뻔뻔스러운 남자라고 여겼을까.

차가운 이불 속에서 몸을 웅크리며 — 이렇게 자는 야마구치를 보며 카즈에는 웃곤 했다. "몸을 제대로 펴고 자는 게 편할 텐데" 하면서. 그래도 자세를 바꾸지 않으면 야마구치의 등에 카즈에의 가슴이, 허리에 배가, 무릎 뒤에 무릎이 딱 달라붙는다. 몸집이 작은 카즈에가 뒤에서 팔을 두르면 야마구치는 마치 어린아이라도 업고 있는 듯한 착각에 빠져 잠이 들곤 했다 — 야마구치는 생각한다. 카즈에라면 "괜찮아"라고 말하겠지. 키 차이가 나니 야마구치의 귓전이 아니라 어깨뼈를 향해 "괜찮아, 지금은 힘들어도 언젠가 이해해줄 날이 올 거야"라고, 속삭이는 듯한 어조임에도 밝은 목소리로, 듣는 사람을 안심시키는 목소리로.

카즈에는 감상에 젖거나 심각해지는 것을 싫어하는 여자였다고 야마구치는 생각한다. "별일 아니야." 곧잘 그렇게 말했다. 그리고 카즈에에게 그런 말을 들으면 아닌 게 아니라 그럴지도 모른다는 생각이 들었다. 진짜 별일 아닌지도 모른다고.

"그렇다니까."

등에 입술을 붙이다시피 하고 그렇게 단언하는 카즈에의 목소리가 들리는 듯했다. 카즈에의 부드러운 피부도, 차가운 손발과 허벅지도 분명 느껴진 것 같은데 물론 거기에는 아무도 없고 이부자리는 여전히 차가웠다.

기분 처지네, 하고 사바사키는 생각한다. 대학 시절 친구 넷이 오랜만에 모였는데 흥이 오르기는커녕 화제가 모자라 노래방으로 장소를 옮겨 죽치고 있다니.

오늘 모인 네 사람은 고지도古地圖 연구회에서 죽이 맞았던 동기들로, 졸업하고 4년이 지난 지금, 전원이 독신인 데다 대학원에 진학한 한 명을 제외하면 모두 회사에 다니고 있다. 이제 신입사원으로 불리진 않지만 그 단계를 겨우 면한 정도랄까.

마코토는 여전히 고함치듯이 노래를 한다. 고이케는 마이크보다 탬버린에 애착이 있는 듯 손에서 놓으려 하지 않는다. 오다시마는 대학 시절에 밴드 활동도 했고, 사바사키는 한 번도 들어본 적 없지만, 키보드 다루는 솜씨가 수준급이라는 소문이 있었다. 하지만 노래는 그다지 잘하지 못하는 듯 작은 목소리로 흐느적흐느적 노래한다. 그리고 오다시마보다 노래를 더 못하는 사바사키는 한 곡도 부르지 않았다. 리모컨이 돌아와도 "됐어, 난" 하는 한마디면 끝나는 건 스스럼없는 사이이기에 가능한 일이란 생각도 들지만, 그래도 사바사키는 노래방이란 곳에 도무지 정이 붙질 않았다.

이럴 거면 요우랑 영화관에 갈 걸 그랬다고 사바사키는 생각한다. 시사회에 같이 가자고 했지만 옛 친구들과의 약속이 먼저 잡혀 있던 터라 거절했다. 그 옛 친구들로 말할 것 같으면 이미 어딘지 모르게 졸린 눈치이고, 그런데도 성실히 노래하고 있다. 즐긴다기보다 즐기려고 노력하는 것처럼 보였다.

4년. 사바사키는 생각한다. 불과 4년 사이에 사람이 이렇게 지쳐버리는 걸까. 노래방으로 옮기기 전부터 흥은 깨져 있었다. 이야기할 거리가 없는 건지 상대에게 흥미가 없는 건지, 아니면 그 둘 다인지, 개개인에 대해서는 판단이 서지 않았지만 여하튼 세 사람 다 자신의 이야기를 하는 것도 상대의 근황을 묻는 것도 심하게 조심스러워했다. 그나마 대화가 활기를 띠었던 건 대학 시절의 어이없는 실수담을 다시 끄집어냈을 때뿐이었다. 사바사키는 쓸쓸하다기보다 우스꽝스러운 기분이 든다. 멀쩡한 성인 넷이 모여 회고懷古라고 하기에는 너무 가까운 과거, 거의 현재와 잇닿아 있는 그 장소에 서지 않는 한 아무런 접점도 갖지 못한다는 것이.

요우는 시사회가 일곱 시부터라고 했다. 사바사키는 벽시계를 본다. 10시 52분. 요우가 여느 때처럼 서서 먹는 국수집에 들렀다고 해도 이미 집에 갔을 시간이었다. 가는 길에 들러보자고 사바사키는 마음먹는다. 요우는 낮밤이 바뀐 생활을 하고 있어서 심야에 찾아오는 손님도 드물지 않다(사바사키의 친구이자 근무처인 구두회사의 오너이기도 한 나라하시만 해도 마지막 전철을 놓칠 때마다 그 집으로 굴러든다). 게다가 그 집에 가면 적어도 제대로 된 술을 마실 수 있을 터. 사바사키는 손에 쥔 잔 속 진토닉맛 나는 물로밖에 여겨지지 않는 액체를 응시한다. 그러자 자신이 지금 왜 이런 데서 이딴 걸 마시고 있는지 알 수 없어졌다.

사바사키는 자리에서 일어나, 힘없이 탬버린을 흔들고 있는 고이케의 무릎을 넘는다. 화장실에 가는 김에 요우에게 전화를 걸 생각이었다.

사바사키에게 요우는 매력적임에도 자버릴 걱정 없는, 살면서 만나기 힘든 여자 친구였다. 왜 만나기 힘드냐면, 사바사키는 매력적인 여성을 보면 자고 싶어지기 때문이고, 그럼 왜 자버릴 걱정이 없느냐면, 요우가 철저한 연애 혐오자이기 때문이다. 그녀는 그것을 공언하고 있으며 아무리 친한 친구라도 침실에는 발을 들여놓지 못하게 한다. 아무도 본 적 없는 그 방은 친구들 사이에서 이른바 '천상의 동굴'로 불리고 있었다. 요우가 사는 게스트하우스는 도쿄 학예대학에 있고, 그곳은 여기서 멀지 않았다. 택시로 가면 천 엔 조금 더, 걸어도 30~40분일 거라고 사바사키는 어림잡는다.

복도는 서늘했다. 노래방은 장사가 잘되는지 여기저기 방마다 음악과 노랫소리가 새어나온다. 화장실 표시를 찾아 좌우로 눈을 돌렸을 때 전화가 울렸다. 사바사키는 화면을 확인하고 통화 버튼을 누른다.

"여보세요?"

모모의 밝은 목소리가 말했다.

"어디야? 통화 괜찮아? 엄청 떠들썩하네."

"응. 노래방, 산겐자야에 있는."

사바사키는 복도를 걸으며 대답하고, 녹색 불빛의 비상구 표시가 있는 문을 열고 바깥 계단으로 나간다.

"아, 조용해졌다."

모모가 말했다.

"응, 지금 밖으로 나왔거든."

기온이 낮아 코트 없이는 추웠지만, 담배 연기 가득한 노래방에서 나온 후라 차가운 밤공기가 상쾌했다.

"보름달이네?" 하고 사바사키가 말한 것과, "오늘은 뭐했어?" 하고 모모가 물은 것은 거의 동시였다.

"친구들 만났어. 아니, 지금 만나고 있어."

사바사키가 대답하고,

"잠깐만 있어봐"

하고, 모모도 대답한다.

"진짜네? 보름달."

창문을 열었거나 베란다에 나갔으려니, 하고 사바사키는 상상했다.

"모모 짱, 지금 집이야?"

"응, 좀 전에 들어온 참이야. 나도 오늘 친구 만났어."

모모는 맑은 목소리로 느긋하게 이야기한다. 듣고 있으면 기분이 차분해지는 목소리라고 사바사키는 생각한다. 모모와는 지난주에도 만났지만 그리웠다.

"그 친구한테 아이가 넷 있는데, 떠들썩했어. 다 착한 아이들이야."

"가도 돼?"

일정을 변경하고 사바사키는 물었다.

"응? 지금? 친구들 만나고 있다며? 노래방에서."

"응. 하지만 곧 끝날 것 같고, 녀석들 얼굴 보기가 지겨워진 참이었거든."

모모는 부드러운 웃음소리를 낸다.

"멋지군. 전화는 하고 볼 일이네."

"바로 갈게."

사바사키는 대답하고 전화를 끊었다. 모모의 작고 하얀 얼굴이며 늘씬하게 뻗은 팔다리, 동물에 비유한다면 단연코 고양이라고 사바사키가 생각하는 뚜렷한 이목구비가 마음에 떠올랐다. 독설가에다 정에 약한 요우와는 대조적으로 모모는 사람에게든 정에든 신중하다. 사바사키로서는 양쪽 다 흥미로웠다. 비상구를 열고 소란한 복도로 돌아간다.

"나, 간다."

방에 들어가자마자 말했다. 모모는 시모기타자와에 살고 있다. 요우네 집보다 가까웠다.

말하는 알람시계가 "굿모닝!" 하고 말했다. 아스미는 체온으로 기분 좋게 따뜻해진 이불 속에서 손만 내밀어 그 시계를 잠재운다. 내버려두면 시계의 목소리는 "아침이다! 일어나자!"가 되고, "이봐, 이봐, 얼른 일어나!"가 되고, "아, 진짜― 화낸다"가 되는데, 요상한 합성음을 이 이상 듣고 싶지 않았다. 이불 속에서 아스미는 천천히 열을 센다. 그러고 나서 머리맡을 더듬어 안경을 집어 썼다.

아침은 늘 시리얼이다. 견과류와 말린 과일이 든 영양 풍부한 식단이다. 아스미는 마른 체형이라서 칼로리를 걱정할 필요는 없다. 오늘은 1교시에 교양 체육이 들어 있다. 월요일 첫 강의부터 체육이라니, 최악이다. 아스미가 생각하기에 그건 학교 폭력이다.

화구가 하나뿐인 가스풍로에 주전자를 얹고 홍차를 우렸다. 이 방에는 식탁이 없다. 식탁을 놓을 만한 공간이 없기 때문이다. 그래서 아스미는 침대에 앉아 아침을 먹는다. 달리 가구라 부를 만한 것은 책상과 책꽂이밖에 없다. 그리고 붙박이 옷장이 하나 있을 뿐이다. 그렇지만 아스미는 좁은 이 방이 마음에 든다. 에어컨을 조금만 틀어도 금방 시원해지고 청소도 편하다. 어디에 뭐가 있는지 한눈에 알 수 있다. 침대에 누운 채 책꽂이에서 책을 꺼낼 수 있고, 식기를 헹군 후 돌아서면 그곳이 옷장이다. 침대에서 화장실까지 두 걸음 반, 책상까지는 두 걸음, 싱크대가 있는 작은 조리 공간까지는 한 걸음이면 갈 수 있다.

오전 여덟 시. 오늘도 맑고 추운 날이 될 것 같았다(어젯밤에는 달이 예뻐 보였는데, 하고 아스미는 생각한다). 목도리를 두르고 다운재킷을 입는다. 자연파인 아스미는 화장을 하지 않는다. 건조해지는 것을 예방하기 위해 핸드크림과 립크림만 바를 뿐이다.

문을 잠그고 검게 칠해진 철제 계단을 내려간다. 마당 안쪽에 기대어놓은 자전거를 일으켜 대문까지 끌고 간다. 마당이라 해도 심긴 식물은 별로 없다. 울타리가 있고, 화분을 한데 모아놓은 것 말고는 울퉁불퉁한 검은 흙바닥이 드러나 있다. 주인집 현관에 야마구치 씨가 서 있었다. 접사다리와 전구를 손에 들고 있다.

"안녕하세요."

아스미가 지나는 길에 말하자, 야마구치 씨는 놀란 양,

"앗, 안녕하세요."

하고 인사해주었다. 아스미는 티 내지 않았지만 속으로 빙긋이 웃

는다. 집주인인 카즈에 씨 ― 얼마 전에 그야말로 '덜컥' 돌아가시고 말았다 ― 의 남자 친구였다는 이 아저씨는 뭔가 말하기 전에 '앗'을 붙이는 버릇이 있다. 그것을 발견한 뒤부터 아스미는 이 사람의 '앗'을 들으면 기분이 유쾌해진다. "앗, 안녕하세요." "앗, 이제 와요?" 그런 모습에서 아스미는 이 사람이 악의 없는 사람임을 느낀다. 전구를 갈고 길을 쓰는 등 아주 열심히 '관리인' 일을 하고 있는 모양인데, 왠지 익숙지 않아 보인다. "앗"만 말하고 그다음 말이 없는 경우도 한두 번 있었다.

"다녀와요."

뒤에서 목소리가 났다. 오, 발전했는걸? 하고 아스미는 생각한다. 돌아보며 대답했다.

"다녀오겠습니다."

대문 앞에서 자전거에 올라탄다.

아스미는 집주인인 카즈에 씨가 좋았다. 같이 이야기할 때면 당당한 '아줌마'라는 느낌이 들어 즐거웠다. 깔깔거리며 잘 웃는 사람이었는데 그건 성격이 밝다거나 느긋하다는 것과는 달라서 오히려 아스미에게는 상상이 가지 않는, 인생의 풍파라는 것을 헤쳐온 사람만이 지니는 강인함과 대범함인 양 느껴졌다. 친절하고 잘 챙겨주는 반면 실무적인 일에는 맺고 끊는 게 분명하다는 점도 ― "우리 집은 학생 전용이니까, 졸업 후에는 계속 살고 싶다고 해도 안 되는 줄 알아." ― 아스미에게는 마음 편했다.

그렇게 건강했는데.

카즈에 씨의 죽음은 정말 놀라운 사건이었다. 그 일이 있은 후, 아스미는 시즈오카에 계신 부모님께 이전보다 더 자주 전화하려고 마음 쓰고 있다.

통근 전철은 혼잡했다. 게다가 모모는 숙취가 조금 남아 있었다. 차창 너머 햇살에 눈이 시리다. 하지만 기분은 좋았다. 졸음기조차 행복의 여운으로 여겨진다.

어젯밤 사바사키는 열한 시 반쯤 찾아왔다. 집 안에 들어서면서 모모를 꽉꽉 끌어안았다.

"아一, 모모 짱이다. 이 세상에 확실하게 존재해주어서 기뻐요."

성적인 느낌이 내포된 포옹은 아니었지만, 진심 어린 말임을 알 수 있었던 건 모모도 똑같이 사바사키를 만나 기뻤기 때문이다.

"요우 짱네를 급습할까 생각했었는데 모모 짱한테 와버렸어."

사바사키는 코트를 벗으면서 그렇게 말했다. 코트 안에는 티셔츠에 요트 파카에 청바지라는 휴일용 복장이었지만, 머리카락만은 여느 때처럼 무심한 듯 신경 써서 세우고 있었다.

"그래서 불만이야?"

장난스레 시비를 걸자,

"설마"

하고 짧게 대답한 사바사키의 재미있어하는 듯한 눈이 모모를 응시했다.

"음악 필요해?"

와인을 따면서 물었다.

"필요해."

모모는 윌리 넬슨을 선택해 플레이어에 얹었다. 미국의 스탠더드 곡만 담긴 아끼는 한 장으로, 모모는 그중에서도 「BABY, IT'S COLD OUTSIDE」를 명버전이라고 생각한다. 와인을 마시면서 모모는 히비키 이야기를 하고, 사바사키는 함께 노래방에 갔다는 사람들 이야기를 했다. 대학 시절, 사바사키는 고지도 연구회라는 곳에 소속되어 있었던 모양이다. 그때 그 친구들과 오랜만에 만났는데 전혀 흥이 오르지 않았다고 했다. 서로 간에 화젯거리가 없었기 때문이라고.

"예를 들어 모모 짱이랑 나 같으면, 이렇게 얼마든지 이야기할 수 있잖아?"

그 말을 기쁘게 받아들여야 할지 어떨지 모모는 잘 알 수 없었다.

"남자들이잖아."

그래서 어깨를 으쓱해 보이며 말했다.

"남자는 여자만큼 여러 가지 것을 언어화하진 않잖아?"

"그런가."

사바사키는 불만스러운 얼굴을 했다.

"그래. 뭐, 사바사키는 예외일지도 모르지만."

나와 히비키는 오늘도 입이 아프도록 이야기했다고, 모모는 말했다. 할 이야기가 산더미인걸, 하고. 거짓말은 아니지만, 거짓말을 하는 것 같은 기분이 들었다. 사바사키가 하려는 말은 아마도 자신이 느끼고 있는 것과 같은 게 아닐까 싶었다. 시간의 흐름, 사회며 가정이 사람에게 강요하는 변화에 대한 것. 하지만 모모는 자신이 히비키에게서 때때로 느끼는 위화감을 인정하고 싶지 않았다.

"부럽다."

사바사키가 중얼거리며 자신의 잔에 와인을 따르고, 모모는 그 모습을 바라본다.

"사바사키 이야기도 했어. 엄 — 청 만나보고 싶어 했어."

그렇게 말한 순간 생각이 나서 물었다.

"츠쿠다니 먹을래?"

히비키가 들려준 선물이다.

"표고버섯 밑뿌리를 있지, 잘게 찢어서 카츠오부시랑 같이 볶은 거야. 히비키 어머니가 일하던 국수집의 별미 안주."

사바사키는 먹겠다고 대답하고, 이야기를 원점으로 돌렸다.

"그런데 그 녀석들, 화제가 없을 뿐만 아니라 뭔가 심하게 지쳐선, 이런 말 하면 모모 짱은 날 나쁜 녀석이라고 여길지 모르지만, 초라한 구두를 신고 있는 거야, 셋이 하나같이."

웃었어야 했는지도 모른다고 모모는 뒤늦게 생각한다. 웃고, 일을 엄청 열심히 하나 보지, 라는 식으로 말했어야 했는지도 모른다.

"가엽게도."

하지만, 어느새 모모는 그렇게 말하고 있었다.

"실망했겠네"

라고.

결국 츠쿠다니는 먹지 않고 끝났다. 서로가 서로의 입술을 막아버렸고, 침실로 이동한 후에는 아침까지 일어나지 않았기 때문이다.

사바사키는 이른 아침에 돌아갔다. 아직 해가 뜨기 전에, 커피가 아니라 우유만 마시고.

사바사키를 배웅한 후에 모모는 느긋하게 목욕을 했다. 어젯밤에 받아둔 물은 다 식어버려서 빼고 새로 받았다. 물속에서 팔다리를 펴고 "Baby, It's cold outside" 하며 흥얼거렸다. 몸 여기저기에 사바사키의 감촉이 남아 있었다. 그건 비누칠을 해도 지워지지 않았다. 기억처럼 사뿐히 모모의 살갗 위를 미끄러지고 팔다리에 힘을 불어넣었다.

재미있게도—. 지하철을 갈아타고 덜컹덜컹 흔들리면서 모모는 생각한다. 재미있게도 그건 자유로운 기분이었다. 자신들이 이어져 있다느니 하나라느니, 하는 달콤한 느낌은 절대 아니고, 좀 더 힘 있는 느낌이었다. 이토록 자유롭게 감정이, 몸이, 들어맞을 수 있다니 믿을 수 없다, 라는 놀라움과 기쁨. 다가가는 것도 멀어지는 것도 자유자재다.

사바사키와 자신은 역시 닮은꼴이라고 모모는 생각한다. 애인이냐 아니냐가 중요한 듯싶은 히비키로서는 이해하기 어려울지 모르지만, 그깟 명칭보다 이렇듯 충족감이 드는 쪽이 훨씬 멋진 것 같다.

지상으로 나오니 공기는 살을 콕콕 찌르듯이 차갑지만 맑고 쾌청한 겨울날이었다. 지하철 출구에서 좁은 계단을 올라가 밖으로 나가는 순간이 모모는 좋다. 시야가 단번에 넓어지고, 하지만 넓은 하늘은 채 다 담아내지 못할 것 같은 느낌. 색과 냄새, 거기에 소리.

엘리베이터를 타고 5층으로 올라간다. 오늘은 작은 수술이 잡혀 있다는 것을 모모는 떠올렸다. 덧니를 뼈 속에서 제거하기만 하면 되는 수술이어서 어렵진 않지만, 세데이션이라 불리는 정맥 내 진정법을 적용하는 구강외과 수술로 분류된다. 수술이라고 하면 환자들이 일단 겁을 먹기 때문에 안심시키는 일이 수술 이상으로 어려웠다.

"안녕하세요."

컴퓨터 앞에 앉아 있거나 기본 장비들을 정렬하고 있는 치위생사들에게 인사하고 모모는 데스크에 가방을 내려놓는다.

유우키와 미쿠를 학교에 보낸 후 히비키는 서둘러 얼굴에 자외선 차단제를 듬뿍 바르고 나서 자전거 앞에 달린 유아용 안장에 노카를, 뒤에 달린 유아용 안장에 료를 태우고 주택가를 달렸다. 비탈이 없어서 천만다행이지만 앞뒤로 여린 것들이 실려 있어서 속도는 낼 수 없다. 사실 페달만 밟기에도 힘이 엄청 든다. 세간에선 출생률이 낮다며 한탄하는 모양이지만 여기 동네 엄마들은 대부분 자녀를 둘 이상 두고 있다. 그리고 그녀들은 모두 ― 자동차 운전면허가 있는 사람을 포함하여 ― 유치원 등하교를 자전거로 시킨다. 앞뒤에 아이들을 태우고 여럿이 함께 돌아올 때면 그 모습이 꽤 볼만하다. 핸들이 휘청휘청하는 자전거들이 온 도로를 차지한 가운데 어른은 어른끼리, 아이는 아이끼리 이야기하고 웃는다. 물론 모두 자동차를 조심하긴 하지만, 막상 차가 와도 겁먹진 않는다. 겁을 먹어야 하는 건 자동차 쪽이라고 여기기 때문이며, 사실 맞은편에서 오는 차들은 대개 멈춰 서서 히비키네 자전거 부대가 지나가길 기다리고, 후속 차량은 이들이 다른 길로 빠져나갈 때까지 속도를 늦춰 천천히 뒤를 따라와 준다.

오늘도 가네코 신야 엄마와 도중에 합류하여 두 대가 나란히 달렸다. 신야 엄마의 자전거 핸들에 붙어 있는 벙어리장갑을 볼 때마다 부러워하면서 막상 집에 돌아가면 까맣게 잊어버리기 때문에 이번에는 잊지 말고 자전거포에 사러가자고 히비키는 다짐한다.

"아직 살아 있어?"

료가 신야를 향해 목청을 높였다.

"살아 있지 않아."

신야가 외쳤다.

"죽었어?"

료가 다시 묻고,

"죽지 않았어"

라는 대답이 돌아와서, 두 아이가 무슨 이야기를 하고 있는 건지 히비키로서는 종잡을 수가 없었기에 다음 말을 기다렸다. 하지만 이야기는 그걸로 끝인 모양이었다.

5월

초여름은 일 년 중 유키와 에이스케의 정원이 가장 생기 넘치는 계절인 동시에 손이 많이 가는 시기이기도 했다. 잡초는 끝도 없이 야만적으로 생장하고, 정성을 들이고 있는 우산나물과 갈퀴덩굴도 잠깐만 눈을 떼면 어느새 무성하게 자라 다른 식물을 압박한다. 유충이 잎을 갉아먹는 통에 얄미운 나비들은 마치 유키를 속이려 드는 것처럼 알아채기 어려운 장소 — 이파리 뒤쪽, 나무 밑동이나 떨어진 가지 그늘 — 에 알을 낳아 붙여둔다. 그 외 벌레들의 활동도 활발해진다. 비가 왔다가 해가 났다가 날씨가 오락가락해서 알맞게 물을 주는 일도 꽤 어려웠다.

그래도 이렇게 가슴이 답답할 정도로 녹음이 짙은 정원에 서 있으면 자신이 만들어낸 것에 대한 만족감과, 그것을 가능케 했다는 자긍심으로 유키의 몸은 가득 찬다. 손에 든 물뿌리개 끝으로 물을 털어

내면서 젖은 흙냄새를 깊이 들이마신다. 바깥길 어딘가에서 누군가가 쓰레기 용기를 드르륵 끌어 치우는 소리가 들렸다.

장미는 이미 거지반 져버렸다. 간신히 가지에 남아 있는 꽃도 갈색으로 시들고 있어서 볼품없다. 하지만 이제 곧 자귀나무가 꽃을 피우는 계절이 돌아온다. 저녁나절에만 희미하게 안개가 긴 듯한 분홍색 꽃이 피는 그 식물이 유키는 마음에 든다. 대놓고 말하진 못하지만 그 꽃이 자신을 조금 닮았다고 생각했다. 수수하면서도 여성적인 모습이.

정오. 유키는 그것을 해님의 위치로 안다. 여름 꽃을 좋아하는 사람은 여름에 죽는다고 적혀 있던 소설을 아주 오래전에 읽은 기억이 있는데, 그 말이 사실일까 생각하면서 목장갑을 벗고 집 안으로 들어간다. 배는 고팠지만 요리할 마음이 들지 않았다. 에이스케가 없기 때문이다. 햄이라도 대충 먹어볼까, 하고 유키는 생각한다. 거기에 토마토. 에이스케는 요트 동료들과 3박 4일 일정으로 이즈에 가 있다. 날씨가 허락하면 기이 반도까지 나갈 거라고 했다.

유키는 그 배 위에 있는 에이스케의 모습을 실제로 본 적은 없다(배 위에 여자는 접근 금지이기 때문에). 하지만 보지 않아도 또렷이 상상할 수 있다. 에이스케는 리더는 아닐 것이다. 동료들에게 이것저것 지시하거나 앞장서서 무언가를 결정하는 일은 없을 터이다. 그리고, 바로 그렇기 때문에 모두가 의지한다. 에이스케가 없어도 배는 움직이지만, 에이스케가 없으면 뭔가 허전하고 불안하다. 주변 사람들에게 그렇게 인식되는 사람이다. 에이스케 자신은 유유자적할 것이다.

차가운 음료를 손에 들고 바다를 바라보며, 날치가 뛰어오르거나 배가 지나는 자리에 하얗게 물거품이 일어나는 광경을 즐길 것이다. 어쩌면 얼굴에 모자를 얹고 낮잠을 자고 있을지도 모른다. 일기예보에 의하면 그쪽도 날씨가 좋다고 하니 항해는 순조로우리라. 팽팽하게 펼쳐진 돛이 바람을 안고 한껏 부풀 테고, 하늘과 바다를 배경으로 그 모습은 아름답게 보일 게 틀림없다.

그렇지만 유키는 자신이 그런 장소에 가지 않아도 되는 것에 솔직히 안심했다. 바닷바람은 끈적끈적할 테고, 바다로 내리쬐는 햇볕은 뭍의 햇볕 이상으로 유키를 녹초로 만든다. 기분 좋은 남자들이 연발하는 농담에 일일이 웃어주어야만 할 테고, 아이스박스에 담긴 음료는 얼음이 녹으면 금세 미적지근해지고 만다. 게다가 배의 엔진이란 것은 끊임없이 귀에 거슬리는 소리를 내는 데다 고약한 냄새까지 난다. 유키가 생각하기에 그건 남자들의 놀이이고, 담배와 노름과 바람기와 마찬가지로 멀쩡한 여자로서는 이해하기 어려운 일이었다.

남자들의 놀이—. 햄과 토마토를 대강 먹고 잔에 보리차를 부으면서 유키는 이시와 아무개라는 남자를 생각했다. 에이스케는 옛날부터 언젠가 자신에게 사위들이 생긴다면, 그리고 만약 그 녀석들이 장래성 있는 남자라면 배에 태워줄 거라고 말해왔다. 최근에는 딸들의 기분을 배려해 입 밖에 내지 않지만, 그래도 에이스케가 여전히 남몰래 그날을 기대하고 있다는 것을 유키는 안다. 이시와 아무개와 유키는 도합 일고여덟 번 만났다. 선해 보이는 사람이었는데 모모는 왜 헤어지고 말았을까.

물론 딸이란 부모 뜻대로 되지 않는 법이란 것을 일찍이 딸이었던 자신의 경험을 통해 잘 알고 있다 여겼고, 유키는 ― 딸들은 믿지 않을지도 모르지만 ― 에이스케가 행복하길 바라는 것과 마찬가지랄까, 어쩌면 그 이상으로 두 딸이 행복해지길 원했다. 그렇게만 된다면 자신들 부부가 버려진대도 상관없다고까지 생각하고 있다(먼 옛날에 유키 자신이 자신의 부모를 ― 마음속으로, 하지만 야멸차게 ― 버렸던 것처럼). 다만 유키가 생각하는 행복에는 적어도 결혼이 포함되어 있다. 적어도, 절대적으로 포함되어 있었다.

　　결국 내가 제대로 키워낼 수 있었던 것이라고 하면, 식물뿐인지도 모른다. 잔을 헹궈 건조대에 엎어놓고 아픔 비슷한 감정과 함께 유키는 생각했다. 그 두 가지는 한 쌍이었다. 딸들에 대해 생각하는 것과, 아픔 비슷한 감정은. 유키에게는 이미 몇 십 년 넘게 같이 해온 친숙한 감정이었다.

　　"요우 언니를 망가뜨린 건 엄마잖아."

　　불현듯 모모의 목소리가 되살아났다.

　　올해는 오는 거지? 그렇게 누차 다짐해두었건만 제 아버지 생신날 요우는 나타나지 않았다. 더군다나 본인한테선 아무 연락도 받은 바 없다.

　　"감기 걸려서 잤대."

　　제 언니와의 통화를 마치고 모모는 말했다.

　　"상태가 엄청 안 좋은 것 같았어."

　　그렇게 덧붙인 건 요우를 비호하기 위해서인지 에이스케에게 상처를 주지 않기 위해서인지 유키는 판단이 서지 않았다. 하지만 어차피 쓸데없는 노력이었다.

"됐어. 이제 내년부터 그 아이는 부르지 말자."

유키가 그리 말한 까닭은 실망한 기색이 역력한 에이스케가 딱해서 견딜 수 없었기 때문이다. 직장에 가면 만날 수 있는 둘째 딸과 달리, 유키도 에이스케도 큰딸은 좀처럼 만날 수가 없다. 유키는 그래도 상관없었지만 에이스케는 섭섭해했다.

"어째서 그런 걸 엄마가 결정해?"

모모 말에 유키는 자신의 양쪽 눈썹이 휙 추켜올라가는 것을 느꼈다(그것은 분개했을 때나 황당할 때 나오는 유키의 버릇이다).

"어째서라니, 그게 순리니까 그렇지."

유키는 대답했다.

"아니면, 넌 그 애의 이런 태도가 옳다고 보는 거니? 책임감도 예의도 없고, 제멋대로에 어린애 같은 그 애의 평소 행실이?"

"요우 언니를 망가뜨린 건 엄마잖아."

모모는 유키를 빤히 보며 작은 소리로 그렇게 말했다.

그때 일을 떠올리며 유키는 슬픔을 느끼지 않으려 해본다. 혹은 치욕을.

"그런데 말야, 감기라고 했나? 그 녀석."

그때 에이스케가 둔감함을 가장해 중얼거려주지 않았다면 모모는 자신을 한층 책망했을 거라고 유키는 생각한다.

"그렇게 떠들어대지 않아도, 감기 정도는 누구나 걸려."

그날 유키는 물론 공들인 요리를 이것저것 준비했다. 에이스케는 왕성한 식욕을 발휘해주었고, 모모조차 멋지게 차려낸 생일상에 끽소리 못 하는 눈치였다. 유키는 에이스케에게 만년필을 선물하고 — 애용하던 굵직한 파커 펜 끝이 우그러져 잉크가 이상하게 번져버리는 것을 알고 있었다 —, 모모는 잠옷을 선물했다. 파우더블루와 핑크색 줄무늬의, 부드러운 플란넬 천으로 만든 그 잠옷은 에이스케에게 아주 잘 어울려 보였다. 쑥스러운 듯 미소를 삼키고 아이처럼 박박 소리를 내가며 포장지를 뜯은 에이스케는 두 가지 다 마음에 든다고 했다. 그리고 그 자리에 요우는 없었다. 없었는데도 유키는 요우의 존재를 밤새도록 느끼고 있었다.

일라이저 머리가 연상되는 검은 긴 머리와, 가슴 아래로 몸판이 다른 흰색과 회색의 고풍스러운 원피스. 여전히 향수가 진하다.

"있잖아요, 오빠, 새 여자 친구 생겼어요."

맞은편 자리에 앉자마자 미나코는 그렇게 말했다. 점심시간. 모모는 클리닉 근처 카페의 테라스석에 있다.

오늘, 점심 같이할 수 있어요?

그런 내용의 메시지를 받고, 말하자면 모모는 미나코에게 불려나온 참이었다.

"그래?"

달리 뭐라 말해야 좋을지 몰라 그렇게 말하자, 미나코는 지체 없이 "그래요" 하고 대답했다. 모모는 벌써부터 대답할 말이 궁해진다. 결

104

혼 날짜를 잡았다면 몰라도 고작 여자 친구가 생겼다는 말에 "축하해"는 이상할 것 같았고, "어떤 사람인데?" 하고 묻자니 꼬치꼬치 캐는 것 같아서 부끄러웠다. "다행이네"라고 말하는 건 오만하다는 생각이 든다.

"놀라지 않네요?"

미나코가 말했다.

"그래야 해?"

"그래야 하는 건 아니지만, 그럴 거라 생각했어요."

미나코는 웃으며 말한다.

"오빠는 모모 짱에게 미련이 아주 많았으니까."

모모는 갑자기 불쾌해졌다. 대체 미나코는 내게서 무슨 말이 듣고 싶은 걸까. 왜 내게 그런 일을 보고하는 걸까.

"오늘 너무 덥다."

모모의 기분을 알아차렸는지 미나코는 갑자기 화제를 바꿨다.

"올해는 다들 절전, 절전 하니까 여름이 오는 게 무섭지 않아요?"

모모는 초콜릿이 들어간 크루아상을 뜯어 입에 넣고 차가운 카페라테로 삼킨다. 아닌 게 아니라 오늘은 너무 덥다. 눈앞의 포장도로에는 성급하게 여름옷 차림을 한 사람들이 오간다. 팔다리를 드러내거나 선글라스를 쓰고 있거나 양산을 받쳐 든 채.

이시와랑 헤어진 건 작년 11월이니까 ─ 하고, 모모는 마음속으로 헤아린다 ─ 딱 반년 지났네. 6년 교제 후 반년이란 기간이 긴 건지 짧은 건지 모모는 알 수 없었다.

놀라지 않았다고 하면 거짓말일 것이다. 하지만 놀랄 이유는 없다.

우리, 그만 끝내는 게 좋을 것 같아. 모모는 자신이 그렇게 말했을 때를 떠올려본다. 그거, 농담이지? 이시와는 그렇게 말하며 모모의 얼굴을 들여다보았다. 두 사람은 당시 자주 가던 와인 바 카운터에 나란히 앉아 있었다. 와인 바인데도 카운터는 초밥집 같은 맨나무인데다 돼지고기 조림이니 무 조림이니 젓가락으로 먹을 수 있는 요리를 내는 가게인데 이시와네 맨션 바로 옆에 있어서 그는 '우리 집 부엌'이라고 불렀다. 그런 장소에서 이별 이야기를 꺼내다니, 심술궂은 행동이었을까, 하고 모모는 멍하니 생각한다. 이제 그 가게에 이시와는 새 여자 친구를 데려갔을까.

후후후, 하는 웃음소리가 나서 보는데 만족스러운 듯한 표정을 짓는 미나코와 눈이 마주쳤다.

"모모 짱, 지금 오빠 생각했죠?"

모모는 대답하지 않았지만 그건 바로 긍정이 되었다.

"다행이다."

미나코는 그렇게 말하고, 다 먹은 샐러드 팩의 뚜껑을 닫는다.

"새 여자 친구가 생겼다는 말을 듣고도 아무 생각 안 해줬다면 오빠가 좀 가엾잖아."

항복의 표시로 모모는 두 손을 들었다. 그리고 만약 그대로 이시와랑 결혼했다면 이 아이는 내 시누이가 되었겠구나, 라고 생각한다. 그렇게 되지 않았는데 왜 나는 아직껏 이 아이를 만나는 걸까, 라고도. 이 아이를 만나는 한, 이시와의 동향이 이렇듯 내 귀에 들어오고

마는데.

"아, 맞다."

휴지를 휴지통에 버리고 쟁반을 카운터에 가져다놓으면서 미나코가 말했다.

"다음 달, 우리 화랑에서 고이마리 도자기 전시회 또 해요. 전에 했을 때 모모 짱 어머니가 한 점 사주셔서, 이번에 디엠 보냈는데 괜찮겠죠?"

모모는 상관없다고 대답했다. 부부끼리 외출하기 위한 구실이 늘어서 틀림없이 기뻐할 거라고.

가게 앞에서 미나코와 헤어져 횡단보도를 건너 클리닉으로 돌아온다. 이시와의 새 여자 친구에 대해 너무 아무것도 묻지 않은 게 부자연스러웠을까, 하고 생각하면서.

두 번째 현장 일은 가뿐히 끝냈다. 독채에서 맨션 방 한 칸으로 옮기는 한 사람분의 이사로, 그 한 사람이 짐이 많지 않은 남성이었기 때문이다. 책과 시디로 가득 찬 골판지 상자가 일곱, 옷이 든 상자가 둘, 안마 의자와 스테레오 세트. 그게 전부였다. 플래너가 작성한 리스트 그대로다. 프로인 하야토는 고객의 사정 — 이사에는 당연히 다양한 속사정이 있고, 굳이 캐고 들지 않아도 어느 정도는 눈에 보인다 — 에 마음이 흔들리는 일은 없다. 다른 생각 없이, 지시받은 대로 그저 물건을 옮기는 것이 자신들의 일이다. 안전하게, 신속하게. 보지도 듣지도 말하지도 않는 것이 기본이라고, 아르바이트 직원들에게도 지도하고 있다.

　그렇지만 오늘은 그만 그 고객을 동정하고 말았다. 그렇다기보다 그 고객의 아내 때문에 짜증이 났다.

　"그럼, 이건 쓰레기? 버려도 되는 거지?"

　라느니,

　"나중에 가지러 오면 곤란하니까"

　라느니, 사사건건 옆에서 간섭하는 그 여자는 표정이 사나웠다. 오십 대 초반쯤 됐으려나. 피부가 희고 입술이 옅어서 옛날에는 미인 부류였을지도 모르지만 지금은 여기고 저기고 다 칙칙하니 건조해 보였다. 실제로 그 여자가 곁에 오면 몇 년 묵은 약상자 속 같은 냄새가 났다.

　그래서 하야토가 동정한 것은, 남편이 아내에게 쫓겨나는가 보다, 라는 점이 아니라 그 남자가 여태 이런 아내와 살았다는 점이었다.

　남편의 짐이 나가는 것을 아내는 싸늘한 눈으로 보고 있었다.

　"어쨌든 다 가져가."

　그리고 거침없이 말했다.

　"당신 건, 나한테는 전부 쓰레기니까."

　당신 거. 꽤 큰 집으로, 가구며 집기도 훌륭하고 값비싸 보이는 물건도 여럿 놓여 있는데 남편 거라곤 그것뿐 ― 골판지 상자 아홉 개와 안마 의자와 스테레오 세트 ― 이라니, 너무 처량하단 생각이 들었다.

　하긴 당사자인 남편은 처량한 기색도 서글픈 기색도 없이,

"오, 빠르네"

라느니,

"무겁습니다, 그 상자. ……대단하네, 나하곤 역시 체력이 달라"

라느니, 하야토를 비롯한 스태프들이 작업하는 모습을 감탄하면서 바라보았다.

짐을 모두 싣고 이사할 집으로 출발하려고 했을 때였다.

"이거, 괜찮으면 가져가실래요?"

남편이 크고 두꺼운 책을 내밀며 하야토에게 말했다.

"업무 자료로 가져다 쓴 건데 난 이제 필요 없어서. 꽤 재미있어요, 보고 있으면."

"아, 그런 건 안 되는데."

거절하자, 호리호리한 체격에 희끗희끗한 콧수염을 기른 그 남자는 낙담한 얼굴을 했다.

"그래요? 그럼 하는 수 없나. 버리기엔 아까운 책인데, 될 수 있는 한 짐을 줄이고 싶어서 말이죠. 이번 집은 좁아서."

"정말 받아도 되겠습니까?"

스스로 생각해도 의외였지만 하야토는 그렇게 말하고 있었다. 남자 아내의 거침없는 말본새가 떠올랐기 때문이다. 당신 건, 나한테는 전부 쓰레기니까.

"버릴 거면, 제가 가져가겠습니다."

남자는 기뻐한다기보다 안심한 양 설명했다.

"다행이다. 우키요에* 화집인데, 좀 특이한 취향의 책이라서요."

"우키요에라면, 에도시대나 뭐 그런 때 말인가요?"

맞장구를 칠 생각으로 하야토가 묻자,

"에도시대나 뭐 그런 때가 아니라 에도시대예요, 우키요에니까요"

하고, 거의 혼잣말처럼 중얼거리고서 덧붙였다.

"틀림없이 마음에 들 겁니다."

지금, 다음 현장으로 이동하는 차 안에서 아르바이트 직원인 가토가 그 화집을 열심히 들여다보고 있다.

"오오, 죽인다"

라느니,

"우오옷―"

이라느니, 책장을 넘기며 기묘한 목소리를 내고 있다. 춘화春畵라는 걸까. 요컨대 그건 성행위 중인 남녀를 묘사한 그림만 모아놓은 책이었다.

조수석에 앉은 가토는 신을 벗은 두 발을 대시보드 위에 올려놓고 있다. 직원 매뉴얼에서는 엄격하게 금지되어 있는 행위지만, 실린 짐이 없을 때 즉, 현장 일이 하나 끝나고 다음 현장으로 이동하는 동안에 한해 하야토는 묵인하기로 하고 있다. 이사 작업이란 게 워낙 중노동이기 때문이다.

"보세요, 여기. 엄청 리얼. 주변에 티슈가 흩어져 있어요. 에도시대에도 있었네요, 티슈가."

•   浮世繪, 에도시대에 유행했던 풍속화 양식.

하야토는 불쾌한 표정을 지어 보였다.

"됐어, 일일이 해설해주지 않아도."

자신의 일은 마음에 든다. 그러나 가끔 — 예를 들면 지금 — 그다지 유쾌하진 않은 일이라고 생각한다. 남의 집 안이라는, 일반적으론 보지 않아도 될 것을 봐버린다.

오후 한 시. 손에 들린 서류에 의하면 다음 현장은 맨션에서 맨션으로, 젊은 부부 플러스 갓난아이 플러스 고양이가 이사한다. 하야토는 다소 기분이 밝아진다. 적어도 가족 모두가 함께 옮겨가는 것이므로.

오후 수업이 웬일로 두 과목 연속 휴강이 되자, 라쿠아 할인권이 있으니 온천 삼매경에 빠지자는 둥, 이와나미 홀에서 상영 중인 마음이 정화되는(듯싶은) 이스라엘 영화를 보러 가자는 둥 별별 제안을 비롯해 신주쿠에 나가 옷을 사고 싶다는 지극히 개인적인 희망에다, 복싱 체육관 견학에 같이 가달라느니 말라느니 휴강과는 아무 상관도 없어 보이는 부탁까지 학교 식당 테이블 위를 날아다닌다. 아스미는 진심으로 감탄한다. 모두 즉석에서 이것저것 잘도 생각해내는구나, 라는 마음과 헤에, 그런 게 하고 싶나? 라는 마음으로. 아스미 자신은 휴강이란 소리를 듣고도 '그럼, 일찍 집에 갈 수 있겠구나'라는 생각밖에 들지 않았다. 딱히 일찍 가서 뭘 하는 것도 아닌데 말이다. 친구가 자막을 입혀준 DVD라도 볼까, 욕실의 곰팡이 제거라도 할까, 정크푸드를 사갖고 들어가 만화책이라도 보면서 먹을까, 제모라도 할까, 떨어진 단추며 뜯어진 옷단이라도 꿰맬까. 하나같이 다 매력적이었다.

"미안. 나, 집에 갈게. 잡무가 쌓여서."

그래서 그렇게 말했다.

"에—?"

불만의 목소리가 일제히 터져 나오고, 아스미는 배시시 웃어 보이며 일어선다.

"아스미 수상해—."

"잡무란 게 뭔데? 잡무란 게."

수상하고 말 것도 없이 아스미는 단지 남들과 목욕하는 것이 싫고, 이스라엘 영화에는 흥미가 없고, 옷을 살 계획도 복싱 연습을 할 생각도 없을 뿐이었다.

"See you tomorrow."

그 말만을 남기고 학교 식당을 나선다.

캠퍼스 안은 신록의 냄새가 났다. 신록과, 응달에는 수액 냄새가. 도심에 있다 보니 결코 넓진 않지만, 그래도 역사가 있는 여자대학이라서 자못 수령이 오래돼 보이는 근사한 나무들이 바람에 잎을 흔들고 있다. 가지 아래에는 아무도 앉지 않는 벤치. 그 옆에 아스미는 자전거를 세운다.

고교 시절에도 아스미는 자전거로 통학했다. 해안가를 따라 꼬박 20분을 달렸다. 들이마시지 않아도 콧속을 채우는 바다 냄새를 지금도 생생히 떠올릴 수 있다. 버스 노선도 있기는 했지만, 아스미네 학년은 왜인지 자전거로 통학하는 아이들이 더 많았다. 자전거를 타지 않고 끌면서 함께 걷는 남녀는 당연히 커플이며 사귀는 사이로 간주되었다. 아스미 자신은 자전거는 어디까지나 타는 것이라 정해놓았고 질주감을 즐기는 유형이었지만, 여러 명의 남자아이와 — 한꺼번에 다 같이는 아니고, 그때마다 단둘이 — 나란히 걸었을 뿐인데 헤픈 여자 취급을 당한 딱한 친구도 있었다. 그때 생각이 나서 아스미는 미소 짓는다. 바로 얼마 전 일인데도 까마득하게 느껴졌다.

하숙집으로 돌아가기 전에 슈퍼마켓에 들러 반찬거리를 산다. 요리라 부를 정도의 요리는 하지 않아서 두부, 전갱이회 무침, 감자샐러드용 감자와 오이(전부 오늘 저녁식사용), 냉동 피자(약간 출출하거나 배고플 때 먹을 간식용), 거기에 봉지에 든 콘스낵(만화 볼 때 먹을 것)까지 장바구니에 넣고 계산대 앞으로 간다. 다른 사람들의 장바구니 안을 견줘보고 빨리 끝날 것 같은 줄을 선택한다.

그런데 그곳에 야마구치가 있었다. 한 사람을 사이에 두고, 아스미 앞의 앞에. 말을 걸어야 할지 그냥 못 본 척해야 할지 망설이고 있는 아스미를 야마구치는 전혀 알아채지 못하고, 계산대 옆에 놓인 상자에서 두꺼운 종이 카드를 집어 익숙한 모습으로 자신의 장바구니 안에 넣었다. 아스미는 의외의 느낌을 받게 된다. '봉투 필요 없음'이라고 인쇄된 그 카드는 개인 장바구니를 지참한 환경애호가들이 여봐란 듯이 사용하는 것으로, 야마구치와 같은 아저씨들은 — 이 아저씨란 것도 실은 아스미가 자기 아버지를 기준 삼아 정의 내린 탓인지도 모르지만 — 사용 목적은커녕 애당초 그런 카드가 있다는 것조

113

차 모르는 경우가 많기 때문이다.

카즈에 씨에게 교육받은 걸까? 아스미의 추측은 야마구치의 장바구니 안을 보고 거의 확신으로 바뀐다.

"저, 잠깐만, 미안합니다."

눈앞의 여성에게 일단 양해를 구하고 나서 아스미는 그 여성의 뒤에서 몸을 내밀었다.

"안녕하세요."

야마구치의 어깨 근처에서 목소리를 냈다. 움찔하고 퉁기듯이 돌아본 야마구치는 아스미를 보고도 그녀가 아스미임을 알아차리기까지 몇 초가 걸렸다.

"아아."

2층 학생이구나, 하는 표정으로 중얼거리고, 웃는 낯과 목례가 되돌아왔다. "앗"이 아니라 "아아"였기에 조금 아쉬운 마음이 들었지만 아스미도 웃는 낯으로 가볍게 목례했다.

카즈에 씨의 톳. 그리고 속으로 말했다. 그건 틀림없이 카즈에 씨의 톳조림 재료였다. 말린 톳 봉지 외에 당근과 곤약과 유부, 게다가 양하와 풋콩. 콩을 물렁하게 삶아버리는 것이 아니라 살짝 데친 풋콩과 양하를 나중에 무치는 것이 포인트라고 카즈에 씨는 말했었다. 식감이며 배색이 좋잖으냐면서. 다 되면 언제나 나눠주었다.

톳조림 재료 이외에는―. 계산을 마치고 다시 한 번 아스미에게 목례한 후 떠나가는 야마구치의 뒷모습을 바라보다 아스미는 그만 우스워져서 입가에 절로 미소가 번진다. 톳조림 재료 이외에는 내 장바구니 안과 별반 다르지 않네. 식빵, 두부, 낫토. 조리 과정 없이 바로 먹을 수 있는 것들뿐이었다.

에이스케의 전화는 저녁 여덟 시에서 몇 분이 지났을 무렵 걸려왔다. 평소 같으면 아직 저녁 식사를 마치지 않은 시간이고, 유키도 에이스케도 워낙 옛날부터 애주가에 올빼미형이다 보니 저녁 식사가 끝나도 술을 마시면서 대화하거나 TV를 보거나 음악을 듣거나 책을 읽는 등, 열두 시 전에 침실로 들어가는 일은 거의 없다.

그렇지만 전화기 너머의 에이스케는 이제 자려던 참이라고 했다. 아주아주 기분 좋게 취했다며, 자신들 때문에 단골 초밥집이 이른 시간부터 문을 열었다고 설명했다.

배 위에서 남자들이 아침부터 술을 마시는 것도 유키는 알고 있다. 에이스케에게는 아마도 새벽 한 시 정도의 기분이리라. 일찍 일어나 바닷바람 맞아가며 볕에 그을리고 체력도 소모되고, 몸이 노곤할 게 틀림없었다.

"거긴 어때? 별일 없고?"

별일 없다고 유키는 대답했다. 그러니 안심하고 주무시라고.

"안 자, 아직은."

에이스케는 단박에 대답하고, 아까 제방 위를 걷고 있는데 성질 급한 모기가 보이더니 그 녀석에게 물렸다고 했다. 팔꿈치 안쪽이라고.

"저런, 모기 퇴치제 안 가져갔어요?"

대답은 없고 숨소리만 들리기에 잠이 들었나 보다 싶었는데 그렇지는 않고, 유키가 숨소리로 여긴 것은 아마도 콧노래인 모양이었다.

나지막하고 음정이 어쩐지 불안한 허밍은 거의 알아들을 수가 없다.

"여보? 괜찮아요?"

말을 걸자 허밍이 멎고 작은 목소리가 들렸다.

"유키가 보고 싶다."

작게 노래하는 듯한, 유쾌한 어조다.

"네네."

유키가 대답한다.

"됐으니까 푹 주무세요. 내일도 일찍 일어나야 하잖아요?"

마치 술주정을 가볍게 받아 넘기며 달래는 듯이.

"응, 자야지, 잘 거야."

에이스케는 그러고 나서 또다시 이야기를 원점으로 돌렸다.

"그래서, 거긴 어때, 모두 무사하지?"

"물론 모두 무사해요."

유키는 끈기 있게 맞장구를 친다. 자신 이외의 '모두'가 지금 어디에서 뭘 하고 있는지는 알 수 없었지만.

간신히 전화를 끊었을 때 아이구야, 하는 식으로 쓴웃음을 지었다 싶었는데 웬걸, 달콤한 감정이 촛불처럼 소박하게 그러나 생생하게 자신의 가슴에 켜져 있는 것을 유키는 깨닫는다.

취하긴 했어도 에이스케의 말에는 위로와 애정이 담겨 있었다, 라고 생각한다. 게다가 아마 책임감도―.

누군가 한 남자의 '돌아갈 장소'라는 것. 결국 그러면 된 거다.

밤바람을 들이려고 방충망만 닫아놓았던 거실 창문을 닫는다. 어두운 창유리에 비친 방 안의 모습은 가정적이고, 무늬가 들쭉날쭉한 쿠션이라든지, 아이가 있었던 흔적이라고 유키가 생각하는 업라이트 피아노라든지, 자못 생활감 있고 쾌적해 보였다. 그 점에 만족하고 야무진 손길로 커튼을 친다. 이곳에 있는 한, 자신은 보호받고 있다고 유키는 느낀다. 안전하다고. 에이스케가 있을 때보다 없을 때 오히려 더 에이스케에게 보호받고 있다고 느끼는 건 재미있는 일이다.

영국인 남성과 페루인 남성, 그리고 태국인 커플. 이들이 요우의 현재 하우스 메이트들이다. 부엌 구석에서 소박한 식사를 하거나 유창한 일본어로 친근하게 대화에 가담한다. 그런가 하면 느닷없이 자기들끼리 모국어로 욕을 퍼붓기 시작하거나 울며불며 방에 틀어박히기도 하는 그들이 모모는 질색이었다. 때마침 밖에 나가 있거나 각자 방에 들어간 후라면 좋으련만, 하는 기대를 안고 오지만, 물론 이곳은 그들의 집이며, 공유 공간인 1층 ― 거실과 부엌, 그리고 화장실이 있다 ― 을 마치 개인 응접실 혹은 사설 바처럼 사용하면서 마시고 떠드는 것도 모자라 친구를 재워주기까지 하는 건 요우이므로, 그들에게 불만을 들을지언정 불만을 말할 처지도 입장도 못 된다는 것을 모모도 잘 알고 있었다.

따라서 예를 들어 오늘, 패스트푸드점 봉투를 들고 귀가한 영국인이 늦은 저녁을 먹고 있는 동안, 담소하거나 수프를 다시 데워주기도 하고, 그 조금 후에 계단을 뛰어내려온 중국계 여성(태국인 커플의 친구인 듯싶다)이 청하는 대로 휴대전화를 빌려주기도 했다. 요우는 한술 더 떠 그 두 사람에게 마시던 화이트 와인을 대접했다.

늘 이런 식이었다. 괜찮으니까 마셔, 마셔. 먹어, 먹어. 가져가, 가져가, 난 필요 없으니까. 요우는 남을 대접하는 걸 좋아한다. 남에게 뭘 주는 것도. 거의 억지로 떠안기다시피 무언가를 들려 보내곤 그 일을 까맣게 잊고 있다가 나중에 '그게 어디 갔지?' 하고 찾기도 한다. 물건뿐만이 아니다. 모모가 보는 한 요우의 재정 상태에 그럴 여유는 없으련만 친구가 부탁하면 냉큼 돈을 빌려줘버리고, 동물보호단체라든지 유니세프 같은 곳에 기부도 선뜻 해버린다. 프리라이터로 얻는 수입도 불안정하고 부모님의 원조만으로는 부족하다 보니, 모모에게까지 가끔 염치없이 손을 벌리는 처지이면서 말이다.

하긴 그런 요우이기 때문에 모모는 이렇듯 한 손에 케이크를 들고 훌쩍 들러선 "이시와한테 새 여자 친구가 생겼대. 좀 놀랐어" 하고, 아무렇지 않게 '좀'을 강조하면서 속내를 털어놓을 수도 있다.

"그렇군."

요우는 남녀 사이에 대해 자기 의견을 말하고 싶어 하지 않는다. 자신은 그 방면에 문외한이라고 단정 짓고 있는 것이다. 설령 자매 지간이라도 ―. 화이트 와인과 살라미, 화이트 와인과 슈크림, 화이트 와인과 치즈를 곁들인 대구를 번갈아 입으로 가져가면서 모모는 생각한다. 설령 자매 지간이라도 물을 수 없는 사정이란 것이 분명히 있어서, 예를 들어 요우에게 지금 사귀는 사람이 있는지 없는지, 아니 과거에 한 번이라도 애인이 있었던 적이 있는지 없는지 모모는 물을 수가 없다. 만약, 만의 하나, 그럴 리는 없을 거라 생각하지만, 그래도 만의 만의 하나 본인 말대로 연애 경험이 한 번도 없다면, 그리고 본인 말과 달리 그 점을 몹시 걱정하고 있다면 더더욱 묻기 어렵다.

— 넌 인물이 달리니까, 하다못해 좀 상냥해지렴.

모모는 어릴 적 엄마가 언니에게 종종 그렇게 말한 것을 기억한다.

— 너처럼 그렇게 귀염성이 없으면 아무에게도 사랑받지 못해

라는 말도 했고,

— 미움 당한다

라는 말도 했다(미움 받는다, 가 아니라 미움 당한다고 엄마는 말했지만, 그게 문법적으로 올바른 표현인지 아닌지 모모는 잘 모르겠다). '아무에게도'라는 것이 '남자에게'라는 의미인 건 확실해서, 언니가 "사랑받지 않아도 된다고!", "미움 당해도 상관없다니까!" 하고 고함으로 되받아친 것도 모모는 또렷이 기억한다.

"슈크림은 있지."

요우가 말했다.

"와인보다 샴페인이랑 더 잘 어울려."

모모는 거기에 대해 조금 생각하다 확실히 그런 것 같았기에,

"알겠어"

라고 대답했다.

"다음엔 샴페인도 같이 사올게"

라고.

"그래, 사바사키에게 사오라고 할까?"

언니의 제안을 모모는 단박에 물리친다.

"아니."

물론 보고 싶긴 했다. 미나코와 같이 점심을 먹고 난 후 줄곧 사바사키 생각만 했다. 하지만 오늘 사바사키를 보고 싶어 하는 건 좀 아니라는 생각이 들었다. 이시와 사바사키는 무관하니까.

"됐어. 어차피 다음 주에 만나기로 되어 있고."

모모는 그렇게 말하고, 말한 순간 스스로 자신의 바람을 끊어버린 듯한 모순된 실망을 느낀다. 여기 오면, 어쩌면 우연히 딱 마주치게 될지도 모른다고 생각하지 않았다면 거짓말일 것이다.

"흐음. 그렇다면 다행이지만."

모모는 언니 목소리에서 아주 조금 재미있어 하는 듯한 울림을 느낀다.

"그럼 마시자. 와인은 이제 다 비웠으니까, 이번엔 위스키로 하자."

그것도 좋지만 오늘 중으로 돌아가야 한다고, 내일도 일이 있으니까, 라고 말하려는 찰나 휴대전화가 진동했다. 사바사키임을 직감한 모모는 심장이 목구멍까지 튀어 올랐다.

"오."

낮은 목소리로 중얼거린 요우도 같은 생각을 한 게 틀림없었지만, 받아보니 상대는 태국인 커플 중 여자로, 좀 전의 친구를 바꿔달라는 용건이었다.

눈을 떠보니 비가 내리고 있고, 히비키는 으그그그 소리가 절로 날

지경이었다. 몸이 녹작지근하니 늘어진다. 이대로 30분만 더 눈 붙일 수 있다면 얼마나 행복할까. 비번인 하야토는 옆에서 드르렁 드르렁 코를 골고 있다. '가마우지 체위'니 뭐니 하는 것들을 떠올리며 히비키는 씁쓸하게 웃는다. 정말이지 믿기 어려운 일이었다. 그런 별희한한 모양새를 경험하다니.

비. 다시 말해 평소보다 30분 일찍 집을 나서야 한다. 아이들에게 각자 비옷을 입히고, 우산도 들려 자전거 앞뒤 안장에 앉힌 다음, 자신은 타지 않고 자전거를 끌면서 걸어야 한다. 하야토가 차를 내주면 사정은 달라지겠지만 모처럼 쉬는 날 깨우고 싶진 않았다.

히비키는 으쌰, 하고 기합을 넣으며 일어난다. 몸에 팬티 한 장밖에 걸치지 않았다는 것을 깨닫고 흠칫하며 급히 티셔츠와 스웨트 팬츠를 입는다. 천이 무척 부드럽고 착용감이 좋은 만큼 엉덩이가 커 보이는 스웨트 팬츠. 이걸 입으면 미쿠는 싫어하지만 하야토는 좋다고 엉덩이를 움켜쥔다. 비. 맨발로 디디는 바닥이 끈적거린다. 슬슬 걸레질을 해야만 한다.

도시락용 밥이 돼가고 있는 것을 확인하고, 커피메이커 스위치를 켜고 나서 세면실을 쓴다. 아이들을 깨운 후에는 어김없이 소란해진다. 이게 없네, 저게 없네, 때렸다느니 안 때렸다느니, 말했다느니 안 했다느니. 오늘 아침에는 료와 노카가 또 나란히 이부자리에 오줌을 쌌다. 쌍둥이도 아닌데 텔레파시라도 통하는 걸까, 하고 히비키는 의구심이 든다.

"욕실에서 잠옷 벗겨줘."

미쿠에게 말했다.

"빨랫감은 그대로 놔둬도 되니까, 샤워기로 두 녀석 배랑 엉덩이 따뜻하게 씻겨주고."

미쿠는 아직 시간표대로 책가방을 싸는 중이라 안 된다고 대답한다. 게다가 가슴에 수가 놓인 초롱소매 블라우스가 안 보인단다. 꼭 그걸 입고 가야 할 이유가 있다면서. 히비키는 삶은 달걀 껍데기를 벗기던 손을 멈추고, 한순간 눈을 감는다. 나무라거나 잔소리 하는 시간과, 스스로 욕실로 달려가는 시간을 저울에 달고, 후자를 택한다.

"빵, 토스터에 넣어뒀으니까 타지 않게 잘 보고."

유우키에게 말해두고 욕실로 가보니, 놀랍게도 노카가 타일 바닥에 누워 자고 있었다. 보드라워 보이는 하얀 엉덩이를 다 드러낸 채. 히비키는 그 엉덩이를 찰싹찰싹 두드린다.

"노카, 일어나, 감기 걸리겠다."

안아 일으키자, 체온이 높은 커다란 고무 인형처럼 기대어온다.

"자, 똑바로 서야지. 료는 어디 갔니?"

샤워기를 틀어 물 온도를 조절하여 노카를 씻겨주면서 히비키는 료를 불렀지만 다가온 건 유우키로, 체육복이 안 보인다고 한다. 왜 자기 전에 미리미리 준비해두지 않았느냐는 말을 히비키는 간신히 삼킨다. 눈을 감았다 뜨면서 말했다.

"지금 찾아줄 테니, 넌 료를 찾아. 화장실에 있을지도 모르니까, 찾아서 데려와."

"화장실엔 없어."

바람대로 초롱소매 블라우스를 입은 미쿠가 다가와 보고한다.

"그리고 빵, 타는 거 같은데."

히비키는 숨을 들이마셔보지만 말을 억누를 순 없었다.

"그럼, 왜 꺼내지 않는데."

한심스러운 목소리가 됐다. 노카를 목욕 타월로 감싼다.

"태우고 있는 건지도 모른다고 생각했거든. 꺼내라고 부탁받은 것도 아니고."

아주 짧은 순간이지만 가슴에 증오가 끓었다.

"얻어터질래?"

노려보자 미쿠는 겁먹은 얼굴을 했다.

주방으로 돌아와 토스트를 다시 만들고, 삶은 달걀 껍데기를 마저 벗기고, 아이들이 먹을 코코아를 탔다.

"료는?"

묻자, 유우키도 미쿠도 노카도 "몰라" 하고 말한다. 히비키는 한숨을 쉰다.

"부탁이니 찾아보렴. 저택에 사는 건 아니니까."

비. 료는 안방 침대에 기어들어가 자고 있었다.

오피스 빌딩 청소, 실 근무 두 시간에서 네 시간으로 시급 1,200엔. 도시락 배달 직원(고령자 대상 도시락 택배 업무), 완전거래량제(보수 예, 1일 30건, 월 20일에 약 87,000엔). 자전거 매장 접객 직원, 시급 900 엔부터. 관혼상제 식장 견학 안내 및 장례 도우미, 시급 1,000엔 플러스 수당, 연금 수급자 환영, 40대부터 60대 분 활발히 활약 중!

야마구치는 컴퓨터 화면을 가만히 응시하며, 세상에는 참 다양한 직업이 존재하는구나, 하고 감탄했다. '연령 불문, 무경험자 환영'으로 조건을 압축해 검색해봐도 구인은 생각 외로 많았다. 택시기사, 주차장·차량 정리 및 유도 따위의 경비직, 슈퍼마켓에서의 도시락·초밥 제조. 하지만 자신의 그 감탄이 그야말로 임시 모면이랄까, 남의 일이라는 생각에서 비롯되었다는 것도 야마구치는 싫든 좋든 깨닫고 만다. 그렇다기보다 남의 일을 가장하지 않는 한, 그런 구인정보의 세세한 내용을 냉정하게 읽어 내려갈 수가 없었다.

카즈에의 딸 내외는 현재 두 하숙생이 나갈 때까지, 라는 조건을 달아 이 집에서 계속 살게 해주었다. 위층의 두 여대생이 아래층에 아무도 없는 것보다 지금까지처럼 누군가 살아줬으면 좋겠다고 말해주었기 때문이다. 관리인 대신, 이라는 명목이지만 물론 무급이다. 두 여대생 중 한 명은 현재 3학년이고 다른 한 명은 2학년이지만, 둘이 졸업할 때까지 쭉 이 집에서 살지 말지, 그건 알 도리가 없다.

어차피 언젠가는 그 때가 올 테고 야마구치에게는 일자리가 필요했다. 자기 집으로 돌아가지 않을 생각이라면.

미토코는 아버지의 부탁을 들어주었다. 연락이 와서, 지난번에 만났던 그 커피숍으로 나간 게 3월 중순이었다.

"이거, 엄마가."

미토코는 그렇게 말하며 통장과 이혼 서류를 테이블에 내놓았다.

"세트래. 받을 거면 둘 다, 어느 것 하나만은 안 된대."

위자료. 그 말이 불현듯 머리에 떠올랐다. 원래대로라면 위자료를 지불해야 할 사람은 집을 나온 자신이므로 그게 터무니없는 언사라는 건 알고 있었다. 알고는 있었지만 그 말이 떠올랐다. 지금 자신은 아내에게 버려지려 한다, 라고 생각했다. 이 돈을 받아버리면 연이 끊기는 거다, 라고.

한편으론 아직 선택의 여지가 있는 듯하여 놀란 것도 사실이었다. 한순간이긴 했지만 기대 이상으로 기뻤던 것도.

그때 눈앞에 있던 사람이 아내였다면 자신은 그 돈을 받지 않았을지도 모른다. 야마구치는 지금 그렇게 생각한다. 당신하곤 이제 같이 살 수 없어, 집이고 돈이고 다 당신에게 줄게, 난 몸만 나가. 그렇게 큰소리친 것도 다 잊고, 혹은 적어도 잊은 척하고 테이블에 조아리다시피 머리 숙여 그저 사과하고, 아내의 관대함에 감사하며, 부디 집으로 돌아가게 해달라고 애원했을지도 모른다.

하지만 눈앞에 있던 사람은 미토코였다. 바로 얼마 전까지만 해도 어린 티가 가시지 않은 소녀로, 아버지를 나름 흠모하고 존경 ― 까지는 아니어도 거기에 가까운 감정으로 ― 하는 마음으로 봐주었을 딸이었다.

"고맙다. 미안하구나, 이런 일을 시켜서."

그렇게 말하고 통장과 이혼 서류를 안주머니에 넣는 것 말고 뭘 할 수 있었을까.

미토코는 표정에 변화가 없었다. 인조 속눈썹 ― 은 아니라고 했지만 뭐라고 했는지 야마구치는 잊어버렸다 ― 탓에 한층 커 보이는 눈으로 아버지를 응시했다.

"그 사람, 돈 씀씀이가 헤퍼?"

라고 물었다.

"아버지, 혹시 '호구'니 뭐, 그런 거야?"

딸의 난데없는 말에 야마구치는 당황하고, 카즈에를 위해서라기보다 자신의 명예를 위해 즉각 부정하고 싶었다. 하지만,

"무슨 말도 안 되는"

하고 말을 꺼내는 찰나, 미토코는 너무도 담박하게 중얼거리며 일어섰다.

"뭐, 나하곤 상관없지만."

"미토코."

야마구치는 딸을 불러 세웠다. 딸에게서 그런 오해를 사고 싶지 않았다.

"그런 건 아니야. 걱정 마. 그 사람은 그런 여자는 절대 아니었고, 아버지는—"

그러나 이번에도 역시 끝까지 말을 마칠 수가 없었다.

"하?"

미토코가 한 마디, 라기보다는 한 음으로 차갑게 가로막았기 때문이다.

"듣고 싶지 않아. 모르겠어요?"

"미안하다."

야마구치는 사과했다. 달리 할 수 있는 말도, 해야 할 말도 떠오르

지 않았다.

컴퓨터를 닫고 노안경을 벗는다. 빗소리가 한층 거세진 듯하다. 야마구치는 카즈에의 영정을 올려다본다. 아주 짧은 순간이라고는 해도 그때 집으로 돌아가고 싶다고 생각한 자신을 카즈에는 비난할까, 하고 생각해본다. 비난하지 않을지도 모르지만, 그렇다고 기뻐하지도 않을 것이다. 야마구치는 부끄러움에 마음속으로 카즈에에게 사과했다.

1년여 전, 그야말로 맨몸으로 들어와 살기 시작했을 무렵, 이 집의 분위기 — 카즈에 자신과도 비슷해서 꾸밈없고 소통이 잘되는 분위기 — 에 야마구치는 살 것 같았다. 자신의 인생에 이런 장소가 마련되어 있었다니, 라는 신선한 놀라움. 이곳이 나의 마지막 정착지다, 라는 감상을 야마구치는 즐겨 입 밖에 냈고(그 말을 듣는 것이 카즈에도 기쁜 눈치였다), 거기에는 약간 자학적인 기분이 담겨 있었는지도 모르지만 — 가와사키 집에 비하면 이 오래된 집은 많이 보잘것없었기에 —, 그래도 진심에서 우러나온 말이었고, 후련하면서도 일종의 밝고 평온한 기분에서 비롯된 말이기도 했다.

'내 인생에 이런 장소가 마련되어 있었다니'라는 신선한 놀라움은 '이런 여자가 기다리고 있어주었다니'라는 신선한 기쁨과 동의어이며 그 마음은 지금도 변함없다.

부엌으로 가자 마룻바닥이 삐걱거렸다. 야마구치는 냉장고를 열고 어쩐지 낯설게 느껴지는 타파웨어를 꺼낸다. 어제, 이미 저녁을 다 먹고 난 이후에 위층 여대생 중 하나 — 안경 쓴 2학년 학생 — 가 너무 많이 만들었다며 가져다 준 감자샐러드다. 야마구치는 늦은 점심 메뉴로 그것을 엊저녁에 먹고 남은 흰쌀밥에 얹어 간장을 뿌려 먹기로 한다.

독채 모양을 갖춘 스튜디오는 어디나 온통 흰색. 중앙에 놓인 맨나무 테이블에는 사과가 수북이 담긴 사발(이것은 아주 짙은 녹색). 반만 열린 여닫이 창(창문에도 창틀에도 물론 흰 페인트가 칠해져 있다)에 기대어 남성 모델이 촬영에 임하고 있는 참이다. 창밖으로 보이는 비에 젖은 정원의 녹음이 괜찮은 느낌을 준다고 카메라맨은 말한다.

오후. 사바사키는 지금 패션 잡지 『그라비아』 촬영 현장에 와 있다. 이 특집에 맞춰 모델이 신을 구두를 전부 빌려주었기 때문인데, 사바사키가 근무하는 회사는 비록 규모는 작지만 이런 광고에는 철두철미하다. 오너이자 자신이 구두 제작자이기도 한 나라하시의 수완이랄까, 기업 전략의 일환이었다.

둘 있는 모델은 모두 외국인으로, 카메라맨이 주문하는 대로 의자에 앉거나 테이블에 발을 얹기도 하고, 따분한 듯 비를 바라보기도 한다. BGM은 무슨 이유에서인지 레게다(카메라맨의 취향인가, 하고 사바사키는 의아해한다). 셔터 소리, 젖은 듯이 반질반질하게 빛을 반사하는 반사판, 그때그때 조정되는 노출과 우스울 정도로 뻔질나게 모델에게 달려가 옷단 처리며 머리카락의 모양새를 손보는 스타일리스트와 헤어&메이크업 아티스트. 이곳에서 사바사키에게 발언권은 일절 없다. 사실은 와 있을 필요도 없다(대여한 신발은 골판지 상자에 담아 택배 편으로 되돌려 받는다). 그럼에도 현장에 얼굴을 내미는 이유는 단지 궁금하기 때문이다. 그 구두들이 어떤 식으로 신기는지.

이 이야기만 나오면 나라하시는 웃는다. 우리한테는 선택권이 없으니까, 라고 말한다. 우리가 할 수 있는 건 좋은 구두를 만드는 것까지이고, 그게 누구에게 어떻게 신기든 선택할 수 없고 선택해서도 안 된다고 나는 생각해, 라고. 그것이 정론이라는 건 사바사키도 이해하고 있다. 이해는 하지만, 그게 전부는 아닌 것 같은 기분이 자꾸만 들었다. 자신들은 선택할 수 없을지(또한, 선택해서는 안 되는 것인지도) 모르지만, 왠지 구두가 선택할 것 같다는 기분이. 구두뿐만 아니라 사물에는 그런 힘이 있는 거다.

사바사키가 나라하시를 처음 만난 건 신주쿠에 있는 멕시코 식당에서였다. 구두점 아들인 나라하시는 대학을 중퇴하고 연수 차 이탈리아로 갔다가 4년 만에 귀국한 참이었다. 식당에는 부모님과 약혼자(지금의 부인)와 함께 와 있었다. 당시 아직 학생이었던 사바사키는 여자 친구와 마침 그 가게에서 식사를 하다 축하주로 테킬라를 대접받았다. 그 만남이 훗날 자신의 직업으로 이어질 줄은 상상도 못한 채.

손목시계를 들여다본 사바사키는 종이컵에 담긴 녹차를 마저 마셨다.

"그럼, 전 슬슬 가보겠습니다."

이 자리의 책임자인 잡지 편집장에게 말했다.

"수고하셨습니다."

편집장은 모델한테서 눈을 떼지 않고 대답했다. 사바사키에게는 거의 관심을 두지 않는다.

사바사키는 입구에 기대어 둔 검정 우산을 집어 든다. 팡, 하는 소리를 내며 그것을 폈다. 문을 닫자 레게 음악은 더 이상 들리지 않았다. 회사로 돌아가 서류 업무를 몇 가지 마무리 지어야 한다. 그 후 오늘 저녁은 데이트 약속이 잡혀 있었다. 상대는 셀렉트 숍에서 일하는 여자아이로, 귀엽고 머리 회전도 빠르다. 함께 식사하는 건 오늘 저녁이 두 번째였다. 물웅덩이를 피해 젖은 지면을 조심조심 걸으며 사바사키는 마음을 다잡는다. 물론 데이트는 즐겁다. 즐겁지만 경험상, 상대에게 오해를 사지 않으려면 두 번째 데이트가 중요하다는 걸 알고 있었다.

"아빠 타 넘는 거 아니야!"

히비키는 싱크대 앞에서 그만 큰소리를 냈다. 그렇게 하지 않으면 아무도 듣지 않기 때문이다. 수도꼭지에서 나오는 물소리에 바깥의 빗소리, TV 소리, 아이들의 새된 목소리. 이 집의 평균 소음 레벨에 히비키는 가끔 미칠 것만 같다.

"료! 안 된다고 했지!"

고함을 치면서 실은 하야토에게도 화가 나 있었다. 저녁 식사 후에 그릇을 싱크대로 옮기는 건 아이들 몫이고, 그런데도 아빠란 사람이 식탁과 싱크대의 딱 중간, 거실 바닥에 길게 드러누워 있기에.

"괜찮아, 타 넘어도."

하야토가 말했다.

"집이 좁으니 하는 수 없잖아."

"괜찮지 않아!"

히비키가 대답한다.

"사람을 타 넘는 건 예의가 아니거든? 그것도 아빠를 타 넘다니 절대 안 돼. 애당초 당신이 바닥에 누워 있으니까 그렇잖아? TV 정도는 의자에 앉아서 봐주면 안 되느냐고."

말이 걷잡을 수 없이 입 밖으로 튀어나온다.

"오늘만 해도 내내 누워만 있고. 그야 휴일이니까 어쩔 수 없지만, 꼭 가로누워야만 쉴 수 있는 것도 아니잖아? 좀 세로로 일어나 있기도 해봐, 가끔은 세로로."

하야토는 씩 웃으며 말한다.

"아까 그렇게 있었잖아, 여러 모습으로."

히비키는 순간 말문이 막힌다. 그사이에도 혼나는 건 자신들이 아니라는 듯이 아이들은 미쿠를 제외하고 셋 다 하야토 위를 일부러 수도 없이 타 넘는다.

"정말이지. 뭐야, 이 야만인들은."

히비키는 진저리를 치며 하야토에게 행주를 던졌다. 어깨에 그것이 부딪혀도 하야토는 꿈쩍도 하지 않는다.

"시끄러워. TV 소리가 하나도 안 들리잖아."

미쿠가 리모컨을 쥐고 볼륨을 높였다.

"미쿠!"

발끈해서 다시 고함을 쳤다.

"별것도 아닌 일로 언제까지 화낼 건데. 그만하면 됐잖아."

하야토 말에 히비키는 더 이상 목소리가 나오지 않았다. 화가 난 나머지 이명이 왔다. 남편을 노려보고는 그를 타 넘고 천천히 침실로 향한다.

"아 ─ 아."

뒤에서 유우키의 말소리가 들리고, 히비키는 자신이 왕따 당해 교실을 나가는 아이가 된 듯한 기분이 들었다.

조금 전 ─ 이란, 저녁 식사 때 ─ 히비키는 미쿠에게 심하게 화를 냈다(맏딸인 미쿠는 요즘 들어 부쩍 다루기가 어렵다). 음식을 전부 남겼기에 깨끗이 다 먹으라고 채근하자 미쿠는 살쪄서 싫다고 대답했다. 살찌면 좋지 않니? 히비키의 그 말에 미쿠는 연극조로 한숨을 쉬고 마지못해 젓가락을 들더니, 우리 집 음식은 너무 기름지고 엄마는 요새 이중 턱이 됐다고 했다. 그때는 하야토가 미쿠를 나무라며 엄마에게 사과하라고 엄하게 지시해서 미쿠도 마지못해 따랐다.

하야토가 말한 '별것도 아닌 일'은 바로 그 일을 가리키는 거였다. 요컨대 그 후에 히비키가 한 말은 ─ 아빠를 타 넘으면 안 된다는 말도, 제대로 일어나 앉아서 TV를 봐달라는 말도 ─ 전혀 전달되지 않았다는 걸 의미한다.

히비키는 창문을 열고 밤공기와 비 냄새를 들이마신다. 혼자가 되니 마음이 진정되었다. 화가 가라앉은 건 아니지만 화를 내도 소용이 없는 일이다. 우리 집 음식이 기름지다고? 훌륭하지 않니? 육체 노동자인 남편이 있고, 야만스러운 아이가 넷이나 되면 튀긴 음식만 오르는 날도 그야 있겠지. 이중 턱? 정말 고맙구나. 네 아빠는 부드러워서 안는 느낌이 좋은 여자를 좋아하거든? 남자는 대개가 그래.

"연다"

하는 목소리가 났다. 대답하든 말든 하야토는 방에 들어와서 히비키 바로 옆에 선다.

"속 끓이지 마."

난감한 듯이 말했다.

"목욕이라도 하지그래? 설거지는 미쿠한테 하라고 말해뒀어."

그러면서 히비키의 둔부를 살그머니 쥔다. 마치 그렇게 하면 아내의 기분이 나아지기라도 한다는 양. 그리고 그것은 결과적으로 효과를 거뒀다.

"하지 마."

매몰차게 말하고 몸을 뗐지만 히비키가 웃어버렸기 때문이다.

"하지 말라고. 저리 가."

남편의 어깨를 밀며 말하자, 스스로 생각해도 서로 장난치는 것으로밖에 여겨지지 않는 상황이 되었다.

"그리고 미쿠한테 설거지는 안 해도 된다고 해. 그런, 벌칙 같은 건 싫어. 엉터리로 해놓으면 다시 해야 하고. 나중에 내가 할 거니까 놔두라고 해."

자신의 목소리도 말투도 평소와 다름없다고 히비키는 생각한다. 무엇 하나 해결되는 건 없고, 미쿠의 말도 싫은 감촉으로 가슴에 남아 있건만.

히야토를 쫓아내고 다시 혼자가 되자 히비키는 흐트러진 — 낮에
사용했다, 아이들이 없는 동안 — 침대에 앉아 한숨을 쉰다. 누군가
자신을 이해해줄 사람에게 이야기를 털어놓을 필요가 있었다. 그리
고 그건 모모 말고는 없다. 이럴 때를 대비해 전화가 있고 여자 친구
가 있는 게 아닐까. 그렇지 않다면 이렇듯 어찌할 수 없는 감정을, 사
람들은 다 어디에다 쏟으며 살까.

히비키는 발치에 떨어져 있는 커다란 책을 줍는다. 어제 히야토가
고객에게 받았다며 들고 들어온 책이다. 어느 페이지건 하나같이 남
녀가 뒤엉켜 있다(이 책 덕분에 어젯밤도 오늘도 히비키는 묘한 모양새를
취해야 했다. 가마우지니 뭐니.)

히비키는 히야토가 성욕이 너무 강하다고 생각한다. 동네 엄마들
대부분은 정반대의 고민을 안고 있는 듯해서 그 사람들에게는 입이
찢어져도 말 못 할 이야기지만, 남편의 만족할 줄 모르는 탐구심과
정력이 히비키에게는 고민 중 하나였다. 솔직히 말해 자신들은 너무
심하다 싶다. 피곤하거나 짜증이 나서 그런 것을 하고 싶은 기분이
아닐 때도 있지만, 히비키는 옛날부터 남편이 원하면 절대 거부하질
못한다. 거부하다니 당치도 않다, 라고 생각하고 만다. 여하튼 히야토
는 자신처럼 이중 턱을 가진 여자를 좋아해주는 희한한 남자이므로.

요트 여행에서 돌아온 에이스케는 새빨간 얼굴을 하고 있어서 본
인도 유키도 볕에 타서 그런 줄로만 알았는데 그게 아니라 감기로

인한 발열이었다. 병원을 싫어하는 에이스케는 늘 그래왔듯 별일 아니라고 우겼지만 나흘 정도 몸져누웠다. 고열은 바로 미열로 내려갔지만 그 열이 다 가실 때까지는 제법 시간이 걸렸고, 그동안 유키는 예정되어 있던 외출도 취소하고 죽 끓여 먹이랴 아는 의사에게 약만 타러 다녀오랴, 수건으로 몸을 닦고 옷을 갈아입히고, 남편이 소망하는 수박을 사오고, 창고 방에서 가습기를 꺼내고, 그 김에 창고 방을 정리하는 등 바쁘게 보냈다. 에이스케는 흡사 어린애와 같아서 알프레드 브렌델이 연주하는 모차르트의 19번이 듣고 싶다느니(그건 에이스케가 시디가 아니라 레코드판으로 가지고 있는 것이어서 창고 방에 묵혀 있던 레코드 플레이어를 꺼내 설치하느라 유키는 적잖이 체력을 소모했다), 지금 꼭 쓰고 싶은 편지가 있는데 부르는 대로 적어달라느니(그건 이번 여행에서 처음 묵은 료칸의 주인에게 보내는 감사 편지였다), 주문이 많았다. 또한 그러는 짬짬이, 퉁퉁 부은 얼굴을 하고서도, '유쾌했던' 여행지에서의 모습을 유키에게 하나하나 상세하게 들려주고 싶어 했다.

유키는 남편을 시중드는 일이 즐거웠다. 에이스케에게는 자신이 없으면 안 된다고 여겼고, 실제로 이렇듯 에이스케를 위해 이것저것 해줄 수 있는 사람은 아내인 자신뿐이다.

닷새째 되는 날, 에이스케는 '병이 깨끗이 나았다'고 선언했다. 그날은 아침부터 온종일 일어나 움직이면서 쌓여 있던 우편물도 정리하고, 걷는 연습이라며 산책에 나서기도 했다. 저녁에는 오랜만의 목욕을 즐기고 평소대로 반주도 한잔했다. 유키가 모모에게 소개하려는 청년에 대한 이야기를 남편에게 꺼낸 건 그때였다.

"세무사래요."

컷글라스에 맥주를 따르고 설명한다.

"아키노 씨가 그러는데, 느낌이 아주 괜찮은 청년이라네요."

"소개?"

에이스케가 되물었다.

"그거, 맞선이라는 건가?"

그 말에 유키는 얼굴을 찌푸려 보인다.

"요즘은 그런 말 안 써요. 그렇게 말하면 아이들이 부담스러워한다고요."

에이스케의 반응은 유키가 예상한 그대로였다.

"모모한테? 요우는 어떡하고?"

요우에게는 일찍이 갖은 애를 다 썼다. 맞선뿐만이 아니다. 독신 남녀가 많이 모인다는 파티에도 여러 번 내보냈다. 그 아이는 안 돼요, 이제 포기했어요. 유키는 그 말을 간신히 삼킨다.

"모모는 이시와 씨랑 헤어져버렸으니까."

대신에 그렇게 말했다

"그래도 그런 건 좀, 어떨까 싶네."

에이스케는 느긋하게 말하고, 차게 한 고야두부를 입으로 가져간다. 명백한 불찬성이다.

"시집보내려니 아까운가 보네?"

유키는 농으로 돌린다.

"하지만, 그 아이도 이제 적은 나이가 아니니까. 히비키라고 기억나요? 성적이 나빠서, 시험 전이면 늘 모모한테 의지하던 아이. 저녁먹을 시간이 돼도 집에 안 가서, 우리 난감했었잖아요?"

에이스케가 뭔가 말하려는 것을 가로막고 유키는 계속했다.

"그 아이, 벌써 애가 넷이나 된대요."

"하지만, 어떨까 싶네, 그러는 건."

에이스케는 같은 말을 되풀이하고는 표고버섯만 남기고 고야두부를 먹어 치웠다.

늘어선 왜건 세 대에는 요리 및 식재료가 화려하다 싶을 만큼 가득실려 있다. 소박한 것, 손이 많이 간 것, 빛깔 선명한 것, 흙냄새를 풍기는 것, 차갑게 냉장시킨 것, 불에 얹기만 하면 되는 것 등등.

몇 종류든 고를 수 있고, 양도 원하는 대로 조정해준다는 전채 요리가 이곳의 명물인 듯싶다.

"정말 다양한 가게를 꿰고 있네."

엄청 망설인 끝에 네 종류 정도 고르고, 웨이터가 물러가자 모모는 감탄하며 말했다.

"좀 전의 그 옥수수, 어떻게 요리해줄지 기대돼."

모모와 사바사키는 히로오의 이탈리아 식당에 와 있다. 메뉴판이 없어서 가격은 알 길이 없지만 확실히 저렴해 보이진 않는다. 자신보다 아홉 살 아래인 데다 월급도 많을 것 같진 않은 사바사키가 왜 이런 가게를 많이 알고 있는지, 모모는 의문이었다.

"나는."

병에 파란 라벨이 달린 이탈리아 맥주를 맛있게 한 모금 마시고, 사바사키가 말한다.

"나는 그 옥수수를 먹었을 때의 모모 짱 얼굴을 보는 게 기대돼."

넉살도 좋지, 라고 생각하려던 모모는 낯간지러움에 그만 웃고 만다.

"그럼, 무표정하게 먹을게."

그렇게 말했지만 어차피 어려운 일임을 알고 있었다. 사바사키 앞에서 모모가 감정을 숨길 수 있었던 예는 없다. 저도 모르게 방어막이 허물어지고 만다. 성가신 건 그게 기쁘고 쾌적하다는 사실이었다. 모모는 이제까지 남자 앞에선 늘 어딘지 모르게 몸을 사리는 경향이 있었다. 허물없어 보인다거나 가벼워 보이고 싶지 않았던 거다. 호감가는 상대 앞에서라면 더더욱 그렇다 보니 그 긴장감을 연애의 묘미라 여기던 시기도 있었다.

사바사키는 전시회 이야기를 하고 있다. 아사쿠사에서 한 해에 두 번 — 봄에 가을·겨울용, 가을에 봄·여름용 — 열린다는 구두 전시회 이야기를.

"이번에 보러 올래?"

원래 일반인은 들어올 수 없지만, 특별히 들여보내주겠다고 한다.

"예약을 통해서만 수주하는 것도 있어서, 예약한 숍이 각자 고객의 예약을 잡거나 하면, 실제로 가게에 진열하기 전에 완판되는 경우도 있고."

모모는 차가운 화이트와인 잔 너머로 사바사키를 바라본다. 퇴근 길이라서 양복 차림의, 이제 막 목욕을 마치고 나온 것처럼 청결해 보이는 피부를 지닌 사바사키를.

"하지만 전시회에 가면, 전부 볼 수 있으니까. 지난번에 이야기한 상어가죽 구두라든지. 샘플이라서 색상도 아주 다양해."

모모는 구두 전시회에 가고 싶단 생각은 안 들었지만, 사바사키가 이야기하는 그 장소의 모습을 지금 여기서 상상하는 것은 즐거웠다. 게다가 모모는 언젠가 사바사키가 대학 시절 친구들을 만났어도 할 이야기가 없어서 지루했던 일을 떠올린다. 그 친구들에게는 들려 줄 생각이 없는 이야기를 자신에게는 들려준다고 하면 그건 마땅히 기뻐해야 할 일이 아닐까.

옥수수를 포함한 전채 요리를 다 먹고 파스타가 나왔을 무렵에는 한 병째 와인이 바닥을 보였다.

"어떡할까?"

사바사키가 묻기에,

"뭐든"

하고 대답했다. 한 병 더 주문할까, 글라스 와인으로 바꿀까, 라는 의미다.

"그럼, 한 병 더 할까."

사바사키는 웨이터를 불렀다.

"오늘, 나라하시 씨가 요우 짱네 가 있을 텐데, 어떡할까? 나중에 얼굴이라도 비칠까?"

"뭐든."

모모는 좀 전과 같은 대답을 했지만, 실은 단둘이 있는 게 더 좋았다. 언니하고는 지난주에도 만났다. 이시와에게 새 애인이 생겼다고 들은 그날. 모모는 그 사소한 뉴스를 사바사키에게는 말하지 않았다. 이유는 자신도 모르지만, 그냥 말하면 안 될 것 같은 기분이 들었다.

"모모 짱, 나라하시 씨 보는 거 오랜만이잖아. 보고 싶어 하던데, 그 사람 모모 짱을 묘하게 마음에 들어 하거든."

그야말로 구두 제작자 — 라 해도, 모모는 그 사람 외에 달리 구두 제작자를 본 적이 없지만 — 다운 풍모를 풍기는 나라하시는 사바사키의 고용주다. 요즘 보기 드문 장발에 유니폼처럼 늘 입고 다니는 색 바랜 청바지, 가죽과 금속을 조합한 액세서리. 술을 좋아하는 것치고 주량이 세지는 않은 듯 요우 언니네서 마시면 금세 한쪽에 쓰러져 잠이 들어버리는 그 남자를, 사바사키는 흠모하고 존경까지 하는 눈치였다.

"그럼, 식후주는 건너뛰고 요우 언니네서 마시자."

모모는 그렇게 말하고 사바사키가 나눠준 송아지고기에 포크를 꽂는다. 언니 주변은 늘 그렇듯 밤을 새가며 술을 마시는 사람들뿐이고, 애당초 자신과 사바사키도 거기서 만났으니 하는 수 없다고 생각하면서.

두 사람은 레스토랑에서 곧장 왔다지만 거짓말이라는 걸 요우는 바로 알았다. 모모의 상기된 뺨과 행복해 보이는 눈빛도 그렇지만,

언제 봐도 공들여 세운 티가 나는 사바사키의 머리카락이 방금 감은 것처럼 부스스하니 자연스럽게 얼굴을 가리고 있는데 알아차리지 못한다는 것이 더 어려운 일이었다.

그 모모가 말이지. 요우는 쓴웃음을 짓는다. 여동생이 이런 스타일의 남자를 만나 인생의 전성기를 구가하고 있는 듯 보이는 건 기쁜 일이었다. 하긴 요우는 사바사키가 이곳에서, 모모가 없을 때 다른 여자아이를 꼬드기는 모습을 본 적도 있고, 언젠가 "모모 짱, 이시와 씨랑 헤어지지 않는 게 낫지 않았을까" 하고 중얼거린 것도 기억한다. 남창이니 제비족이니 하는 말은 이미 사어인지도 모르지만, 요컨대 사바사키라는 아이는 그 부류일 거라고 요우는 생각한다. 영양이 부족한 건 아닌지 걱정될 정도로 말라깽이인 데다 천진난만한 얼굴을 하고서―. 하지만 그게 무슨 상관이람. 모모가 이시와보다 사바사키가 좋다고 하면 어쩔 수 없는 일 아닌가. 게다가 사람의 마음은 ― 설령 제비족의 마음이라 해도 ― 언제 어떻게 변할지 알 수 없다. 적어도 요우의 경험 ― 이랄까, 관찰한 바로는 ― 으로는 그랬다.

그 사바사키는 지금 모모를 위해 부엌에서 열심히 커피를 준비하고 있다.

"아, 나도."

옆에서 간노 마리가 말하고,

"아, 그럼 나도 주세요―"

하고, 하야시 아무개가 말했다. 간노 마리가 데려온 젊은 여성 편집자로, 요우는 처음 보는 얼굴이었다. BGM 대신으로 TV에 80년대

청춘영화 DVD를 걸어놓았다. 뻔하디 뻔한 내용이다. 요우와 간노 마리는 동갑으로 두 사람 다 80년대 물건에 향수와 해학미와 친밀감을 느낀다.

"동생분, 귀여우시네요."

하야시 아무개가 목소리를 낮춰 말하자,

"사바사키에게는 아깝지 않나?"

하고, 간노 마리가 일부러 들으라는 듯이 말했다. 거실에는 여성잡지가 쌓여 있다. 오늘 밤 두 사람의 방문은 거지반 업무 때문이다. 요우에게 새로운 칼럼을 맡겨준다고 한다. 일감 기근이 이어지고 있던 터라 반가운 일이었다.

"여기요."

사바사키가 커피를 나른다. 손이 큰 남자다. 능숙하게 커피 잔을 쥔 그 손의 긴 손가락에 요우는 순간 마음을 빼앗긴다.

"고마워."

"맛있겠다."

두 여자가 저마다 말한다. 부탁도 안 했는데 커피는 요우 몫까지 있었다. TV에서는 로브 로우가 애인의 스커트 속으로 머뭇머뭇 손을 넣고 있다. 이제 곧 애인이 거들을 입고 있는 것을 깨닫고 기겁을 할 터이다.

"그래서 있지."

모모가 사바사키에게 말한다. 커피를 홀짝이면서 눈은 TV 화면에 못 박힌(것처럼 보이는) 세 여자를 배려해서인지 부자연스러울 정도로 작은 목소리지만 물론 들린다.

"요 전날 아버지가 웬일로 감기에 걸려서 쉬는 바람에 아버지 환자 한 사람을 내가 진료했거든."

일 이야기를 하고 있는 모양이다. 로브 로우가 큰 소리를 내고, 하야시 아무개가 키득키득 웃었다.

"그랬는데 그 환자, 고상한 느낌의 아주머니랄까, 할머니였는데, 이분이 부끄러워하는 거야."

"부끄러워한다고?"

"옛날에 거들 입었잖아, 학생 때."

간노 마리가 말하고, 요우 자신은 입었던 적이 없지만 엄마에게 입으란 소리를 들었던 기억이 났다.

"에―? 그래요?"

하야시 아무개가 놀란다.

"몰라? 그렇구나, 모르는구나, 젊네"

하는 간노 마리.

"나한테는 다 같아. 왜냐면, 입속이란 건 제각기 하나의 증례에 지나지 않으니까."

그런데, 하고 모모는 말을 이었다.

"그런데 그 환자가 말하길, 큰 선생님 ― 이란, 아버지를 말하는데 ― 은 처음부터 치과의사 선생님으로 만났기 때문에 괜찮지만, 모모 짱은 선생님 따님으로서 어릴 때부터 봐온 터라 내 입속을 보이려니 좀 그래, 부끄러워, 라는 거야."

요우는 어이가 없다. 뭐 저런 멋대가리 없는 얘기를 하고 있는지.

"난 좀 알 것 같아, 그 환자분 기분."

사바사키는 성실히 대답하고 있다.

"나도 가슴이 두근거릴 것 같아. 모모 짱이 내 담당의였다면."

"그거랑은 다른 이야기잖아?"

요우는 이번엔 감탄한다. 둘만의 세계다. 곁에 누가 있든 없든, 거들 이야기를 하든 말든(실제로 간노 마리는 하야시 아무개에게 그 속옷의 종류와 용도를 열심히 설명하고 있다), 전혀 개의치 않는다.

커피에 위스키를 타 마시려고 요우는 부엌으로 간다. 부엌은 거실과 하나로 이어져 있어서 목소리도 충분히 들리는 거리이긴 하지만, 사람들의 훈김에서 벗어날 수 있어서 안심이 되었다. 싱크대 위의 창을 열자 맑은 밤공기가 느껴졌다. 적어도 사바사키는 주눅 들지 않는다. 거기엔 점수를 줄 수 있을 것 같았다. 오늘 밤은 사바사키와 모모와 실컷 마시기로 해놓고 여성 편집자 둘이 찾아오기 무섭게 겁먹고 돌아가버린 나라하시와는 크게 다르다.

8월

로잘리—!!!

실례인 줄 알면서도 아스미는 다다미 바닥에 엎드려 웃었다. 히이 히이, 하고 숨넘어갈 듯한 소리가 나와버린다. 로잘리라니, 카즈에 씨는 정말이지 사람을 너무 웃긴다.

"죄송해요, 저기, 아하하, 이렇게, 웃을, 생각은, 아니었는데."

숨을 헐떡이며 말하고 나서, 앞에 놓인 녹차를 마시고 간신히 웃음 발작을 멈췄다.

"그래서, 야마구치 씨는 어떤 이름을 쓰셨는데요?"

에어컨이 돌고 있는데도 전혀 시원하지 않은 거실에 두 사람은 나란히 앉아 있다. 어쩐지 섬뜩한 — 아스미에게는 그렇게 느껴진 다 — 무늬가 새겨진 나지막한 탁자에는 흔히 사진관 같은 데서 공 짜로 주는 얄팍한 앨범이 놓여 있다.

"다카하시."

야마구치는 나직이 대답했다.

"다카하시?"

누구지, 그게? 하고 생각하면서 되묻자,

"가명이니까, 그게 괜찮은 것 같아서"

라는 설명이 돌아왔다. 아스미는 다시 웃음이 터지고 말았다. 너무 웃으면 실례인 줄 아는데도 억누르려고 하면 할수록 왈칵왈칵 치밀어 오르는 웃음이 멎질 않았다.

"괜찮다."

그리고 말했다.

"운치 있네요"

하고.

여름방학. 2주 동안 고향에 내려가 있었던 아스미는 어제 도쿄로 돌아온 참이다. 산더미처럼 들려 보낸 여름 귤이니 고나쓰니 뉴썸머 오렌지니 금귤 따위를 집주인(아니면 관리인이라 불러야 하나)인 야마구치에게 선사품이랄까, 지역 특산물로서 가져왔다. 그 귤들은 종이 가방에 담긴 채 다다미 위에 놓여 있는데, 야마구치가 한 개만 꺼내 카즈에의 위패 앞에 공양했다. 아스미는 선향을 피우고 합장했다. 바로 얼마 전 본가의 불단 앞에서 했던 것처럼.

"운치……. 그런가."

야마구치는 멍하니 말한다.

"그렇다니까요. 두 분은 로잘리와 다카하시로서 만난 거잖아요?

그 채팅방에서."

합장한 후에 방으로 돌아가려는데 야마구치가 차를 우려주었다. "지금, 마침 이걸 보고 있었어요." 그렇게 말하며 앨범을 가리켰다.

"무슨 이야기를 나눴는데요? 컴퓨터상으로."

아스미는 흥미가 샘솟아 묻고는 황급히 덧붙인다.

"아, 폐가 안 되는 범위에서."

야마구치는 온화하게 웃었다.

"폐 될 건 없지만, 뭘 썼더라, 잊어버렸네. 일을 그만둔 지 얼마 안돼서 매일 한가롭다거나, 여러 커피숍의 커피에 대한 촌평이라든가. 그리고 시사時事에 관한 이야기도 나누었던가."

"시사?"

"그래요. 뉴스를 토대로 각자 의견을 적어 넣었지."

아스미는 생각하고 만다. 그런 대화에서 대체 어떻게 하면 동거로 이어지는지.

보여준 앨범에는 카즈에 씨와 야마구치가 여행지에서 찍은 스냅사진이 담겨 있었다. 장소는 후쿠시마라고 했다. 풀이 무성한 산길이며 무섭도록 물이 파란 연못 ― 늪? 호수인지도 모른다 ― 을 배경으로 대개 한 사람씩, 아주 가끔 둘이 나란히 찍혀 있었다. 야마구치는 배낭을 메고 있는데 카즈에 씨는 일반 핸드백을 들고 있었다. 료칸에서 내준 유카타 차림으로 찍은 것도 있었다. 요리가 차려진 테이블을 마주하고 서로 한 장씩 찍었다는 걸 알 수 있었다. 아스미 눈에 두 사람은 어엿한 부부 사이로 보였다. 오랜 세월을 함께한, 손주도 하나

쯤 있을 법한 부부로.

마당으로 난 유리문이 갑자기 열리는 바람에 아스미는 소스라치게 놀랐다. 옆에 있던 야마구치도 놀랐는지 순간 목을 움츠렸다. 둘이 동시에 돌아보니 방충문 너머에 카즈에 씨의 사위가 서 있었다.

"세 시, 죠."

낮고 언짢은 목소리로 말한다.

"에? 아아, 예, 세 시예요."

야마구치는 이해 못 할 대답을 했다. 아스미네 시골에서는 친척이라면 모두 마당에서 툇마루로 올라온다. 따라서 이 남자도 그럴 줄 알았는데 무뚝뚝한 모습 그대로 사라지는 걸로 보아 현관으로 돌아간 모양이었다.

"그럼, 전 이만 가볼게요."

그럴 거면 처음부터 현관을 이용하면 되련만. 그렇게 생각하면서 아스미는 말했다.

"차, 잘 마셨습니다."

"아니, 저야말로 고향의 명산품을 받아 고맙지요."

좁은 복도에서 사위와 스쳐 지난다. 아스미는 이 남자가 그다지 마음에 들진 않았다. 거칠고 상스럽달까, 머리가 나빠 보인달까―. 그렇더라도 예의는 중요해서,

"안녕하세요. 실례 많았습니다"

하고 상냥하게 말하며 머리를 숙였다.

바깥은 삭신이 늘어지는 듯한 더위로 인해 공기가 흔들려 보였다.

본가에서는 여름을 만끽했다. 친조카며 오촌조카들을 줄줄이 데리고 산을 걷고 바다에서 헤엄쳤다. 그야말로 초등학생의 그림일기 같은 2주였다. 성묘며 불꽃놀이며 수박 파티며. 그 증거를 조사하는 것처럼 아스미는 자신의 팔다리를 본다. 가무잡잡하게 그을리고, 막대기처럼 가늘고, 여기저기 모기에 물린 팔다리를.

이번 주는 나카가와 씨가 여름휴가로 자리를 비워서 클리닉 안이 조용하다(치위생사 중에서도 고참인 나카가와 씨는 우수한 인재이지만 목소리 크기와 말 많은 것으로도 남들에게 뒤지지 않는다). 세 시 예약 환자가 한 사람 취소되어 모모는 진료 마감 후에 할 생각이었던 사무 업무 ─ 약품 주문서 기입 ─ 를 먼저 마치기로 마음먹는다. 사바사키와 만나기로 한 시간은 여섯 시 반이므로 여섯 시에 나서면 시간 맞춰 갈 수 있지만, 되도록 좀 일찍 나가 빵집에 들렀다 가고 싶었다. 저녁에는 좀 붐비지만 그곳의 팥빵을 히비키가 좋아했다.

허리케인겔, 크실로카인, 페리오필, 칼시펙스. 재고표와 대조해가며 기입하고 있을 때였다.

"모모 선생님."

오오타 씨가 다가와 모모 위로 상체를 굽히고, 비밀 이야기라는 듯이 목소리를 낮춰 말한다.

"복도에, 이상한 사람이."

"이상한 사람?"

오오타 씨는 비닐 화장품 파우치를 손에 들고 있었다. 남색 바탕에 하얀 물방울무늬가 가득한, 늘 갖고 다니는 파우치. 그래서 모모는 그녀가 또 이를 닦고 왔다는 걸 알았다.

"남자예요. 차림새는 깔끔한데 거동이 수상하달까. 내가 화장실에 들어갈 때 복도에 있었는데 나왔을 때도 아직 있어서 '무슨 일이세요?' 하고 물었더니 '아뇨' 하면서도 가만히 복도에 서 있는 거예요."

"옆집 아니야?"

묻는 동시에 일어서고 있었다. 보러 가는 편이 빠르다.

열어둔 금속 문을 지나 복도로 나갔다. 둘러보았지만 인기척은 없고 고요하다.

"역시 옆집이었던 것 아냐?"

옆집은 지압 살롱으로, 꽤 성업 중이다.

"하지만 여기 서 있었는데요? 정말 여기에."

오오타 씨는 갈색 버켄스탁을 신은 발로 바닥을 쿵 하고 울렸다.

미안, 좀 전에 나섰어.

그렇게 적힌 이시와의 메시지를 모모가 발견한 것은 그로부터 두 시간 후, 그날 마지막 환자가 돌아가고 나서였다.

하야토가 왜 그리 화를 내는지, 설명을 듣고도 히비키로서는 잘 이해가 가지 않았다.

"위층 사람들과 사이좋게 지내주면 좋은 거잖아."

하야토는 오늘 카즈에의 일주기 추모 법요를 의논하러 야마구치가 사는 히비키의 친정집에 다녀왔다. 다섯 시 반에는 온다던 사람이 여섯 시가 지나서 돌아왔다.

"그보다 얼른 준비해요. 오늘은 '사바사키'라는 사람도 온다니까 늦으면 미안하잖아?"

히비키는 그렇게 말했다. 새 애인의 얼굴 한번 보자고, 보자고 모모를 달달 볶아 간신히 잡은 식사 모임이다. 처음에 히비키는 그들을 집에서 대접할 생각이었다. 하지만 청소를 하기에도 요리를 하기에도 절대적으로 시간이 부족하다는 것을 이틀 전에야 홀연히 깨닫고 급히 근처 고깃집에 예약을 해놓았다.

"준비?"

여전히 심기 불편한 목소리로 남편이 묻기에 '그 꼴로 가려고?'라는 말이 머리에 떠올랐지만, 동시에 남편을 옷차림새로 좋게 보이려 들다니 어리석은 짓이라는 생각도 들었다. 기껏해야 근처 고깃집이고, 애당초 하야토는 그대로도 멋지니까.

"료에게 제대로 된 티셔츠 입히고."

그래서 그렇게 말했다.

"지금 입고 있는 건 더러우니까."

료는 최근 '포복 전진'에 꽂혀 밖에만 나가면 땅바닥을 설설 긴다.

"알았어."

하야토는 대답하고,

"하지만 좀 전의 그 이야기, 진짜 탐탁지 않아"

하고 다시 문제 삼았다.

"그 사람한테도 분명히 그렇게 말했고."

그 사람이란 야마구치를 말한다. 오늘 약속한 시간에 하야토가 찾아가자 위층에 세 들어 사는 여대생과 둘이서 즐거운 듯이 차를 마시고 있었단다.

"왜 그리 못마땅한 건지 모르겠네."

히비키는 새로 빤 블라우스와 스커트를 걸친 자신의 모습을 거울에 비추며 확인한다.

"엄마도 자주 차를 마셨어, 위층 사람들이랑."

한동안 미용실에 가지 않았더니 머리 염색이 빠져 퍼석퍼석하게 노란빛이 돌지만 지금은 어쩔 도리가 없다.

"카즈에 씨는 여자잖아."

하야토가 말했다.

"일이 생기고 난 뒤엔 이미 늦은 거니까."

히비키는 한숨을 쉰다.

"아까부터 자꾸 무슨 일이 생긴다는 거야. 그런 생각하는 거 싫지 않아? 야마구치 씨, 좋은 사람이잖아. 엄마 애인이었거든?"

스스로도 놀랐을 만큼 마지막 부분에서 목소리가 떨렸다.

"그런 말 하다니 너무해. 엄마 애인이었거든?"

히비키는 되풀이하고, 야마구치를 나쁘게 말하면 꼭 엄마가 모욕당한 듯한 기분이 드는 건 왜일까 생각했다.

"그야 그렇지만."

하야토는 말하고, 여느 때와 같이 ─ 라고 히비키는 생각하지 않을 수 없지만 ─ 다가와 아내에게 팔을 둘렀다.

"하지 마, 더워."

그러나 하야토는 팔의 힘을 풀지 않는다. 히비키의 정수리에 입을
맞추고 한 손으로 히비키의 둔부를 움켜쥔다. 그렇게 해주자 히비키
는 의지와 상관없이 안도감이 든다. 보호받고 있다고 느낀다.

"카즈에 씨의 애인이었다는 건 맞아."

하야토는 히비키의 머리에 입을 맞춘 채 말했다.

"맞지만, 어쨌든 인터넷으로 여자를 낚는 녀석이잖아?"

신기하게도 이번엔 화가 나지 않았다. 화가 나기는커녕 까닭 없이
우스워져서 히비키는 키득키득 웃었다. 달래진 아기처럼.

남편이 이윽고 팔을 풀자 히비키는 블라우스의 주름을 폈다.

"얼른 료한테 가봐요. 그리고 미쿠랑 유우키한테 준비 다 됐으면
가스랑 문단속 확인하라고 하고."

시계를 보니 여섯 시 반이었다.

"노카―, 어딨니―?"

문을 열고 소리친다. 나가기 전에 반드시 막내딸의 머리를 빗겨주
고 싶었다. 그 아이의 머리카락은 대체 어떻게 하면 이리 되는지 고
개를 갸웃할 정도로 노상 엉켜 있다.

노카는 바로 찾아냈고, 고기 먹을 생각에 가슴이 부푼 유우키는 앞
장서서 문단속을 확인했다. 하지만 막상 나가려는데 맏딸인 미쿠가
아무 준비도 않고 여봐란 듯이 숙제를 하고 있는 것을 알아차린 히
비키는 정말 넌더리가 났다.

"진짜, 뭐니? 대체 뭐가 문젠데?"

그만 큰소리가 나오고 말았다. 미쿠는 가고 싶지 않다고 한다. 나머지 아이들은 셋 다 이미 현관에서 신을 신고 기다리고 있었다.

"고기 냄새 맡으면 기분이 나빠져."

미쿠는 표정 변화 없이 말했다.

"그러니까 난 집 볼게. 별 상관없잖아."

이미 시선을 노트로 되돌리고서 그렇게 말했다.

"상관있어. 절대 안 돼."

히비키는 미쿠의 교과서와 노트를 덮는다. 책상의 전기스탠드도 껐다.

"먹고 싶지 않으면 안 먹어도 되니까, 같이 가."

명령하면서 내심 납득이 가지 않았다. 그 고깃집은 벌써 몇 년 넘게 가족끼리 가끔 식사하러 가는 곳이다. 그 가게의 항정살을 미쿠는 아주 좋아했다.

"엄마—, 아직이야?"

"벌써 일곱 시야—."

현관에서 료와 유우키가 외쳐대는 소리가 난다.

미쿠는 입을 다문 채 일어설 생각도 하지 않는다. 서로 노려보고 있는데,

"뭐 해?"

하는 목소리에 이어 하야토가 히비키 뒤로 와서 우두커니 섰다. 히비키가 진심으로 분노했을 만큼 미쿠는 단지 그것 하나에 — 제 아빠가 "뭐 해?" 하고 우두커니 선 것에 — 마지못해 하면서도 의자를

뺀다.

"안 먹을 거니까."

작은 소리로 중얼거리고 현관으로 향한다.

밤공기는 습기를 띠고, 낮 동안의 뜨거운 열기를 흠뻑 머금어 뜨뜻 미지근하다. 마치 물속을 걷고 있는 것 같다고 모모는 생각했다.

미안, 좀 전에 나섰어.

이시와가 보낸 메시지를 확인한 뒤로 모모는 내내 기분이 편치 않았다. 무슨 용건일까. 용건이 있다면 왜 안에 들어오지 않았을까. 전화나 메시지로 나를 밖으로 불러낼 수도 있었을 텐데.

아무렴 어때.

하지만 옆에서 걷는 사바사키의 얼굴을 올려다보고, 모모는 그렇게 생각하기로 마음먹는다.

여기 오는 전철 안에선 운 좋게 나란히 앉을 수 있었기에 사바사키의 휴대전화에 달린 이어폰을 한쪽씩 나눠 꽂고 음악을 들었다. 사바사키가 최근 '빠져 있다'는 그 밴드는 보컬이 없는 남성 6인조로 모두 도쿄대학 출신이라고 했다. 인디 음반이 인기를 끌었다느니, 미국의 뭐라뭐라는 쇼에 출연해서 유명해졌다느니, 모모 자신은 거의 흥미 없는 이것저것을, 한쪽 귀로만 들리는 음악을 배경으로 사바사키는 설명해주었다. 옆 사람이 석간신문을 넘기는 소리며 전철이 가탕가탕 흔들리는 소리, 차내 안내 방송 목소리가 가끔 거기에 덮이고, 모모에게는 매일같이 하는 전철을 탄다는 행위가 평소와는 전혀 다른 경험으로 다가왔다.

"이 부근일 텐데."

지도를 손에 들고 사바사키가 말한다. 드러그 스토어, 구제의류점, 초밥집, 편의점.

"길을 하나 잘못 들었나?"

전철에서 내린 두 사람은 역을 사이에 두고 히비키네 맨션 반대편 길을 걷고 있었다.

"시끌시끌하네. 가게가 엄청 많다."

아직 도착하지 않아도 된다고 생각하면서 모모는 말했다. 낯선 풍경 속을 사바사키와 함께 걷는 느낌은 신선했다. 여행지에 와 있는 듯한 기분이 들었다. 사바사키와 여행한 적은 아직 한 번도 없지만.

"알겠다."

멈춰 서서 지도와 풍경을 견줘보던 사바사키가 기쁜 듯이 말했다.

"저 편의점 앞이야. 지도, 반대로 보고 있었어."

모모는 웃는다. 드러그 스토어 점포 앞에 한 개 2백 엔이라고 휘갈겨 쓴 푯말과 함께 나팔꽃 화분이 늘어서 있다.

일러준 고깃집은 널찍한 주차장을 갖추고, 문기둥에도 바깥 건물 벽에도 전광 장식이 반짝이는 매우 화려한 가게였다. 히비키답네. 그렇게 생각하며 모모는 미소 짓는다. 하야토답다고 해야 하는지도 모르지만 어느 쪽이든 마찬가지였다. 그 두 사람은 닮은꼴 부부이므로.

입구에서 예약자 이름을 말하자 안쪽 방으로 안내해주었다. 다다미가 깔린 공간의 네 귀퉁이에 각각 6인용 테이블이 마련되어 있다.

일곱 시에서 몇 분 지나 있었지만 히비키 일가는 아직 안 온 모양이었다.

"먼저 맥주만 마시고 있을까?"

일단 상석으로 보이는 두 자리를 히비키 부부를 위해 비워두고 그 맞은편 방석에 앉아 모모는 말했다. 가게 안은 손님들로 북적북적하고 고기 굽는 맛있는 냄새가 난다.

"아. 주니치가 이기고 있네."

하얀 벽면에 바로 비쳐지는 뿌연 야구 중계 화면을 보면서 사바사키가 말했다.

20분 후, 히비키의 모습보다 앞서 소년 둘이 눈에 들어왔다. 다투듯이 신을 벗는 유우키와 료. 그 뒤로 하야토와 미쿠, 또 그 뒤로 히비키와 노카가 보인다.

"미안합니다, 기다리시게 해서."

하야토의 낮게 울리는 굵직한 목소리를 듣자마자 사바사키가 벌떡 일어섰다.

"안녕하세요."

모모는 앉은 채 말했다.

"미안―, 나온다고 허둥대느라."

히비키가 말했을 때에는 네 아이 모두 제각기 그 주변에 앉아 있었다.

야마구치는 지금까지 한 번도 누굴 때려본 적이 없다. 맞붙어 싸우는 일이 드물지 않았던 어릴 적에도 없었고, 30년에 이르는 결혼 생활 중에도 아내나 딸에게 언성 한번 높인 적이 없다. 맞을 뻔한 적은 있을지언정 ─ 아주 오래전, 술집에서 만취한 부하 직원이 다른 손님과 말다툼을 벌이기에 그것을 중재하려고 했을 때였는데 멱살을 잡힌 채 나서지 말란 소리를 들었다 ─ 남에게 육체적인 위해를 가하는 자신은 상상도 할 수 없다.

하지만 오늘은 그 남자를 때려주고 싶었다.

"뭘 하고 있었습니까?"

하야토는 들어오자마자 대뜸 그렇게 말했다. 대답하지 못한 건 그말이 무슨 의미인지 몰랐기 때문이다.

"세 시네요, 벌써."

그래서 그렇게 말했다.

"자, 앉으시죠."

하야토와는 카즈에의 일주기 장소와 일시를 의논하기로 되어 있었다.

"뭘 하고 있었습니까?"

앉지도 않고 상대가 집요하게 같은 말을 묻기에,

"이걸 갖다주러 왔었지요"

하고 설명했다.

"집에서 농사를 짓는다네요."

감귤류가 든 종이 가방을 들어 올려 보이며 덧붙였다.

"그런 얘기가 아니라."

이해했는지 어쨌는지 하야토는 여전히 같은 말을 하고 방 안을 둘러보았다. 마치 야마구치가 아직 그 주변에 여자아이를 숨겨두기라도 한 것처럼.

"자신의 입장을 알고 있는 겁니까?"

그리고 그렇게 물었다.

"안 좋은 말이 나와도 우리는 감싸줄 수 없으니까요."

그제야 야마구치는 하야토가 뭘 말하려는지 알 수 있었다. 동시에 머리에 피가 솟구치며 혀가 잘 돌지 않았다.

"당치도 않은."

그렇게 내뱉는 것이 고작이었다. 상대는 그저 하숙생일 뿐이고 더구나 아직 애다. 딸인 미토코보다도 어리다. 카즈에와 여생을 보내려 마음먹었다고 해서 자신이 하야토에게 변태 취급을 당할 이유가 있을까.

야마구치는 탁자를 벽에 기대어 세워놓고 서둘러 이부자리를 편다. 아직 저녁 전이었지만 밥 먹을 기분이 아니었다.

"장난 아니네."

카즈에의 위패를 향해 하소연하듯이 말했다. 거의 원망조로.

세수를 마치고, 옷을 갈아입고 전자 모기향을 켜고 나서 야마구치는 최근 종종 그러하듯이 카즈에의 잠옷을 이불 속에 넣었다. 안고 자는 건 아니지만 거기 있는 것만으로 마음이 편안해진다. 아침이 되면 발치에 뭉쳐 있거나 다다미 바닥에 떨어져 있을지언정.

엎드려 누워 TV를 켠다. 자이언츠가 주니치에게 지고 있었다.

예상할 수 있었던 일이긴 하지만, 히비키는 사바사키에게 질문 공세를 퍼부었다. 모모와 처음 만났을 때 일이며 첫인상은 어땠는지, 첫 데이트는 언제쯤이었으며 어디에 갔었는지 등등 모모와 관련된 것뿐만 아니라 생년월일과 혈액형, 가족관계, 좋아하는 음식 등 사바사키 개인에 관한 것도 꼬치꼬치 묻는다. 기분 상한 기색 하나 없이 오히려 즐거운 듯 그 하나하나에 답하는 사바사키에게 모모는 감사했다.

"면접 보는 거 아니거든?"

그렇게 말하며 도중에 아내를 나무라준 하야토에게도. 모모는 하야토가 좋은 목소리를 지니고 있다고 생각한다. 낮고 섹시한 목소리다. 옛날에는 말이 많은 남자라는 인상이었는데 나이 들어가면서 말수가 줄은 듯하고, 그 점이 그를 이전보다 다소 똑똑해 보이게 했다.

"미안해요. 듣고 보니 그러네. 소문의 사바사키 군을 드디어 만나게 되니, 그만 모모 엄마 같은 심정이 들어서."

히비키가 부끄러운 듯이 말했다.

"모모 엄마?"

사바사키가 반응한다.

"그래요, 모모 엄마. 만난 적 있어요? 엄청 예쁘시고 지적인 느낌인데. 나도 옛날부터 예뻐해주시고ㅡ."

모모는 다음 말을 듣지 않기로 했다.

"오늘은 어른스럽구나."

옆에 앉아 있는 미쿠에게 말을 걸어본다. 미쿠와는 예전에 공주님

놀이를 하거나 그림책의 문장을 멋대로 바꾸어 읽는 놀이도 하고, 한 침대에서 같이 자기도 한 사이다.

"안 먹니?"

접시에 소고기며 돼지고기며 닭고기가 죄 그대로 남아 있는 것을 알아차리고 물었다.

"너희 아빠, 고기 참 잘 굽는다."

실제로 그것들은 전부 하야토가 구워낸 것이었다. 불판 담당인 양 아무도 손대지 못하게 하고 혼자 구웠다. 미쿠는 대답 대신 우롱차를 한 모금 마시고 나서 물었다.

"모모 짱, 이 사람이랑 결혼해요?"

"안 하는데? 그보다, 그런 이야기는 한 적 없는데."

모모는 대답하고 자신이 동요한 것을 인정하지 않으려 했다. 동요 할 필요 따위 없으므로.

"흐음."

미쿠는 모모의 얼굴을 빤히 보고 있다. 모모의 대답이 믿을 만한 것인지 아닌지 결정하기 어렵다는 듯이.

"노카!"

하야토의 목소리가 났다.

"그럼 안 되지. 오빠가 수프 먹고 있는데."

가만 보니, 일어선 노카가 사바사키에게 뭔가 귓속말을 하고 있는 참이었다.

"아니, 괜찮습니다, 상관없습니다."

사바사키는 수프 볼을 손에 든 채 간지러운 듯이 여자아이의 말에 고개를 끄덕이고 있다.

"웬일이라니."

히비키가 웃었다.

"만날 낯가리는 애가."

모모로서는 의외였지만 사바사키는 아이를 대하는 게 어렵지 않은 모양이었다. 처음 보는 사이인데도 유우키와는 야구 이야기로 열을 올렸고, 좀 전에는 료와 생간을 서로 먹으라고 강요하는 모습을 장난스레 연기했다.

그렇더라도―. 연회가 끝난 자리라기보다 한바탕 전쟁을 치르고 난 후라고 하는 편이 어울릴 듯한 테이블 위를 보며 모모는 새삼 기가 눌린다.

"맛있게 잘 먹었다."

누구에게랄 것도 없이 중얼거리고 종이 재질의 앞치마를 벗었다. 미쿠에게는 좀 더 먹으라고 재촉했지만 모모 자신도 그다지 많이 먹지는 않았다. 무엇보다 식사가 시작된 지 아직 한 시간밖에 지나지 않았다. 술이 들어가는 속도에 맞춰 느긋하게 식사를 즐긴다는 사치는 어린아이가 있고선 꿈도 꿀 수 없는 일이리라.

"느낌 괜찮네, 이 사람."

히비키가 작은 소리로 속삭이자, 모모는 스스로 생각해도 어쩔 도리 없다 싶게 웃는 낯으로 살짝살짝 네 차례 고개를 끄덕였다.

"꺼―. 꺼줘―."

유우키가 비통한 목소리를 내고 다다미 바닥에 웅크린 채 머리를 감싼다. 야구 경기가 그 아이에게는 원치 않은 형태로 끝난 모양이다.

"부탁이야ㅡ. 꺼줘ㅡ."

자못 괴로운 듯이 신음하기에 모모는 그만 웃고 만다. 연극조의 행동이 귀여워 보였다.

"모모 짱, 다음에 또 자러 가도 돼요?"

미쿠가 오빠의 퍼포먼스에는 눈길조차 주지 않고 물었다.

"물론. 언제든 와. 엄마가 괜찮다고 하면 말이지만."

모모가 대답했다. 그때 부드러운 무언가가 무릎 사이로 불쑥 나타나더니,

"하이"

하고 한 손을 내민다. 료가 호리고타쓰* 식으로 마루청을 뚫은 테이블 밑을 기어들어온 모양이다.

"어머나, 료. 헬로ㅡ."

웃는 낯을 지어 보이며 손을 내밀자, 쥐고 있느라 끈적끈적해진 생 간을 왜인지 모모에게 주는 것이었다.

히비키와 그 가족을 만난 후에는 늘 그렇듯이 모모는 자기 집으로 돌아오면 안심이 됐다. 다만 평소에는 거기에 일말의 ㅡ 동시에 어딘가 결정적인 ㅡ 쓸쓸함도 있는데 오늘은 그런 감정이 없었다. 시

---

* 네모난 상 안쪽에 화기를 설치하고, 이불을 씌운 일본식 난방 기구 '고타쓰'의 일종으로, 마루청을 뚫고 묻은 고타쓰.

간은 아직 이르고 모모 옆에는 사바사키가 있다. 찰카당 소리를 내며 현관문을 열었을 때 모모는 돌아왔다고 생각했다. 자신의 집이 아니라 자신들의 '일상'으로.

사바사키는 직접 실내용 슬리퍼를 꺼내 신었다. 집 안으로 들어서더니 우선 에어컨을 켜고, 모모보다 먼저 부엌으로 갔다.

"뭐 마실래?"

마치 자기 집인 양 그렇게 물었다. 모모 또한 자기 나름으로 평소의 수순을 밟았다. 창문을 열어 공기를 순환시키고, 전화기의 자동응답 기능을 해제하고, 손을 씻고 양치질을 한다. 마치 손님 따위 오지 않은 것처럼.

거실로 돌아오자 테이블에 화이트 와인이 준비되어 있었다. 오스트레일리아산 샤르도네. 오늘 밤 이곳에 사바사키가 들를 것을 예상하고 미리 차게 해둔 것이다. 선 채로 잔을 부딪고 모모는 와인에 입을 대기 전에 사바사키의 입술에 입을 맞췄다. 고깃집에 있을 때부터 그러고 싶어서 못 견딜 지경이었다. 가벼운 입맞춤을 할 생각이었는데 길고 진한 키스가 되었다. 너무 길어서 모모는 몸에서 힘이 빠져버린다. 술을 엎지르지 않게 잔을 테이블에 내려놓는 것도 쉽지 않았다. 사바사키의 입안은 뜨겁고, 하지만 입술은 차갑다. 보고 싶었다고 생각했다. 줄곧 함께 있었으면서.

이대로 곧장 침실로 이동하려면 어떻게 해야 할까. 모모가 그렇게 생각한 순간, 사바사키의 입술이 떨어졌다.

"즐거웠지, 대가족과의 고기 파티."

사바사키는 그렇게 말하고 싱긋 웃으며 와인을 마셨다.

"아이들, 모두 히비키 짱이랑 꼭 닮았어."

맞는 말이었다. 특히 두 남자아이의 눈매는 히비키를 쏙 빼닮았다고 할 수 있었다.

"카즈에 씨도 똑같은 눈이었어."

소파에 나란히 앉으며 모모가 말했다.

"카즈에 씨는 작년에 돌아가신 히비키 어머니지만."

작지만 또렷한, 시바견 같은 눈. 떠올리고 모모는 미소 짓는다. 부지런하고 말이 많은 사람이었다. '모모야 미안하구나, 이 아이가 귀찮게 하지 않니?' 모모의 얼굴을 볼 때면 그렇게 말했다. '애가 좀 흐리멍덩해서.' '이 아이는 공부하고는 담을 쌓아서.' '하긴 내가 좀 이래 보이지?' '이 아이는 정말 제대로 할 줄 아는 게 없어서.' '장차 어찌 될는지.'

히비키 어머니는 걱정스러운 기색 하나 없이 그런 말을 입에 올렸다. 오히려 즐거운 듯이.

"어찌 될는지."

모모는 흉내 내어 말했다.

"어찌 될는지?"

사바키가 되묻기에 설명한다.

"아무것도 아니야. 카즈에 씨가 자주 그런 말을 했던 게 생각나서."

어찌 될는지—. 하지만 그런 말을 들었던 히비키는 지금 훌륭한 주부이자 훌륭한 엄마다.

"틀림없이 좋은 어머니였을 거야, 그치?"

사바사키가 말했다.

"히비키 짱 같은 딸이 자라났다는 건."

"맞아!"

기쁨에 찬 목소리가 나온 건 사바사키가 히비키의 선량함을 알아 봐준 것 같았기 때문이다. 오래 알아온 덕에 모모는 자신의 절친한 친구가 처음 보는 남성을 쉽게 주눅 들게 만든다는 것을 알고 있었다. 하야토만 해도 처음엔 분명히 주눅이 들어 있었다. 심지어 이시와는 마지막까지 그녀가 부담스럽다고 했다.

"그런데 히비키 짱은 모모 짱 어머니를 칭찬하던데?"

사바사키는 그렇게 말하고 모모의 잔에 와인을 더 따른다.

"모모 마미, 모모 마미 하면서."

모모는 단박에 얼굴을 찌푸린다.

"그 얘긴 됐어. 그만해."

엄마를 떠올리고 싶진 않았다. '왜 히비키하고만 어울리니?' '친구 좀 가려 사귀렴.' '그 아이한테는 배려라는 게 없니?' 마음에 안 드는 말만 했다. 그래도 히비키한테는 대놓고 모모한테서 떨어지라고 말하지 않았으니 그나마 다행이다. 엄마는 요우 언니에게 때때로 그렇게 말했다. '모모한테 가까이 가지 마라. 성질 옮으면 안 되니까.' '그런 딸은 하나로 족하다.'

모모는 천천히 눈을 깜박이며 기억을 쫓아내려 한다. "모모?" 그러나 엄마의 목소리가 되살아났다. 가장 최근 — 이라 해도 두 달쯤

전 ― 에 통화했을때 목소리다. 엄마는 기분이 좋아 보였다. 아니면 좋은 척했거나.

"있잖니, 너한테 소개하고 싶은 사람이 있는데."

흡사 어린아이가 "좋은 거 가르쳐줄까?" 하고 으스대며 이야기를 꺼낼 때와 똑같은 어조로 엄마는 말했다. 요컨대 맞선 이야기로, 만날 생각 없다고 몇 번을 말해도 엄마는 전화를 끊으려 하지 않았다. 듣고 싶지 않은 대답은 들리지 않는 모양이다. 결국에는 땅이 꺼져라 한숨을 쉬고, "그러다 눈 깜박할 사이에 요우처럼 된다?"라고 했다. "그래도 괜찮니?"라고.

물론 괜찮다고 모모는 생각한다. 괜찮을 뿐 아니라 시간에도 상식에도 얽매이지 않는 언니의 생활 방식이 부럽기까지 하다. 하지만 그런 한편, 자신과 언니는 다르다는 느낌도 있었다. 자신에게는 안정된 일이 있고 ― 어릴 때부터 그 때문에 공부해온 것이다. 치과대학을 6년간 다니고, 의사 면허를 따기 위해 국가고시를 치르고 ―, 안정된 건지 어떤지는 모르지만 소중한 남자도 있다(그 남자는 지금 모모 옆에서 테이블에 놓아둔 의학 잡지를 팔락팔락 넘기며 "우에―"라느니 "무서워―"라느니, "진짜야?"라느니 하며 중얼거리고 있었다).

모모는 잡지를 옆에서 덮는다. 돌아본 사바사키에게 물었다.

"저리로 갈래?"

"가자!"

힘차게 대답한 사바사키는 와인 잔과 병을 들고 부랴부랴 침실로 이동한다.

사바사키는 히비키를 떠올리고 있었다. 그녀의 조심스러운 눈빛과 희고 온통 부드러워 보이는 육체를. 분명 말수는 많았지만 그것과는 반대로 내성적인 인상을 받았다. 제일 밑의 아이 ─ 노카, 라고 했던가 ─ 가 내내 엄마한테 딱 달라붙어 있어서 히비키는 그 아이를 한 손으로 안아 받치듯이 하고선 능숙하게 먹고 마셨다. 자신과 모모에게도 신경을 써주긴 했지만 그녀의 의식은 줄곧 남편과 아이들에게 쏠려 있었다. 사랑스러운 듯이.

그녀의 목소리는 그녀 자신에 대해 아무것도 이야기하지 않았다고 사바사키는 생각한다. 남편도 아이들도 모모도, 그것을 당연한 양 받아들이고 있었다.

모모에게 들었던 사전 정보로는 좀 더 살림때가 묻은 여성이겠거니 싶었다. 남의 평판 따위 신경 쓰지 않는 시끄럽고 독선적인 여성을. 하지만 실제로 본 히비키는 완전히 달랐다. 사춘기 아이처럼 어설프고, 사춘기 이전의 아이처럼 겁이 많아 보였다.

모모 짱도 겁이 많지만 그 이상이다. 모모의 두 다리 사이에서 사바사키는 생각한다. 히비키를 생각하고 있지만, 몸은 자연스레 모모와의 행위에 몰두할 수 있었다. 호흡이 맞는 것이다. 모모는 거의 무의식적으로 무릎을 세운다. 목소리를 내진 않지만, 몸을 젖히는 방식이나 손의 힘 ─ 모모는 가끔 침대를 두드린다. 사바사키에게 매달릴 때도 있고 두 팔을 위로 올려 헤드보드를 움켜잡으려 들 때도 있다 ─ 으로 사바사키를 몰아붙인다. 모모의 팔다리는 매끄럽고 피부는 거리의 비 냄새 비슷한 냄새가 난다. 발톱은 늘 연한 두 가지 색상으로 나눠 칠해져 있다. 직업상 손톱에 매니큐어를 바를 수 없다며 본인은 아쉬운 듯 말하지만 사바사키는 모모의 손이 좋다. 매니큐어를 바르지 않은 손톱도.

히비키는 작은 손을 지니고 있었다. 마디라는 것이 느껴지지 않는, 화과자 같은 손이었다.

절정으로 치달은 후, 사바사키의 가슴에 맨 먼저 퍼진 것은 팔랑팔랑 부지런히 움직이는 히비키의 그 작은 손이었다.

찌는 듯이 더운 오후다. 야마구치는 둘둘 만 주간지로 날파리를 한 마리 때려잡았다. 올해는 유난히 날파리가 많은 것 같다. 카즈에는 야마구치가 파리나 바퀴벌레를 단번에 때려잡으면 손뼉을 치며 기뻐했다. "대단해, 대단해. 믿음직스러워" 하면서. 칭찬받으려던 건 아니었지만 야마구치는 위패가 놓인 찻장을 돌아보며 둘둘 만 주간지를 들어 올려 보였다. 죽은 벌레를 티슈로 싸서 버린다. '약'으로 설정해놓은 에어컨을 '강'으로 돌리고, 다다미에 책상다리를 하고 앉았다. 야마구치는 새로 바른 지 얼마 안 된 장지를 바라보며 상쾌한 기분을 느껴보려 한다. 혹은 득의양양한 기분을. 당연하지 않은가. 불현듯 생각이 나서 재료며 도구를 사러 나갔다 땀을 뻘뻘 흘려가며 돌아온 후, 네 시간씩이나 걸려 작업한 것이다. 찢어진 자리는 몇 군데뿐이었지만 그 자리만 응급조치를 한 건 아니고, 마당을 향한 두 장의 장지 전체를 새로 발랐다. 낡은 종이를 벗겨내고 문살에 남은 풀이며 종이 자국을 깨끗이 닦아내는 데에 한 시간, 새로운 장지 종이를 조심조심 다 바르는 데에 또 한 시간, 말려서 다시 다는 데에는 두 시간이 걸렸다. 장지를 새로 바르는 건 어릴 때 해보고 처음이었지만 그런대로 만족할 만한 성과를 거뒀다. 그랬건만 야마구치는 상쾌한 기분도 득의양양한 기분도 들지 않는다.

새로 발랐으면 좋겠다고 카즈에에게 부탁 받은 지 1년 이상 지나 있었다. 그래도 자신이 죽은 후에 야마구치가 혼자 이 일을 해내리라곤 카즈에도 생각하지 못했을 것이다.

어젯밤의 화는 무력감으로 바뀌어 있었다. 무력감과 비참함으로. 결국 문제는 하야토가 아니라 자기 자신이다.

야마구치는 이 집에 온 그때부터 자신과 함께한 작은 여행 가방을 열어 봉투를 꺼낸다. 구청의 명칭과 소재지가 인쇄된 서류봉투다. 미토코에게 이것을 건네받은 지 벌써 다섯 달이 지났다. 이런 것에 제출 기한이란 게 있을까. 용지를 받고 한 달 이내에 제출하지 않으면 수리할 수 없다거나, 하는. 주민표나 호적에는 그런 기한이 있었던 것 같다. 야마구치는 살짝 내용물을 꺼내 펼친다. 서명도 날인도 이미 했고 이제 제출만 하면 된다. 그렇게 하면 이혼은 성립된다.

32년. 그것이 야마구치의 결혼 생활 전부다. 긴 세월이라고도 할 수 있지만 야마구치에게는 전혀 그렇게 생각되지 않았다. 눈 깜박할 사이였다. 거의 믿어지지 않을 정도다. 32년 전의 젊고 발랄했던(했을) 자신은 어디로 사라졌을까.

이혼 서류를 봉투에 넣어 가방에 도로 넣는다. 아직 제출하지 않은 사실을 알면 아내는 화를 내려나, 하고 생각해본다. 왜 여태 아무 말이 없을까. 자신들의 이혼이 성립했는지 어쩐지 궁금하지 않은 걸까.

야마구치는 카즈에의 위패를 올려다보았다. 이 집에서, 카즈에의 눈(위패) 앞에서, 아내를 생각하고 있는 자신의 모습에 가책을 느꼈다. 하지만, 그렇다면 어디서 생각해야 된단 말인지. 마당? 화장실? 예전에 다니던 술집 구석? 야마구치에게는 있을 장소가 그 정도밖에 없고, 그 어디에 있든 카즈에에게는 속내를 간파당할 게 틀림없건만.

전화로는 '일주기 법요 상담' 때문에 온다고 했던 하야토지만 실제로 그건 상담이 아니었다. 일시도 장소도 이미 정해져 있었다. 기일 직전인 토요일에 아사쿠사에 있는 보리사*에서 독경만 올리고, 그런 날 그들의 친족이 자주 이용하는 식당 2층에서 늦은 점심을 먹는다. 아주 가까운 집안 식구만 모일 예정이고 참석 인원이 대략 열두 명이라는 것까지 알고 있었다.

"올 겁니까?"

야마구치는 하야토의 퉁명스러운 말투를 또렷이 떠올린다.

"그래서, 야마구치 씨, 올 겁니까?"

요컨대 그 남자는 오지 말라는 말을 하러 온 거다. 솔직히 야마구치도 그런 자리에 가고 싶진 않다. 아는 친척도 없고 가봤자 미심쩍은 눈으로 볼게 뻔하다. 꼭 와주면 좋겠다던 히비키의 부탁만 아니었다면, 가지 않겠다고 바로 답했을 것이다. 당신들이 기리는 '카즈에 씨'와, 나의 카즈에는 다른 사람이야. 그렇게 덧붙일 수 있었다면 더

---

* 대대로 선조의 위패를 안치하여 명복을 기원하고 가문의 안녕을 비는 절.

욱 좋았으리라.

"찾아뵐게요, 미안하지만."

야마구치는 하야토에게 그렇게 대답했다.

그렇지만 지금 오후 햇살을 받아 묘하게 환한 장지문 안쪽에서, 야마구치는 그렇게 대답한 것을 후회하고 있다. 독경과 식사? 피차 거북할 것을 알면서 그런 자리에 어슬렁어슬렁 나가서 어쩌자는 건지.

야마구치는 수화기를 쥐고 단축 다이얼의 1번을 누른다. 하야토가 아니라 히비키가 나오길 기도했다. 호출음이 세 번 울리고 여자 목소리가 대답했다.

"네."

"히비키 씨?" 하고 묻자, "아뇨, 미쿠예요"라고 한다. "아―, 미쿠. 야마구치 아저씬데 어머니 계시니?" "잠깐만 기다리세요."

잠시 후 히비키가 전화를 바꿨다.

"따님과 똑같네요, 목소리가."

야마구치가 말했다. 실제로 구별이 가지 않았다.

"그래요?"

재미있다는 듯이 히비키는 대답한다. 야마구치는 그 목소리에 카즈에와 닮은 구석이 있는지 없는지 찾고 있는 자신을 깨닫는다.

"어머니 일주기 말인데, 난 역시 빠졌으면 해서."

입 밖에 낸 순간 마음이 홀가분해졌다.

"예에? 그래요? 하지만 왜요? 그보다, 엄마가 섭섭해하지 않을까."

히비키는 허둥지둥 말했다.

"물론 억지로 오시라고는 할 수 없지만, 만약 조심스러워서 그러시는 거라면, 저기."

카즈에의 목소리와 비슷하진 않다. 야마구치는 그렇게 생각하며 만족했다. 깊이가 다르다. 하긴 카즈에는 애주가에 헤비 스모커이기도 했기에 나이 들어가면서 목이 쉬었을 뿐인지도 모르지만.

"저기, 죄송해요."

히비키가 아직 뭔가 말하고 있었다.

"어제 하야토가 실례되는 말을 한 거죠? 틀림없이."

예에. 그렇게 대답하고 싶었지만 일단 어른의 분별력을 보이기로 했다.

"아니, 그런 건 아닙니다."

야마구치는 그렇게 말했다.

"그런 자리 말고, 나는 나대로 따로, 그 사람을 추도하는 게 낫지 않을까 싶어서."

미리 생각했던 건 아니었지만, 어떻게 하는 게 좋은 방법인지 문득 떠올라 야마구치는 말을 이었다.

"따로."

히비키는 그 단어만 툭하니 되풀이했다.

"예에, 따로."

야마구치도 다시 되풀이했다.

남편의 팔에 팔짱을 끼고서 또각또각 힐 소리를 울리며 미술관을 걷는 것이 유키는 정말 좋다. 혼자 외출할 때보다 마음이 차분해서 그림을 감상하는 즐거움이 한층 커진다.

또 아빠를 데리고 다니지. 그렇게 말하는 딸들의 목소리가 들리는 것만 같았다. 그렇더라도 딸들은 둘 다 유키에게 대놓고 그런 말을 하진 않는다. 뒤에서 소곤소곤 중얼거린다. 들으라는 듯이. 유키는 언젠가 모모가 미나코 — 무척 예의 바른 아가씨로, 머지않아 인척 관계가 될 거라고 유키가 생각하고 있던 아이 — 에게 "난 아빠를 동정해"라고 말한 것을 기억한다. 에이스케가 실질적으로 은퇴한 직후였는데, 모모는 "앞으로 그 사람에게 엄청 끌려 다니게 될 거야" 하면서 자못 못마땅하다는 듯이 얼굴을 찌푸려 보였다. 그 사람. 제 엄마를 그런 식으로 부르다니, 뭔 버르장머리인지. 하긴 그게 일종의 질투라는 것도 유키는 알고 있었다. 그 애에게는 이렇게 데리고 다닐 — 뭐라고 부르든 상관없어 — 남자가 없으므로.

유키가 생각하기에 딸들은 둘 다 너무 고독하다. 고독하면 심사가 뒤틀려버린다.

"이것 좀 봐요."

유키는 걸음을 멈추고, 에이스케의 팔에 감겨 있던 손에 살짝 힘을 싣는다.

"멋지지 않아요? 이 그림."

응, 하고 대답한 에이스케는 순순히 멈춰 서서 유키가 만족할 때까지 가만히 기다려준다. 커다란 그림이다. 드가의「장애물 경마 — 낙마한 기수」라는 작품으로, 불편한 소재인데도 한숨이 날 만큼 아름다왔다.

"어머나, 이거 봐요."

다음으로 유키가 발을 멈춘 곳은 마네의 「자두주」라는 그림 앞이었다.

"아무리 봐도 여인의 초상화인데 타이틀이 '자두주'라는 게 괜찮네. 소설 같죠?"

유키 말에 에이스케는 "응" 하고 대답한다.

〈워싱턴 내셔널갤러리전〉이라는 것이 이 전시회의 이름이었다. 소녀 적부터 유키는 그림을 감상하는 게 좋았다. 클래식 음악통인 에이스케와는 달리 연극도 영화도 좋아했다. 자신에게는 예술에 감화되는 재능이 있다고 유키는 생각한다.

"어머나, 봐요, 이거."

유키는 넋을 잃고 말한다.

"맛있어 보이는 복숭아. 게다가 이 테이블의 질감. 솜씨가 보통 아니네요, 라투르는."

전시장을 한 바퀴 돌고 바깥에 나오자 저녁이었다. 여름 햇살은 아직 온 근방에 흩어져 있고, 주위에 심어진 가로수 탓인지 공기에서 향기로운 냄새가 났다.

"밥 먹기엔 좀 이르네."

에이스케가 말했다.

"그러네. 그럼 좀 걸을까요?"

산책을 하고, 거창하진 않고 아담하니 멋진 가게를 찾아 어두워지기 전에 식전주를 한 잔 마시면 좋겠다고 유키는 생각한다.

"여기는 롯폰기예요? 아니면 니시아자부?"

묻자,

"글쎄"

라는 대답이 돌아왔다.

"바로 저기가 아오야마보치니까 아오야마일지도."

에이스케가 말하고,

"이쪽으로 걸어가볼까?"

하며 완만한 비탈을 가리킨다. 말하려나, 하고 유키는 생각했다. 늘 그러니까 오늘도 어김없이 이 사람은 그 말을 꺼내려나, 하고. 예상하다 유키는 미소 짓는다. 절반 상냥하게, 절반 슬픈 기분으로. 그러자 에이스케는 그 말을 한다.

"그 아이들한테 전화해볼까?"

라고, 이제 막 생각난 것처럼.

그건 무슨 의미일까.

콘트라앵글로 의치를 깎아내면서 모모는 어느새 또 그 생각을 하고 있다. 생각해도 소용없는 줄 알면서 자꾸 생각하지 않고는 못 배기는 것이다.

"히비키 짱한테 직접 연락해봐도 돼?"

오늘 아침, 돌아가는 길에 사바사키가 말했다.

"흥미진진하다"

라고. 흥미진진? 어떤 의미로?

깎아낸 의치를 환자의 아래턱에 가볍게 끼우고 교합지를 물린다.

"끼나요? 높이는 어때요?"

좀 끼고 좀 높다고 환자는 대답했다. 분홍색 케이프와 타월로 목을 덮은 채 얼굴에 라이트를 받으며.

사바사키에게 히비키한테 연락하지 말라고 할 순 없었다. 그런 말을 어떻게 할 수 있겠는가.

"흥미진진? 그래?"

그렇게 말하는 게 고작이었다. 사바사키는 싱긋 웃으며 고개를 끄덕였다. 모모는 의치를 좀 더 깎아 환자의 아래턱에 다시 끼운다.

"지금은 어떠세요? 아직 높아요?"

아직 조금, 이라는 대답을 듣고 모모는 의치를 다시 뺀다. 히비키가 하야토 이외의 남자에게 흥미를 갖는 일은 없을 것 같고, 아이들을 건사하기에도 벅찬 상태이니 사바사키가 연락한들 뭐가 어떻게될 리도 없다고 생각해본다. 그렇게 생각해보지만 찜찜한 기분이 가시질 않았다. 문제는 히비키가 아니다.

"이번엔 어때요?"

너무 깎아버렸나 싶었는데 이번엔 아주 잘 맞았다.

"아, 괜찮은 것 같아요."

대답이 돌아오고, 모모는 치위생사에게 시멘트를 반죽하도록 지시했다.

마지막 환자가 늦게 오는 바람에 진료를 마치자 여섯 시가 지나 있었다. 창 너머로 보이는 긴자 거리에 황혼이 내리고 있다.

"에어컨 꺼도 될까요?"

자나 깨나 절전을 부르짖는 오오타 씨가 말하고, 모모는 상관없다고 대답했다. 머리핀을 빼고 휴대전화를 확인해보니 부재중 전화가 두 통 와 있었다. 엄마(의 전화지만, 아마도 아버지)한테서 한 통, 이시와한테서 한 통.

이시와에게는 다시 걸지 않기로 하고, 엄마에게 걸자 아버지가 받았다. 여느 때와 마찬가지로 같이 식사하자는 이야기였다. "시내에 나와 있거든" 하고 아버지는 말했다. "요우한테도 했는데, 그 녀석은 바쁜 눈치여서"라고도.

"갈까."

모모는 대답하고, 그 대답에 스스로 놀란다. 원래는 거절할 생각이었던 것이다.

"그래? 옳거니. 나와, 나와."

모모는 '저녁에 다른 약속이 없으니 이건 아주 예삿일이다'라는 척을 한다. 딸로서 가끔은 함께해야 한다고 생각하기 때문에 가는 것이지, 혼자 있고 싶지 않아서도, 그 집에 돌아가고 싶지 않아서도 아니라는 척을.

쓰다 만 여름방학 과제 리포트 ─ 과목은 생태학 ─ 를 하나 완성하고 나니 밤 아홉 시가 지나 있었다. 저녁을 소면만으로 간단히 때운 탓에 아스미는 컴퓨터를 덮은 순간 시장기를 느꼈다. 배가 고프다, 그것도 엄청 고프다. 과자를 한 봉지 뜯을까, 하는 생각도 했지만 그래서는 만족도가 낮을 것 같아서 오믈렛을 만들기로 한다. 버터를 듬뿍 사용하여, 화구가 하나뿐인 가스풍로로.

책상에서부터 조리 공간까지는 세 걸음이다. 아스미는 이동하여 작은 냉장고를 연다. 심야시간대는 아니어도 아스미의 기준으로는 식사하기엔 늦은 이 시간에 뭘 만들어 먹는다는 건 가슴 설레는 일이었다(아스미가 나고 자란 집에서는 모두 일찍 자고 일찍 일어나기 때문에 밤중에 요리를 하거나 뭘 먹는 건 섣달그믐 정도이다).

대학 친구들 중에는 아스미와 마찬가지로 지방에서 도쿄로 나와 혼자 생활하는 아이가 대여섯 명 있다. 그 아이들은 입을 모아 말한다. 혼자 밥 먹는 게 싫다고. 같은 맥락에서 혼자 요리하는 것도 싫은 듯, 자칭 '요리 고수'인 다마키조차 누군가를 위해서라면 몰라도 자기 혼자 먹으려고 뭘 만들지는 않는다고 했다. 아스미는 생각이 좀 다르다. 여럿이 해서 즐거운 일은 혼자 해도 즐거울 거라 생각한다.

본래 혼자가 좋은 건지도 모른다. 그렇다기보다 본가에서는 혼자만의 시간을 갖는다는 것이 애당초 어려웠다. 방도 여동생이랑 같이 썼다. 지금 이 방에는 아스미 혼자뿐이다. 그것은 아스미에게 무척 자유로운 기분을 안겨준다.

오믈렛은 성공적으로 완성되었다. 모양은 별로지만 부드럽고, 속은 노글노글해 보인다. 아스미는 오믈렛에 케첩을 뿌리지 않는다. 소금과 후추만으로 충분하다. 버터 향이 나는 따끈한 그것을 접시에 덜어 침대에 앉아 먹는다. 소리가 없어서 허전했기에 늘 머리맡에 놓아두는 라디오를 켰다. 라디오를 켠 순간 여자가 "그건 좋네요"라고 말하고, 남자가 "좋죠? 좋다니까요"라고 한다. 그것만으로 방 안의 공기가 확 달라졌다. 침입자. 아스미의 가슴에 그런 말이 떠오른다. 아스미의 방에는 작은 TV도 있지만(작년에 이과理科 동아리 선배가 물려준 것으로 디지털 방송 수신이 불가능해서 가을부터는 볼 수 없다), 아스미는 라디오가 더 좋았다. TV보다 라디오가 더 친밀감이 든다. 목소리가 있고 음악이 있고, 방에 직접 와 닿는 느낌이다.

야식을 다 먹고, 접시와 프라이팬을 씻고 나서 침대에 엎드려 만화책을 읽었다. 리포트를 하나 해결했다고 생각하니 기분이 좋고, 이럴 때 읽는 만화는 더없는 행복이다. 애독서인 만화『구구는 고양이다』4권을 읽고 있는 중에 아스미는 어느새 잠이 들고 말았다.

오후, 너무 더워서 미사코는 눈을 떴다. 홑이불만 덮고 잤는데도 온몸이 땀으로 흥건하게 젖어 있었다. 커튼은 꽉 닫혀 있지만 햇살도 열기도 남향 침실에 서서히 침입하고, 체온으로 데워진 침대 매트리스 자체가 더웠다.

미사코는 옛날부터 여름이 질색이다. 그렇지 않아도 건강한 편은 아닌데 더우면 그것만으로 체력을 빼앗겨 축 늘어져버린다. 팔을 뻗어 알람시계를 집었다. 오후 3시 20분. 미사코는 화가 날 지경이다. 누운 지 아직 한 시간도 지나지 않았다. 네 시까지는 잘 생각이었는데. 몸을 뒤척 눈을 감고 가만히 있어보지만 무덥고 답답할 뿐이었다.

낮잠 습관이 붙은 것은 작년부터다. 작년에 남편이 집을 나가고부터. 늘 다니는 병원의 의사도 그건 좋은 습관이라고 했다. 미사코의 경우, 아침저녁으로 개를 산책시키느라 운동량은 부족하지 않으니 이제 잘 먹고 잘 자는 게 중요하다고. 하긴 미사코가 낮잠을 자는 건 몸 때문이라기보다 시간 때문이다. 하루가 너무 길어서 낮잠이라도 자지 않으면 시간 보내기가 너무 힘들다.

다시 자는 것을 포기하고 느릿느릿 옷을 갈아입고 있는데 방구석에서 자고 있던 리트리버 아르고가 다가와 미사코의 넓적다리에 촉촉한 코를 갖다 댔다.

"차가운 코."

미사코는 쭈그려 앉아 개의 목덜미를 안아준다. 온순한 아르고는 올해 열한 살로 대형견으로서는 고령에 속한다. 할머니 둘이 사는 집. 쉰일곱 살인 미사코는 농담과 푸념과 자학을 겸해 친한 친구들에게 종종 그렇게 말하지만, 실제로는 딸도 같이 살고 있다. 살고는 있지만 평일에는 일하러, 휴일에는 놀러 나가버리기 때문에 없는 거나 마찬가지였다.

아르고를 따라 아래층으로 내려간다. 따깍따깍 발톱 부딪는 소리가 나고, 미사코는 조만간 개를 미용 숍에 또 데려가야겠다고 생각한다. 계단에도 복도에도 먼지와 개털이 눈에 띄었다. 남편이 없어지고 나서 자신이 집안일을 등한시한다는 건 알고 있었다.

"차라도 마시자."

미사코는 자신의 기분을 북돋우고자 말한다. 혼잣말이 많은 건 옛날부터이며 남편이 없어져서가 아니다(이 점은 미사코에게 중요했다). 주전자에 물을 담아 불에 올린다.

미사코의 남편은 인터넷으로 알게 됐다는 여자와 눈이 맞아 어느 날 갑자기 집을 나가버렸다. 놀랐고 화도 났지만, 그 이상으로 수치스러웠다. 나잇살 먹고 꼴사납게. 그런 생각이 들었다. 미사코는 말리지 않았다. 어차피 곧 돌아올 거라 믿었다. 하지만 남편은 돌아오지 않았다. 반년이 지나고 1년이 지나도 돌아오지 않았고, 그 이후로는 헤아리는 것을 그만뒀다고 생각했는데 집을 나간 게 작년 봄이었으니 곧 1년 반이 된다는 것 정도는 헤아리지 않아도 알게 된다.

그 여자가 어떤 여자인지 미사코는 알지 못하고 알고 싶지도 않다. 용서할 수 없는 건 남편이 바람을 피웠다는 것이 아니라 그런 식으로 아주 간단하게 이제까지의 인생을 버렸다는 사실이다. 그건 미사코의 인생이기도 했고, 딸 미토코의 인생이기도 했는데.

찻잔을 손에 든 채 미사코는 개와 함께 정원으로 나간다. 실내에도 강아지용 화장실은 있지만 아르고는 밖에서 볼일 보는 것을 좋아한다. 덕분에 정원사의 노력에도 불구하고 잔디가 금세 상한다. 차양 아래 놓인 연철 의자는 한동안 닦지 않아서 더러웠지만 미사코는 개의치 않고 앉았다. 매미가 요란하게 울어대고 있다. 더운 건 마찬가지지만 바람이 있는 만큼 실내보단 나았다.

마음에 드는 장소 — 야트막한 돌담으로 에워싸인 수풀 바로 앞 — 에 앉은 아르고를 바라보며 미사코는 현미차를 홀짝인다.

"헤어져버리면 되잖아."

남편이 나갔을 때 딸 미토코는 그렇게 말했다.

"최악이야, 이런 거"

라고 불쾌한 듯이. 미사코는 자신이 비난받는 기분이었다. 애인을 만든 것도 집을 나간 것도 미사코는 아닌데.

분명 사이좋은 부부라고는 보기 어려웠을지도 모른다. 거의 결혼 직후부터 다툼이 끊이지 않았고, 그러는 동안 싸울 기력조차 사라져 버렸다. 하지만 그렇다고 해서 살아온 세월이 없어지는 건 아닐 터. 체념과 습관과 타협의 산물이었다 해도 켜켜이 쌓여온 이 세월이.

"아르고, 이리 와."

미사코는 개를 부르고 현미차를 마저 마신다. 차는 둥글둥글한 맛이 났다. 둥글둥글한, 어릴 적부터 잘 아는 맛이. 미사코는 여름에도 따뜻한 음료가 좋다. 남편은 차가운 보리차나 아이스커피를 마시고 싶어 했지만. 그러고 보니 요 몇 년, 그런 것들을 만들지 않았다는 생각을 멍하니 떠올렸다.

전화벨이 울렸을 때 미사코는 현관에서 개의 발을 닦아주고 있는 참이었고 여전히 남편을 생각하고 있었는데 — 라기보다, 바로 그랬기 때문에 —, 그 전화가 남편한테서 온 것일 줄은 생각도 못했다. 남편이 집을 나간 후 한동안은 전화벨이 울릴 때마다 움찔움찔 놀라곤 했지만, 미사코는 어느 때부터인가 경계하는 것을 그만두었다. 혹은 좀 더 진실에 가깝게 말하자면, 잊고 있었다.

"네, 야마구치입니다."

수화기를 들고 무심코 그렇게 말하자, 짧은 순간 침묵이 흐르고,

"아, 나야"

하는 목소리가 돌아왔다.

"요 전날엔 고마웠어."

미사코가 아무 말도 못하고 있는 중에 남편은 말을 이었다.

"이혼 서류, 오늘 제출하고 왔거든."

그러고는 멋대로 말을 맺었다.

"늦어져서 미안해."

"요 전날?"

딸에게 대신 건넨 통장 이야기인 줄은 알았지만 저도 모르게 그렇게 물었다. 요 전날이라고 하기엔 시간이 너무 지났고, 달리 해야 할 말이 떠오르지 않았기 때문이다. 하지만 남편은 그 질문에는 대답하지 않고,

"늦어졌지만, 확실히 제출하고 왔으니까"

하고 되풀이했다.

"구청에서 그쪽으로 확인 서류가 갈 거야."

그쪽, 이라는 말이 신경에 거슬렸지만 어쨌든 대답을 해야겠기에 미사코는,

"그래?"

라고만 했다. 싸늘한 목소리가 나왔다.

"응."

남편이 말하고 — 아니지, 이제 남편은 아니지, 하고 미사코는 생각했지만 —, 다시 침묵이 내려앉는다.

"그럼, 그렇게 알고."

그게 마지막 말이었다. 정신을 차려보니 전화는 끊어져 있었다.

비닐 가방이란 것은 어째서 이리 냄새가 날까, 하고 히비키는 생각한다. 새것일 때부터 독특한 냄새가 나지만 물에 젖으면 또 다른 냄새가 나고, 햇볕에 말리면 말린 대로 당장이라도 녹아내릴 듯한 인공적인 냄새를 풍긴다.

히비키는 베란다에서 미쿠의 학교 수영복과 비닐 가방, 그리고 비치샌들을 거둬들인다. 이어서 널어둔 이불도. 거실 바닥은 여느 때와 마찬가지로 잡동사니들 천지여서 이불같이 커다란 물건을 안고 걸을 때는 특히 조심해야 한다. 자칫 종이라도 밟으면 미끄러지기 십상이고, 만들다 만 공작물이며 퍼즐 따위를 망가뜨리기라도 하는 날엔 아이들이 울음보를 터뜨린다. 가장 위험한 건 페트병 음료에 덤으로 끼워주는 인형들인데, 료가 모으고 있는 그것은 밟으면 온몸의 털이 곤두설 정도로 아팠다.

히비키는 이불을 아이 방에 — 다행히 아무것도 밟지 않고 — 들여간다. 히비키가 이불을 털썩 내려놓자, 책상 앞에 앉아 책을 읽고 있던 미쿠가 얼굴을 찌푸렸다.

"시끄러워."

아닌 게 아니라 거실에선 노카가 어린이 프로그램을 보고 있고, 료가 가끔 기이한 소리를 낸다. 이불 떨어뜨리는 소리도 조용하다고는 할 수 없었는지 모른다.

"미안, 미안."

히비키는 저자세로 나갈 생각이었으나 그것도 미쿠가 다음 말을 할 때까지였다.

"게다가 그 이불 지린내 나."

"어쩔 수 없잖니?"

히비키는 한숨을 쉬었다. 시트를 빨고, 이불에 살균소취 스프레이를 뿌리고 걸레로 몇 번씩 두드려 볕에 말렸다. 달리 뭘 더 어떻게 해야 된단 말인지.

"너도 쌌잖니? 오줌. 잘난 척 말할 입장은 아니지."

미쿠는 히비키를 노려보고 나서 잘라 말한다.

"이 집은 냄새 나고 시끄러워."

"엄마 탓은 아니야."

대차게 되받아치고, 히비키는 아이 방을 나온다. 여름방학이 얼른 끝나면 좋겠단 생각이 드는 건 바로 이런 때다. 혹은 여름방학 따위 아예 없으면 좋겠단 생각이 드는 건.

"그리고 휴대전화 또 울렸어."

뒤에서 미쿠의 언짢은 목소리가 들렸다.

"너나 잘해."

말해두고 자신의 휴대전화를 찾는다. '냄새 나고 시끄러울 뿐만 아니라' 이 집에선 노상 뭔가 행방불명된다.

"TV 소리 좀 줄이자."

노카에게 말하고 리모컨을 집어 음량을 낮췄지만, 내심 화가 나서 그러고 싶지 않을 정도였다. 공부한다고 하면 다 되는 줄 아는지. 동생들을 죄 방에서 쫓아내고. 기껏해야 초등학교 숙제 아니냐고.

휴대전화는 전자레인지 위에 놓여 있었다(그제야 자신이 거기에 놓아두었던 것이 생각났다). 사바사키가 보낸 메시지가 와 있었다. 사바사키와는 지난 며칠 사이 세 차례 메시지를 주고받았다. 첫 번째는 식사 모임에 대한 감사 인사이고, 두 번째는 무슨 내용이었는지 잊어버렸는데 세 번째는 길에서 노카를 닮은 지장보살을 발견했다며 사진까지 같이 — 유우키와 료에게 크게 호평을 받았다 — 보내왔다. 히비키는 네 통째 메시지를 클릭한다.

'다음 주에 어디서 볼 수 없을까요. 시간도 장소도 편하실 대로.'

뭐지, 하는 생각이 들었다. 이 메시지를 모모가 알고 있을(예를 들어 둘이 있을 때 발송했을) 가능성도 없지는 않지만, 어쩐지 그건 아닌 듯싶었다. 사바사키가 모모가 없는 장소에서 — 그것도 꽤 조급하게 — 자신을 만나려 하고 있다. 그렇다면 모모에 관한 일임에 틀림없었다. 호기심이 뭉글뭉글 피어오르고, 히비키는 벽에 걸린 달력을 본다. 물론 하야토와 의논해봐야 하지만 하야토의 다음 휴일 — 수요일 — 낮 시간이라면 나갈 수 있을 것 같았다. 답장은 나중에 보내기로 하고 휴대전화를 스커트 주머니에 집어넣는다. 슬슬 저녁 장을 보러 나가야 한다.

자외선 차단제를 바르고 지갑과 열쇠를 손가방에 넣는다. 아이들에게 집 좀 잘 보고 있으라고 당부해놓고 밖으로 나왔다. 바람이 없고 습도는 높고, 자전거 보관대에서 자전거를 꺼내는 것만으로도 팔이고 등이고 땀이 났다. 그래도 바깥에 나오니 기분이 좋다. 혼자가 되어서인지도 모르지만.

히비키는 남자아이들이 그러듯 자전거에 훌쩍 올라탄다. 앞뒤로 아이를 태우고 있을 때는 엄두도 못 낼 행동이다. 옛날부터 여자아이 처럼 올라타는 방식보다 남자아이처럼 올라타는 방식을 좋아했다.

9월

비가 내리고 있다. 치과클리닉이 쉬는 목요일, 모모는 방 청소를 했다. 오랜만에 옷이라도 사러 나갈까 생각했는데 날씨가 안 좋아서 그만두기로 했다. 저녁에는 사바사키와 만나기로 되어 있다. 하지만 그건 아직 몇 시간 후의 일이다.

불을 켜지 않아서 방 안은 어둑어둑하다. 티슈케이스가 희끄무레하게 떠올라 보이는 정도다. 그래도 불을 켜지는 않고 ─ 아직 오후한 시인걸, 하고 모모는 생각한다. 아직 한 시밖에 안 됐는데 불을 켜면 밤 같아지고 만다 ─, 플레이어에 론 카터의 시디를 얹었다.

이 음악을 들으면 쓸쓸해지는 건지, 쓸쓸할 때 이 음악이 듣고 싶어지는 건지, 모모 자신도 판단을 내릴 수가 없다. 하지만 이따금 이음악이 몹시 듣고 싶어진다. 자신의 고독을 확인하기 위해. 음악에는여러 가지 효용이 있다고 모모는 생각한다.

사바사키는 히비키와 만난 모양이다. 그 사실을 모모는 사바사키에게 듣기에 앞서 히비키한테서 들었다.

"깜짝 놀랐지 뭐야."

히비키는 전화로 그렇게 말했다.

"일부러 집 근처 패밀리 레스토랑까지 와줘서 같이 점심을 먹긴 했지만, 나는 틀림없이 모모에 대해 뭔가 상담하려나 싶었지. 아이쿠, 결혼인가? 뭐 그렇게 앞질러 생각하고 있었는데."

빠른 속도로 아줌마 수다를 쏟아냈다.

"그랬는데, 상담이 아니라 그저 평범하게 이야기하고 밥 먹고, 사바사키는 내내 싱글싱글 웃고, 나는 그만 폭풍 수다를 떨어버리고. 그 친구, 무슨 말 없든? 시끄러워서 질렸다든가."

결국 용건은 구두 전시회 이야기였다고 히비키는 말했다. 이번에 구두 전시회가 있는데 모모한테도 오라고 했으니 괜찮으면 같이 오면 좋겠다고. 그렇게 말하더란다.

"모모, 갈 거니?"

모모는 아직 모르겠다고 대답했다(실은 알고 있었다. 그날은 가나가와에서 열리는 학회에 출장을 가야만 한다). 아직 모르겠어. 자신이 왜 그런 식으로 대답했는지, 생각하는 건 싫었다.

"그런 이야기는 전화로 해도 되는데 말이야."

히비키는 우습다는 듯이 말하고,

"그래도 덕분에 난 즐거웠지만"

하고 인정했다.

"남편 이외의 다른 남자랑 밥 먹는 것도 오랜만이었고, 아이들 일 말고 다른 일로 수다 떠는 것도 오랜만이었으니까."

무슨 얘길 했는데? 그렇게 묻고 싶었지만 묻지 않았다. 캐묻고 질투하는 것 같아서 꼴사납다고 생각됐기 때문이다.

"다행이네."

그래서 모모는 그렇게 말했다.

"사바사키, 좋은 아이 같아."

히비키는 거의 넋이 나가 감상을 토로했다.

아, 이 곡. 모모는 회상을 중단한다. 론 카터가 연주하는 바흐 곡 중에서도 특히 모모가 좋아하는 「SICILIANO」다. 천천히, 달콤하게, 소리가 차오른다.

두 사람이 그 후 한 번 더 만난 것도 모모는 알고 있다. 같은 패밀리 레스토랑에서, 그때는 식사가 아니라 차를 마시며 이야기한 모양이다. 히비키한테서는 전화로, 사바사키한테서는 메시지로 각자 보고가 있었다.

보고. 중얼거리고 모모는 쓸쓸히 웃는다. 두 사람 다 모모에게 보고할 의무라도 있다고 여기는가 싶을 정도였다. 그런 건가, 하고 모모는 의구심을 갖는다. 만약 그들에게 그런 의무가 있다면 자신에게는 들을 권리가 있는 걸까. 아니면 들을 의무가?

비는 도무지 그칠 기미를 보이지 않는다. 모모는 다음 학회 때 발표할 예정인 임상 데이터를 한 번 더 훑어봐두기로 한다. 이미 인정은 받았지만, 전시뿐만 아니라 발표도 하기로 되어 있어서 말로 설명해야만 하고, 그때 사용할 파워포인트를 다루는 것이 서툴다 보니 모모는 마음이 무거웠다.

적당한 습기. 유리문 너머로 정원을 바라보며 유키는 생각했다. 연일 폭염에 시달려온 나무들도 이로써 한숨 돌리겠지. 이대로 시원해지면 좋으련만.

무릎 위 주부 잡지에는 요우가 쓴 르포가 실려 있었다. 〈섹스리스 부부의 실태〉라는 기사로, 유키는 반도 읽기 전에 넌더리를 냈다. 쓰잘데기 없고 천박하다. 결혼도 안 한 주제에 뭘 안다고. 그것이 솔직한 심정이었다. 그 아이에게는 긍지도 진중함도 없는 걸까.

유키는 옛날부터 요우라는 딸을 이해할 수가 없었다. 요령 없고 고집 세고, 게다가 뻔뻔스러웠다. 아주 어렸을 때부터 그랬다. 사사건건 "왜?" 하고 물었다. 왜 지금 자야 하는데? 왜 옷을 입어야 하는데? 왜 예의 바르게 굴어야 하는데? 왜 잠자코 있어야 하는데? 아마도 그와 같은 방약무인한 성격 그대로 '왜 섹스를 해야만 하는데?'라고 생각할 테지.

요우는 엄마에 대해 비판적이었다. 차갑기 그지없는 눈으로 유키를 보았다. 비판과 혐오와 모멸에 찬 눈으로. 그런 딸이 유키는 무서웠다. 지금도 무섭다. 하지만 신기한 것은 그 아이의 무서움이 에이스케에게는 전혀 보이지 않는 것 같다는 점이다.

유키는 한숨을 쉰다. 모모는 요우에 비하면 훨씬 고분고분하다. 요전날에도 미술관에 갔다 돌아오는 길에 만나 함께 식사를 했다. 부모 자식끼리 오붓하게 롯폰기에서(그때 모모가 끼고 있던 진주 반지가 세련돼 보여서 유키는 그것을 칭찬해주었다. 그러자 모모가 고맙다고 하고는, 직접 산 거라고 덧붙여서 유키를 크게 실망시켰다. 장신구를 제 손으로 산다는 건 유키로서는 상상조차 할 수 없는 일이다. 자신의 몸을 치장하는 도구를 제 손으로 사다니, 부끄러움을 몰라도 너무 모른다. 그렇게 말하자, 모모는 싸늘하게 제 엄마를 보며 ─ 요우와 똑 닮았다고 유키는 생각한다 ─ "내가 일해서 산 거야" 하고 중얼거렸다. 물론 일하는 건 훌륭하다고 유키도 생각한다. 다만 그 일이란 게 스스로 제 몸을 꾸미기 위해서 하는 것은 아닐 터).

언제부터였을까. 무릎 위 잡지를 덮고 유키는 생각한다. 언제부터 모모까지 반항적인 딸이 돼버린 걸까.

요우가 힘에 부치게 됐을 때의 일은 또렷이 기억한다. 초등학교에 들어가고 몇 년 후, 그 애가 아직 열 살인가 열한 살쯤이던 무렵이었다. 특별한 계기가 있었던 것 같지는 않다(있었더라도 유키는 알지 못한다). 요우는 조금씩 고집스러워지고, 심기가 사나워지고, 동시에 살이 찌기 시작했다. 비만이라고 할 정도는 아니었지만 아무리 봐도 불필요한 지방을 쌓아두고, 이전까지 예뻤던 소녀의 모습은 간데없이 어딘지 모르게 우둔하고 트릿한 딸이 되고 말았다. 유키는 식사에 신경을 썼지만 절제시키려 들면 들수록 어처구니없는 것이나 몸에 안 좋아 보이는 것들만 먹고 싶어 했다(혹은 유키가 안 보는 데서 먹었다). 말을 듣지 않게 되고, 뭘 생각하는지 알 수 없게 되더니 결국에는 거의 입을 떼지 않게 되었다.

그날들. 떠올릴 때면 유키는 지금도 오싹해진다. 마치 인간 이외의 동물을 키우는 기분이었다.

요우는 무섭도록 요령 없는 딸이기도 했다. 아무리 가르쳐도 걸레 질 한번 제대로 하질 못했다. 신변 일에 무관심해서 교복 스커트 주름이 풀려 있든 방이 어질러져 있든 아무렇지 않은 눈치였다. 유키로서는 견딜 수 없었다. 같은 여자로서 너무나도 부끄럽고, 그런 아이가 자신이 낳은 딸이라는 건 거의 굴욕에 가까웠다. 자신과 에이스케의 딸이라고 생각하는 건.

고등학생이 되자 요우는 방에 틀어박혀 책만 읽게 되었다(그 무렵 요우 방의 청소며 정리 정돈을 모모가 했던 것을 유키는 안다).

요우도 모모도 학교 성적은 좋았다. 허나 그렇다고 해서 학업 이외의 일을 소홀히 해도 되는 건 아니다. 유키 자신도 여자대학을 우등상을 받으며 졸업했고 재원이라 불린 적도 있다. 하지만 그게 대체 뭐라고. 유키는 자신이 재원이라 불린 것보다 에이스케에게 '마돈나'로 불린 것이 훨씬, 훨씬 자랑스럽다.

잡지를 오래된 신문들 사이에 끼워 넣어 묶고 있는데 — 이런 것을 에이스케 눈에 띄게 하고 싶지는 않다 — 거실 문이 열렸다.

"여보, 내 샴푸가 없는데."

온몸이 발갛게 익은 에이스케가 허리에 목욕 타월만 두른 모습으로 말한다.

"어머나, 미안해요."

에이스케 전용 샴푸가 얼마 남지 않은 것을 알고 있었으면서 새것을 내놓는 것을 깜빡 잊고 있었다.

"곧 갈 테니 욕실로 가 있어요."

유키는 그렇게 말하고, 신문지를 묶고 남은 노끈을 가위로 자른다. 남편의 알몸을 바라보고 싶은 욕망을 들킬 새라 허둥댔다.

"응. 하지만 빨리 줘. 이제 곧 사다노후지가 나오거든. 마쿠노우幕
內,1부 리그로 올라가느냐 마느냐, 고로랑 내기했어."

"네, 네."

유키는 웃는다. 고로란 에이스케의 요트 동료 중 한 사람이다. 욕실로 가기 전에 주방으로 가서 걸레를 손에 든다. 복도에 물 천지일 게 뻔하니까.

맨 처음 발이 보였다(그건 이 좁은 가게가 지하에 있기 때문이다). 모모는 한 손으로 난간을 짚어가며 조심조심 계단을 내려온다. 흡사 남자 옷처럼 보이는 베이지색 트렌치코트 차림이다. 무릎 언저리가 젖어 있어 바깥은 아직 빗발이 거세다는 것을 알 수 있었다.

"미안. 나, 지각한 거야?"

그렇게 말하고 벗은 코트를 웨이터에게 건네는 모모를 사바사키는 바라본다.

"아니야. 지금 딱 일곱 시야."

모모는 코트 안에 회색 민소매 원피스를 입고 있었다. 소재도 바느질도 고급스러워 보이는 심플한 옷이다. 히비키라면 선택하지 않을 것이다. 그렇게 생각하고 사바사키는 미소 짓는다. 모모처럼은 세련

되지 않은 히비키의, 그래서 더 풍겨날 개방적이고 무방비한 느낌을 떠올렸기 때문이다. 모모를 본 순간, 거의 불가피하다 싶게 히비키의 얼굴이 떠올랐다. 히비키와는 단둘이 두 차례 만났다. 다음 주에 또 만나기로 되어 있다.

"다행이다. 길을 좀 헤매는 바람에 늦은 줄 알았어."

모모는 맞은편에 앉더니 선실을 본뜬 가게 안을 둘러본다.

"보스턴 요리란 게 어떤 건데?"

즐거운 듯이 물었다.

"보스턴에 가본 적은 없지만."

운을 떼고 나서 사바사키는 설명한다. 해산물이 풍부하고 조개 수프가 유명하다는 것, 보기 드문 맥주가 있다는 것, 이곳이 나라하시가 마음에 들어 하는 가게라는 것. 요즘 서로 바빠서 모모랑 만나는 건 오랜만이었다.

"오늘은 뭐 했어? 일, 쉬는 날이었지?"

주문을 마치고, 이어 나온 맥주를 한 모금 마시고 나서 사바사키는 물었다.

"학회 준비."

모모는 어깨를 으쓱하며 대답한다. 재미없는 일이라고 말하는 것처럼.

"실은 쇼핑 갈 생각이었는데."

"학회에 가다니 뭔가 폼 나네.「하얀 거탑」같고."

그 말에 모모는 웃었다. 맥주에 곁들여 나온 짭짤한 작은 파이 하나를 집는다. 바삭바삭 좋은 소리를 내며 먹고 난 후 물었다.

"사바사키는? 오늘은 뭐 했어?"

"오후에는 줄곧 공방에 있었어."

거기서 미팅이 있었던 거다.

"아, 하지만 그 후에 이거 샀어."

가방에서 음반 매장 쇼핑백을 꺼낸다.

"소노다 밴드. 지난번 그거."

모모는 싱긋 웃으며 받아들었다.

"고마워, 자상하네."

조개 수프가 나오고, 맥주에서 와인으로 바꾼다.

"아 맞다, 요 전날 요우 짱네 집에서 사진 봤어. 두 사람 어릴 때 사진. 딱 한 장, 어딘가에 껴 있었대."

생각이 나서 말하자, 모모는 눈을 휘둥그레 뜨고 과장되게 숨을 들이마시는 시늉을 했다.

"어떤 사진? 언제 적?"

평소 차분하고 체온이 낮아 보이는 모모가 당황하는 것을 보며 사바사키는 미소 짓는다.

"걱정 마. 두 사람 다 엄청 귀엽게 나온 거였으니까."

그렇게 말하며 안심시켰다. 가족 여행 때 찍은 스냅 사진인데 유리 너머로 보이는 비행기를 배경으로 자매가 나란히 서 있는 사진이었다. 요우가 초등학교 고학년, 모모가 저학년 같은 느낌으로 둘 다 똑같이 상을 찡그리고 있었다. 똑같이 입은 하얀 원피스는 어머니가 손

수 만든 옷이라고 했다.

"아—, 가네자와에 갔을 때구나, 그거."

모모는 감정이 읽히지 않는 얼굴로 말했다.

"응. 요우 짱도 그렇게 말했어. 겐로쿠엔*이며 사무라이 저택 같은 곳을 돌아봤다고."

침묵이 생겼다. 좋지 않은 화제였나 싶어 걱정이 되려는 찰나, 모모가 테이블 앞으로 몸을 내밀었다.

"혹시, 요우 언니가 일본의 3대 정원이 어디냐고 묻지 않았어? 퀴즈처럼."

즐거운 듯이 묻기에,

"그러고 보니 물었어"

라고 대답하자, 모모는 키득키득 웃었다.

"그럼, 가네자와의 명물인 독중개 조림의—"

사바사키는 모모의 말을 다 듣기도 전에,

"물었어!"

라고 다시 한 번 대답한다.

"독중개 한자가 어떻게 되느냐고."

둘이 동시에 말했다. 모모는 이제 어깨까지 들썩이며 웃고 있다.

"물고기 변에 설 휴, 라고 쓴다더라. 요우 짱이 알려줄 때까지 몰랐지만."

---

* 가이라쿠엔, 고라쿠엔과 더불어 일본의 3대 정원 중 하나.

"미안, 미안. 아―, 너무 웃긴다."

웃음 발작이 가라앉자 모모는 가슴에 한 손을 대고 말했다.

"우리, 외워야 했거든, 그런 여행 전에. 왜 있잖아, 일단 외우고 나면 절대 잊히지 않는 거. 외워둘 필요도 없는데."

사바사키는 초등학교 시절의 요우와 모모를 떠올린다. 착실한 여자아이들이었을 거라고 상상했다. 착실하고, 아마도 머리가 좋은.

"요우 언니는 있지, 그게 분한 모양이야."

분하다고? 사바사키로서는 잘 이해가 가지 않았다. 이해가 가지 않았지만, 키득키득 웃고 있는 모모를 보니 또다시 히비키가 떠올랐다.

두 번째 만났을 때 히비키도 이야기하는 도중에 잘 웃었다(사바사키가 생각하기에 여자는 남자보다 자주 웃는 것 같다). 그 작은 손을 팔랑팔랑 움직여 ― 히비키는 몸짓, 손짓이 크다 ― 빨대의 포장을 찢고 아이스티에 설탕 시럽을 넣었다. 처음에 히비키는 온통 모모에 관한 이야기만 했다. 하지만 사바사키가 문자 자신에 관해서도 단편적으로 이야기했다. 남편이 옛날에 폭주족처럼 하고 다녔다는 것(그 무렵엔 멋있어 보였지만), 옛날에 뚫은 피어싱 구멍이 막혀버려서 얼마 전에 충격을 받았다는 것, 구급차 소리가 무섭다는 것, 학창 시절에 '프리티 4'(!)라는 이름의 아마추어 밴드를 결성하고 거기서 보컬을 맡았다는 것(그야 다룰 줄 아는 악기가 하나도 없었으니까).

지루하지 않아?

그리고 몇 번이고 그렇게 물었다.

이런 이야기, 지루하지 않아?

낮 시간이었고 장소는 히비키네 집 근처 패밀리레스토랑이었다. 사바사키는 외근 업무를 빼먹고 — 그렇다기보단 조정하고 — 그곳에 있었다. 아무 용건도 없이 그저 보고 싶어서, 단지 히비키가 웃고 떠드는 것을 보기 위해.

"히비키가 있지."

모모의 그 말에 사바사키는 움찔했지만, 모모는 눈치채지 못했는지 버터 소스가 뿌려진 랍스터를 능숙하게 발라내며 말을 잇는다.

"사바사키, 좋은 사람이라고, 몇 번씩이나 말했어."

"그 말, 그대로 그녀에게 전해줘."

사바사키는 대답하고 싱긋 웃어 보였다. 나쁜 짓을 하고 있는 건 아니니 여기서 주눅 들지 않는 것이 중요하다 싶었다.

"희한한 매력이 있는 사람이야."

솔직하게 덧붙이자 모모는 잠깐 슬퍼 보이는 얼굴을 했다. 그랬지만 이내 웃는 얼굴로 바뀐다.

"그렇지?"

그렇게 말하고, 발라낸 랍스터를 사바사키에게 덜어주었다. 가게 안은 조용한데 바깥은 아직 비가 내리고 있을까. 태풍이 다가오고 있다던 오늘 아침 TV의 일기예보를 사바사키는 떠올렸다.

푸른 하늘이다. 야마구치는 대나무 빗자루로 비질하는 소리가 제법 괜찮다고 생각했다. 좋은 느낌이라고. 이렇듯 아침 일찍 일어나, 누가 부탁한 것도 아닌데 길을 쓸고 있는 자신을 카즈에가 본다면 아마 감탄했을 것이다. 그리고 전처가 봤다면 깜짝 놀랄 게 틀림없다. 전처—. 지난달 이혼한 야마구치는 그 말을 가슴속에서 굴린다. 좋은 울림이다. 그녀는 죽은 건 아니다. 지금도 가와사키의 그 집에서 건강하게 살고 있을 것이다. 딸은 이미 다 컸고, 경제적인 보상도 충분히 했다. 그러면 됐지 않은가. 인생은 한 번뿐이다. 그리고 야마구치는 이제 홀가분한 몸이다.

쓸어 모은 낙엽을 쓰레받기에 담아 쓰레기 봉지에 넣는다. 지난번 태풍 때문에 가로수 잎이 아직 초록인 채로 많이 떨어졌다. 가지에 달라붙어 있었다면 얼마 안 있어 노란빛으로 물들었을 텐데.

집에 들어오자 배가 고팠다. 야마구치는 커피를 끓이고 낫토 토스트를 만든다. 자신이 세간에서 말하는 '돌싱'이라는 건 알겠는데 스스로 느끼기에는 '홀아비'였다. '홀아비' 쪽이 단연코 와 닿는다. 자신은 아내를 두 사람 잃었다. 야마구치는 그렇게 생각한다. 커피가 내려지길 기다리는 동안 그중 한 사람 — 실제로 죽은 사람 — 에게 선향을 피워 올렸다. 아침의 선향은 밤의 그것보다 상쾌한 향이 난다. 괜찮으니까. 야마구치는 그렇게 말을 걸었다. 나는 생전에 당신이 바랐듯이 혼자서도 잘 살아갈 거니까.

"또 기부했어?"

전자레인지로 데운 시나몬 롤과 커피. 그와 같은 아침상을 마주하고 앉아 나라하시는 쓴웃음을 지었다.

"또, 라기보다 매달 통장에서 자동으로 빠져나가는 거니까. 전에

이야기했잖아."

요우는 대답하고, 창문으로 들어오는 햇살에 실눈을 뜬다. 임차인들의 공동 공간인 거실 중에서도 지금 요우가 앉아 있는 자리에만 네모나게 해가 들고 있다.

"유기견을 구한다는 단체?"

"거긴 아니고."

아침 해를 피해 옆으로 비껴 앉자 낮은 유리 테이블을 사이에 두고 거의 끄트머리와 끄트머리라는 기묘한 위치 관계가 만들어졌다.

"걔들한테 가는 건 정기적인 건 아니야. 여유가 있을 때 얼마씩 기부하는 것뿐이니까."

나라하시는 재미있다는 듯한 얼굴을 한다.

"왜?"

묻자, 재미있어하는 얼굴 그대로 대답한다.

"아무것도 아냐."

요우는 개의치 않고 설명을 계속했다.

"매달 들어가는 곳은 유니세프. 깜짝 놀랄걸? 우리한테는 얼마 되지 않는 작은 금액이지만, 그 돈으로 뭘 할 수 있는지 안다면."

이야기하면서 부엌으로 간 요우는 두 사람분의 머그잔에 커피를 한 잔씩 더 따른다.

"백 엔으로 비타민제를, 천 엔으로 영양 보조식을, 3천 엔으로 홍역 백신을, 고통 받는 아이들에게 다달이 보낼 수 있어."

테이블 앞에 다시 앉자 잠옷 대신 입는 스웨트 팬츠 너머로 뭔가 따끔따끔한 느낌이 들었다. 바닥에 깔아둔 융단에 한동안 살균 가루를 뿌려두지 않아서 진드기가 생겼는지도 모르겠다고 요우는 생각한다.

"뭐, 그건 알겠는데."

나라하시가 말했다.

"하지만, 1박 2일인데?"

턱에 다박나룻이 보인다. 나라하시는 체구가 작은 남자다. 1년 내내 볕에 그을려 사는 건지, 아니면 원래 까무잡잡한 건지 요우로서는 판단이 서지 않는 피부색, 숱은 많지만 정돈되지 않은 머리카락, 게다가 애교 있어 보이는 동그란 눈을 하고 있다.

"없는 건 없는 거야."

요우가 대답했다. 알아듣지 못하는 아이를 꾸짖는 엄마 같은 매정한 말투였지만, 나라하시는 기분 상한 기색도 없이 중얼거렸다.

"없나"

라고.

"그럼, 뭐, 다음에 갈까."

"미안해."

요우는 진심으로 사과하면서도 자신은 잘못한 게 없다고 생각한다. 없는 건 없는 거니까 어쩔 수 없지 않은가.

"아니, 요우가 사과할 필요는 없는데."

나라하시는 그렇게 말하고, 입술에 묻은 설탕 덩어리를 닦았다.

"있다고 봐."

요우가 대답한다.

"내가 잘못한 건 아니지만 사과할 필요는 있다고 봐. 모처럼 같이 가자고 해줬는데 응하지 못하는 거니까."

나라하시는 잠시 생각하더니,

"응. 뭐, 그렇게 말할 수도 있겠네"

하고 인정했다.

요우는 미소 짓고, 이 사람의 이런 점이 자신과 맞는다고 생각한다. 대범하고 초연한, 그러면서도 공정한 점이.

요우가 나라하시를 자기 방에 재우게 된 지 2년이 되어간다. 국내외를 막론하고 여행이 잦은 나라하시는, 국내외를 막론하고 여행이 싫은 요우에게 요즘 부쩍 여행가자는 소리를 자주 한다. 언젠가 이탈리아를 보여주고 싶단다. 일찍이 자신이 살았던 나라를. 요우로서는 잘 모르겠다. 보여주고 싶다면 봐도 되지만, 딱히 보고 싶은 생각은 없다. 나라하시를 좋아하긴 하지만, 굳이 외국에 가는 일로 그것을 증명할 필요는 없을 듯했다. 하긴 이번에 가자는 곳은 외국이 아니라 하코네로, 나라하시가 말하길 그곳에 '멋진 숙소'가 있는 모양이다. '외부 세계와 완전히 차단되어 있기 때문에 1박 2일이라도(요우도, 라고 말하고 싶었을 거라고 요우는 추측하지만) 아주 충분히 늘어져 쉴 수 있는 곳'이란다.

갈지도 모른다. 식기를 싱크대로 가져가면서 요우는 생각한다. 좋아하는 상대가 여행을 가자고 하면 보통 사람들은 시간과 비용을 변통해 어떻게든 갈지도 모른다. 그렇다면 자신은 보통 사람이 아닌 걸까. 한편으론 그런 생각도 든다. 그것은 체념이 아니라 자각이다. 그리고 그런 요우를 나라하시는 '사랑한다'고 말한다.

"샤워실 써도 될까."

묻기에,

"비어 있다면"

하고 대답했다. 슬슬 다른 임차인들이 일어나 나올 시간이다. 설거지를 하고 테이블을 닦는다. 발치에 나라하시의 가방이 나뒹굴고 있었다. 커다랗고 사뭇 튼튼해 보이는 가죽 소재 손가방이지만 그래도 군데군데 해진 곳이 보인다. 낯익은 가방이 갑자기 색달라 보여 요우는 당황한다. 새롭고 생생한 것, 자신이 사는 게스트하우스의, 진드기가 있을지도 모르는 융단에는 어울리지 않는 물건으로. 내연남의 가방. 그런 말이 떠올랐다.

요우는 이제까지 마흔두 살이라는 나이를 고려하면 불가피하다고 여겨질 정도로는 남자를 만나봤다. 꼬드김에 넘어간 적도 있고, 잠자리를 가진 적도 있다는 의미다. 하지만 그게 다였다. 관계가 오래 지속되었던 예는 없고, 사귄다거나 연인 사이가 된다는 것과는 전혀 다른 일이라고 생각했다. 나라하시에 관해서도 마찬가지다. 하지만 2년이 되어간다.

나라하시와는 마음이 잘 맞고, 나라하시는 있는 그대로의 요우를 받아들여주었다. 그래서 요우도 받아들였다. 나라하시는 요우의 살림살이를 비난하지 않는다. 사고방식도, 세상일에 대한 대처 방식도. 돈 쓰는 방식도. 더 나아가 예를 들어, 1박 2일 여행 경비를 자신이 내겠다는 말은 결코 하지 않는다. 자신에게 그럴 권리는 없다는 것을 알고 있는 것이다. 상대를 인정한다는 것, 존중한다는 것—.

객관적으로든 주관적으로든 자신들은 내연 관계가 맞지 싶다. 요우는 요즘 들어 그렇게 생각하게 되었다. 나라하시에게 처자식이 있는 이상, 그렇게 부르는 것이 타당할 것이라고.

그렇기 때문에 샤워를 마치고 하룻밤 분량의 수염도 깎고 말끔해진 나라하시를 현관 앞에서 배웅할 때 요우는 되도록 내연녀답게 배웅해보려 한다. 하지만 어떻게 하는 것이 내연녀다운 건지 요우로서는 알 길이 없다. 하늘은 상쾌하게 푸르고 햇살이 눈부셨다.

"그럼, 또 연락할게."

커다란 가방을 어깨에 둘러메고 한 손을 들어 말한 나라하시에게,

"알았어"

하고 대답한다. 옆집과의 경계인 울타리에서 금목서 향이 났다.

날씨 좋네요. 여기는 준비 완료. 추천하고 싶은 건, 이 부츠.

방금 전 도착한 사진 첨부 메시지를 되읽고 히비키는 한숨을 쉰다. 구두 전시회라는 것에 관심도 없으면서 가겠다고 해버린 것을 이미 후회하기 시작했다. 모모와 만날 수 있다는 생각뿐이었는데.

거실에서는 비번인 남편이 밑의 아이 둘과 TV 게임에 흥이 나 있다. 위의 아이 둘은 보습학원과 영어학원에 가 있다. 어제까지만 해도 외출 자체는 즐거움이었다. 혼자만의 외출은 오랜만이다. 전시회 장소가 아사쿠사 쪽이라니까 돌아오는 길에 긴자에 들러 백화점에

서 쇼핑할 생각도 있었다. 하지만 이렇게 몸단장을 하고 막상 나갈 때가 되자 어쩐지 귀찮아졌다.

너는 엉덩이가 무거운 게 탈이야. 작년에 돌아가신 엄마에게 자주 들었던 말을 떠올린다. 그래서 살이 찌는 거야. 사춘기 때는 엄마의 노골적인 말투에 상처를 입곤 했다. 지금은 그런 말조차 그립다.

"그럼, 다녀올게."

히비키는 거실에 얼굴만 내밀고 말했다. 방 안은 여느 때와 다름없이 어질러져 있고 점심때 만든 미트소스 냄새로 가득하다.

"일곱 시나 여덟 시쯤에는 돌아올 거야."

"에? 저녁 먹고 오는 거 아니야?"

하야토가 게임기를 양손에 쥔 채 돌아보며 물었다.

"그런 말 한 적 없거든. 뭐든 먹을 거 사올게."

하야토에게는 사바사키에게 초대받아 전시회에 간다고만 말해두었다. 당연히 모모도 함께라고 생각할 것이다. 히비키 자신이 그렇게 생각했던 것처럼.

"그래?"

"그래."

에—, 하고 료가 불만 어린 목소리를 냈다. 피자를 먹거나 근처 패밀리 레스토랑에 가거나, 제 아버지와 이미 이야기가 끝났으려니 짐작이 간다. 히비키의 드문 외출은 이 집에선 이벤트나 다름없었다.

거짓말을 한 건 아니다. 밖에서 현관문을 잠그며 히비키는 생각한다. 모모가 오지 않는다는 걸 안 것은 며칠 전이고, 그 사실을 굳이 남편에게 보고하는 것도 이상할 것 같았다. 그뿐이다.

"더워."

목소리를 내어 중얼거린다. 마직 원피스(더구나 짙은 갈색)를 선택한 것은 실수였다. 이래서는 땀자국이 눈에 띌 것이다.

확실히 구인 광고는 많았다.

야마구치는 노안경 너머로 컴퓨터 화면을 응시한다. 연령 제한이 있는 곳도 많지만, 제한이 없거나 있어도 그리 까다롭진 않아 보이는 곳 ─ 대체로, 혹은 기본적으로, 라고 기재된 곳 ─ 도 제법 있다. 경험 불문에 개중에는 '농업 종사 경험이 없을 것'을 조건으로 내세운 구인 광고도 있었다.

홋카이도, 야마가타 현, 후쿠시마 현, 아이치 현, 고치 현, 가고시마 현. 그밖에도 전국 각지의 시정촌市町村이 '신규 취농자'를 구하고 있다. 연수 기간은 1년인 곳이 대부분이다. 연수 수당과 정착지원금이 지급되고, 집세가 파격적으로 저렴하거나 경우에 따라서는 무료인 곳도 있다.

"굉장하네."

야마구치는 그렇게 중얼거린다. 구조 조정이니 취직난이니 하며 떠들썩한 한편에선 일손 부족을 호소하는 목소리가 이렇게나 많다.

둘 다 건강할 때 어딘가 시골에 내려가 자연 속에서 살고 싶다.

생전에 카즈가 딱 한 번 그런 말을 했다.

이왕이면 따뜻한 곳이 좋아,

라고. 야마구치는 크게 귀담아 듣지 않았다. 그거 좋지, 정도의 말은 했을지 모르지만 장난말이랄까 정담으로서 한 말일 뿐, 그 뒤론 잊고 있었다. 당사자인 카즈에도 현실적인 의미를 담아 한 말은 아니었을 것이다.

그러나 야마구치는 지금 그것을 진지하게 생각하고 있다. 무조건 안 된다고만 여길 건 아니다. 시야를 넓게 가져야 한다. 그리고 과거에 얽매이지 않아야 한다. 지금까지와는 전혀 다른 인생이 그곳에는 있을 터이고, 자신이 필요로 하는 것은 바로 그런 것이니까.

무리야, 그런 거. 안 돼, 안 돼.

그렇게 말하며 웃는 카즈에의 목소리가 들리는 것 같았다.

그건 그냥 웃자고 한 얘기지. 덧없는 얘기야.

상상 속의 카즈에가 말리면 말릴수록 야마구치는 해 보이고 싶어진다. 어차피 달리 갈 곳도, 해야 할 일도 없다.

그렇더라도—. 컴퓨터 화면으로 시선을 돌리고 야마구치는 의욕이 꺾이는 것을 느낀다. 생전 가본 적도 없는 지역들뿐이다. 농사일? 무모한 짓임은 분명하다.

컴퓨터 전원을 끄고 대신 TV를 켠다. 오즈모* 중계가 시작되고 있었다. 주심의 목소리, 관객의 성원. 야마구치는 첫 경기만 멍하니 바라보다 방충문을 열고 마당으로 나왔다. 새까맣게 젖은 흙냄새가 난다. 카즈에가 사준 샌들을 꿰신고, 카즈에가 알려준 체조를 해본다.

---

* 일본 스모협회에서 관장하는 프로 스모 경기.

'녹슬지 않는 체조', 카즈에는 그렇게 불렀다. 우선 목을 앞뒤로 반복해서 숙인다. 이어서 좌우로. 그러고 나서 양손, 양발을 순서대로 흔들어준다. '손끝, 발끝이 각각 물고기가 되어 활발하게 헤엄치는 이미지'로. 계속해서 위로 한껏 기지개를 켠다. 그런 다음 쭈그려 앉아 자신의 무릎을 양팔로 껴안고 될 수 있는 한 작게 웅크린다. '아무에게도 보이지 않을 만큼 작은 돌이 된 이미지'로.

간다에서 나고 자란 히비키에게 아사쿠사는 친숙한 거리다. 외가의 위패를 모신 절이 이곳에 있고, 어릴 적 '외식'이나 '바깥나들이'라고 하면 으레 이 거리였다. 하야토하고도 자주 이곳에서 데이트를 했다. 관음상에 참배하거나 밤늦게까지 영업하는 찻집에서 끝도 없이 수다를 떨면서.

물색 하늘이다. 지도를 손에 들고 걸어가면서 낯선 골목마저 정겹게 느꼈다. 현관 앞에 한가득 늘어서 있는 화분, 담장 위에는 어린아이 운동화가 널려 있는가 하면 고양이가 잠을 자고 있기도 한다. 공기가 부드럽다고 히비키는 생각한다. 역시 나오길 잘한 건지도 모르겠다. 이런 식으로 엄마 일에서 해방되는 시간은 귀중하다.

사바사키는 저녁때 왔으면 좋겠다고 했다. 그러면 일을 마치고 자신도 나갈 수 있으니까, 라고. 하지만 그건 모모와 히비키가 어딘가 근처에서 둘이 식사를 하고 있다면, 이라는 것이 전제되었을 때의 이야기다. 혹시라도 오늘 사바사키가 같이 밥 먹자고 해도 거절하자. 히비키는 그렇게 생각한 순간 부끄러워진다. 같이 밥 먹자고 할 이유가 없는데 그런 생각을 하다니 바보 같다. 이 나이에, 그것도 아이를 넷이나 둔 여자가.

전시장을 나오면 백화점은 생략하고 곧장 집에 돌아가자고 마음먹는다. 집에서 피자를 시켜 먹어도 좋고 패밀리 레스토랑에 가도 좋고, 오늘 저녁은 남편과 아이들의 계획에 나도 동참하자.

그 건물은 느닷없이 나타났다. 창고나 체육관 같은 곳이려니 생각했는데 세련된 레스토랑이나 부티크 같은 아담한 독채였다. 아주 많은 사람이 길가로 밀려나와 이야기하거나 담배를 피우는가 하면 휴대전화를 만지작거리고 있다.

"저기."

입구 옆에 마련된 접수대에서 사바사키를 불러달라고 하려는 그때였다.

"히비키 짱!"

하는 목소리가 들리고, 당사자가 나타났다. 늘 보던 양복이 아니라 줄무늬 긴팔 티셔츠에 청바지를 입은 소탈한 모습이다.

"다행이다. 헤매는가 싶어서 걱정했는데."

접수대에서 'GUEST'라고 적힌 스티커를 집어 뒷면의 종이를 떼어내면서 말했다.

"헤맬 리가. 이 근방은 고향 같은 곳인걸."

히비키는 그렇게 대답하고, 건네받은 스티커를 허리쯤에 붙였다.

"게다가 내가 원래 방향 감각은 좋아. 모모는 방향치지만."

덧붙이고 자신이 수다스러워진 것을 깨닫는다. 오지 못한 모모의 이름을 입 밖에 내지 않으면 미안할 것 같았다.

건물 안은 신발 천지였다. 진열장 같은 곳이 아니라 바닥에 바로 놓여 있다. 곳곳에는 거울. 모두 샘플을 신고 걸어보거나 사진을 찍기도 한다.

"굉장하다."

저도 모르게 목소리가 새어 나왔다.

"각양각색이네."

신이라기보단 완구로 보였다. 신발 모양 완구처럼.

"전부, 가죽?"

구릿빛으로 빛나는 투박한 구두를 신은 여성에게서 눈을 떼지 못한 채 히비키는 묻는다. 화려하달까, 우주복이 연상되는 구두다. 보통 사람이 평소에 신는 신이라고는 생각할 수 없었다.

"정답."

사바사키가 대답한다.

"지금은 여러 가지 소재가 있지만, 가죽으로 만드는 게 우리 방침이니까."

넓적다리까지 올라오는 녹색 부츠를 신은 여성도 있다. 심홍색 로퍼를 신은 남성도.

"굉장하다."

넋 나간 듯 같은 말을 되풀이하자 사바사키는 기쁜 듯이 웃었다.

"그렇죠?"

자랑스러운 듯이 말한다.

"전부 상품화하는 건 아니지만, 주문이 있으면 설령 한 켤레라도 우리는 만드니까."

벽 앞에 쌓여 있는 상자, 파일을 펼치고 뭔가 설명하고 있는 남성 직원, 어느 것을 몇 켤레 주문할지 누군가와 휴대전화로 이야기하고 있는 여성. 모두 바쁘게 움직이고 있다.

"사바사키는 괜찮아? 접객 같은 것 하지 않아도?"

갑자기 자신이 다른 사람들에게 방해가 되는 것 같았다. 다른 사람들에게 그리고 사바사키에게.

"괜찮아요. 내 고객은, 오늘은 더 이상 안 오니까."

배경음악으로 깔린 피아노곡을 싹 지워 없애듯이 구두 밑창이 바닥에 닿는 소리가 수도 없이 들린다. 둔탁하고 무거운, 쿵이니 탁이니 하는 소리가.

재촉하는 대로 계단을 올라가자 2층도 같은 상태였지만 중앙에 테이블이 있고 물이 든 페트병이 잔뜩 준비되어 있었다.

"편하게 보고 있어요. 지금 부츠 가져올 테니."

사바사키는 그렇게 말하고, 색도 소재도 바꿀 수 있으며, 사이즈는 이탈리아식 표기라는 것, 아동용 신은 취급하지 않는다는 것 등을 설명해주었다. 히비키는 멍해지고 만다. 모처럼 나온 것이니 한 켤레 정도 구입해야지 생각하고 왔지만 자신에게 맞는 구두가 이곳에 있을 것 같진 않았다.

하야토라면, 하는 생각에 남성용 구두를 찾았다. 하야토라면, 다소 화려해도 신을지 모른다.

되돌아온 사바사키는 몸집이 작고 볕에 그을린, 히비키가 느낀 인상으로는 기운 없고 초라해 보이는 남성과 함께였다.

"오너인 나라하시 씨."

하고 소개한다.

"이쪽은 히비키 씨. 모모 짱 친구분."

처음 뵙겠습니다, 하고 오너는 말했다.

"요우하고는 술친구입니다. 그래서 모모 짱과도 친하게 지내고 있습니다."

히비키가 놀란 이유는 남자가 한 손을 내밀었기 때문인데, 어쩔 수 없이 잡긴 했지만 악수는 좀 이상하지 않나, 하고 생각했다.

"언니하곤 벌써 몇 년 넘게 못 만났어요."

히비키가 말했다.

"옛날엔 자주 같이 놀았는데. 난 외동이라서 친언니가 생긴 것 같아 기뻤어요. 요우 언니가 영화 잡지도 빌려주고, 셋이 모모 아빠 술을 몰래 마시기도 하고."

말이 너무 많다 싶었지만 어쩌된 영문인지 멈춰지질 않았다.

"가장 좋은 제모 크림은 어떤 건지 실험도 하고."

하하하, 하고 오너는 웃었다. 웃었지만 그다지 재미있어 하는 것처럼 보이지는 않았다.

"그럼, 천천히 구경하세요."

그렇게 말을 남기고 안으로 들어가버렸다.

"미안해요. 나, 말이 너무 많았나."

질문이 아니라 사과할 생각으로 중얼거렸는데 사바사키는,

"전혀요"

라고 대답한다.

"그보다 이거, 신어봐요."

사바사키는 히비키가 흠칫 놀라게 갑자기 무릎을 꿇더니 복사뼈까지 올라오는 레이스업 부츠를 신겨주려 했다.

늘 그렇지만 학회장은 시끌벅적했다. 연구 발표의 장이라기보다 동창회나 무슨 기념식전 같은 분위기라고 모모는 생각한다. 실제로 대학 때나 의국 시절 친구들과 재회할 목적으로 참가하는 사람도 많다고 한다. 모모로서는 이해가 잘 되지 않는 일이지만 — 보고 싶으면 언제든 개인적으로 만나면 될 것을, 하고 생각하게 된다 —, 저마다 목에 ID 카드를 걸고, 비명에 가까운 환성을 지르며 끌어안고서 재회를 기뻐하는 젊은 사람들도 있었다. 교정과나 구강외과에는 여성도 많이 있다. 옛날, 이라고 할 정도는 아니지만 모모가 다닐 때만 해도 치과학부란 곳은 압도적으로 남학생이 많았다. 좋겠다, 하고 종종 히비키에게 놀림을 받곤 했으니까. 미래의 신랑감을 마음껏 고를 수 있지 않느냐고. 한편, 부친이 개업의였던 모모는 그렇지 않은 학생들이 '안정된 장래' 운운하며 빈정대는 소리를 듣기 일쑤였다.

접수만 마치면 그다음은 자유이므로, 자신의 발표를 무사히 마친 모모는 행사 목록을 손에 들고 전시실을 한 바퀴 돌고 나서 일찌감치 호텔로 들어왔다. 모모의 경우, 학회에 참가하는 목적은 까놓고

말해 '포인트'를 버는 데에 있다. 치과의사 면허 갱신에 필요한 '포인트'는 참가만 해도 얻을 수 있고, 지정된 강연을 청강하면 더 받을 수 있고, 스스로 발표하면 또 얻을 수 있다. 오오타 씨로부터 만약 할인 판매하고 있으면 주문해달라는 목록을 받아오긴 했지만, 재료 업체 부스에는 가지 않았다. 너무 혼잡했기 때문이다. 거기는 내일 강연을 듣고 난 후에 가보자고 모모는 생각한다. 돌아가기 전에, 라고.

호텔 방으로 돌아오자 마음이 놓였다. 창문으로 바다가 보이는 이 오래된 호텔은 요코하마에서 숙박이 포함된 학회가 있을 때마다 찾는 모모의 단골 숙소다. 하지만 혼자 묵는 건 처음이었다. 지금까지는 늘 이시와가 일을 마치고 달려와주었다.

6년이란 결코 짧은 세월이 아니다. 지금 자신이 있는 이 방과 똑같은 방에서, 이시와 곁에서 눈을 뜬 많은 아침을 모모는 기억한다. 룸서비스로 둘만의 아침 식사를 즐기기도 하고, 일부러 중화거리까지 나가 튀김빵이 들어간 죽이며 족발을 먹기도 했다. '포인트'를 노린 학회에는 작년까지 데이트도 딸려 있었던 셈이다. 이곳 거리는 연인들이 산책하기에 안성맞춤이라고 모모는 생각한다. 밤늦게까지 놀았다. 유서 깊은 클럽에서 재즈를 듣거나 우연히 발견한 바에서 다트에 흥을 올리기도 했다. 이시와는 다트 솜씨가 좋았다.

오후 다섯 시. 창밖은 아직 밝다. 모모는 욕조에 물을 받는다. 우선 목욕을 하고 나서 저녁 먹으러 시내로 나가자고 생각한다. 호텔 레스토랑에서 해결해버리면 간단하지만, 그래서는 안 될 것 같은 기분이 들었다. 억울하달까, 한심스럽달까.

싫다. 엄마라면 그렇게 말할 게 뻔했다.

"밤에, 혼자서 외식을 하다니, 엄마는 절대 싫다. 말도 안 돼."

엄마의 말투를 흉내 내며 소리 내어 말하자 투지가 샘솟았다. 밥 생각은 별로 없었지만 목욕을 하고 나면 배가 고플지도 모른다.

잠에서 깨자마자 사바사키는 히비키를 생각했다. 사바사키가 예상한 대로 딱 들어맞는 벽돌색 레이스업 부츠를 신은 히비키는 어제 전시회장 거울 앞에서 "말도 안 돼"라느니 "뭐야"라느니 중얼거리며 아이처럼 제자리걸음을 했다. 그러고 나서 "봐봐, 이거, 좀 어울리지 않아?" 하고 말했다. 기뻐한다기보다 단순히 놀란 얼굴로. 귀여웠다고 사바사키는 생각한다. 엄청 귀여웠다.

흐린 하늘이다. TV를 켜고 샤워를 한다. 벌써부터 히비키가 보고 싶었다. 정보 프로그램의 음성으로 시간을 가늠하면서 우유를 마시고 양복을 골라 걸쳤다. 재빠르게 머리를 매만진다.

창문을 닫고, TV를 끄고 방 안을 둘러본다. 남자 혼자 사는 것치고는 구석구석 손길이 닿아 있다고 자부하는 방이다. 하긴, 하고 사바사키는 생각한다. 하긴 그건 남자 혼자 살림이기 때문에 유지되는 종류의 청결함이기도 하다, 라고. 원룸이지만 거실 겸 부엌 공간은 꽤 넓다. 가구는 최소한의 것만 갖춰두었고, 보이지 않는 수납을 선호하다 보니 방 안이 휑해 보인다. 그런 모습이 사바사키에게는 안정감을 준다. 부모님이 사는 본가까지 전철로 한 정거장(걸어도 20분)밖에 안 되다 보니, 사바사키는 이 방에서 요리를 해 먹는 일이 일절 없다.

따라서 찬거리를 사다놓는 일도 없다. 다만 쓰레기통은 각별히 신경 써서 크고 기능적인 것을 거실과 부엌 공간에 하나씩 놓아두었다. 쓰레기는 바로바로 버린다. 그렇게 하면 방이 어질러질 일이 없다.

그렇듯 깔끔하게 사는 방에 사바사키는 한 번도 여자를 데려온 적이 없다. 데려오지 않기로 정해두었다.

문에 달린 자동잠금장치를 열고 밖으로 나오자 바람이 선뜩했다. 오랜만이라고 사바사키는 생각한다. 이런 공기는 정말 오랜만이다.

"비 와요."

나카가와 씨가 말했다.

"그래?"

에이스케는 이제 막 진료를 마친 환자의 진료 기록 카드를 넘기며 짧게 대답했다. 클리닉 안은 조용하다.

"비?"

접수대에서 오오타 씨가 묻는다.

"응. 방금 아래층에 내려갔다 왔는데 쏴 — 하고 퍼붓듯이 내리고 있어서 깜짝 놀랐어."

에이스케는 그런 비가 엄청 마음에 들지만 이곳에 있으면 바깥 상황을 전혀 알 수 없다. 사무 공간 옆에 조그맣게 길쭉한 창이 나 있긴 하지만 폭이 좁은 데다 유리가 더러워서 잘 보이지 않는다.

"오늘은 더 이상 예약 환자도 없어 보이니, 뭣하면 그만 다들 퇴근 해도 돼요."

관대한 면을 보이려 말해보았으나 오히려 원성을 샀다.

"네—? 아직 네 시예요."

"쫓아내지 말아주세요, 이런 장대비 속에."

위급한 환자를 대비해 출장 왔지만 원장이 없는 오늘, 환자는 많지 않았다. 상근 의사인 시노다만으로도 충분했을지 모르지만 에이스케는 이따금씩 모모의 환자를 진료하는 것이 좋았다. 환자의 입속을 보면 치과의의 실력을 알 수 있다. 모모의 실력은 에이스케가 보는 한(물론 에이스케 자신에게는 아직 못 미치지만) 꽤 훌륭했다.

"밖의 날씨, 반소매로는 쌀쌀할 정도였어."

"에—? 진짜?"

여자아이들은 떠들썩하다.

"이대로 시원해지면 좋을 텐데."

지금은 보통 한 주에 한 번 꼴로 나오는 비상근이지만, 매일 이곳에 나와 있던 무렵과 다를 바 없이 에이스케는 이곳을 자신이 있을 장소라고 느낀다. 그런 의미에선 자택 이상으로 자신의 집이라고. 여자아이들 중 한 사람은 신입이고 고참들도 개인적으로 그리 잘 아는 건 아니지만, 그래도 역시 정겹다.

에이스케는 오늘 저녁, 예전에 어울리던 동료들과 술을 마실 예정이다. 2층에 있는 마작방 경영자라든지, 지금은 옆 동네로 이사했지만 전에 같은 건물의 임차인이었던 영화배급사 사람들이라든지.

"어머나, 잘됐네."

유키는 그렇게 말하고 배웅해주었다.

"옛 긴자의 신사 연합회네요"

하고.

전화벨이 울렸다.

"아, 모모 선생님. 수고가 많으세요."

나카가와 씨가 예의 지나치게 또랑또랑한 목소리로 말했기에 딸이 건 전화임을 알았다.

"큰 선생님, 모모 선생님이 학회 마치고 이제 전철에 오르는 길이라는데 여기 들르는 게 낫겠냐고."

"아니, 됐어요, 오지 않아도."

에이스케는 느긋하게 대꾸한다.

"아무 문제없다고 전해요."

네에, 하는 밝은 대답을 들으며 에이스케는 책상 위에서, 이전엔 없었던 작은 유리 접시를 발견한다. 모모가 매일 아침 빼놓는 반지며 시계를 놔두기 위한 접시라는 것을 에이스케는 알지 못했지만, 지금은 머리핀이 하나 달랑 놓여 있다 보니, 어릴 적 딸의 소꿉놀이며 인형놀이며 공기놀이가 연상되면서 왠지 모르게 흐뭇한 기분이 들었다.

사바사키로부터 전화가 걸려왔을 때 히비키는 큰 냄비에 카레를 끓이면서 작은 냄비에 토란과 오징어를 조리고 있는 참이었다. 전자는 저녁 식사용, 후자는 부부의 반주용이고, 이제 샐러드만 만들면 되는 거였다.

"와버렸다"

라는 것이 사바사키가 한 말이고, 무슨 뜻인지 몰라 되물었다.

"보고 싶어서 와버렸다."

히비키의 귀가 멀쩡하다면 분명히 그렇게 들렸다. 사바사키는 밖에 있는지 빗소리가 거세고, 집 안은 TV 소리가 시끄럽고, 하지만 그 이상으로 지금 들은 신경 쓰이는 말 탓에 동요가 일었다.

"에? 뭐라고 했어? 어디 있는데?"

그렇게 묻고 난 후에도 뭐라는지 대답을 잘 알아들을 수가 없었다.

"잠깐만."

작은 냄비만 가스 불을 끄고, 침실로 이동하면서 자신이 소곤대고 있는 듯하여 아이들의 시선이 신경 쓰였다.

사바사키는 근처까지 왔다고 했다. 일이 일찍 끝난 데다 히비키 짱 얼굴이 보고 싶어서, 라고.

"뭐야아, 그게."

그렇게 말하고 히비키는 웃으려고 했지만 목소리가 잠겼다. 전에 만났던 패밀리 레스토랑으로 나와줘도 좋고, 내가 그리로 찾아가도 좋으니 여하튼 얼굴이 보고 싶다고 사바사키는 말했다.

"별것 아니지만 선물도 사왔고."

"내 얼굴 따위 봐서 뭐 좋을 게 있다고."

화를 내며 아줌마답게 대답했지만 스스로도 목소리가 묘하게 들렸다.

"좋지요. 보고 싶은걸."

반론할 방법이 없지 싶었다.

그리고 지금 사바사키는 여기 와 있다. 어질러질 대로 어질러진 맨션의, 6인용이라서 히비키가 예비 스툴에 앉으면 손님 한 사람 정도는 껴 앉을 수 있는 식탁에 남편과 아이들과 함께.

붙잡은 건 히비키였다.

"남편분 오시기 전에 갈 거예요."

사바사키는 그렇게 말했지만,

"모처럼 왔으니 하야토도 만나보고 가요"

하고, 히비키가 말했다. 하야토 입장에선 자신이 없는 사이에 아내를 만나러 남자가 왔다 갔다는 걸 알게 되는 것보다 함께 손님을 맞이하는 편이 바람직할 것 같아서였다.

"그럼, 그 사람이랑 만나기 전까지는 구두에 전혀 흥미가 없었어요?"

오늘 밤 하야토는 기분이 좋다. 본래 여자와 마시기보다 남자끼리 마시는 걸 더 좋아하는 사람이다.

"재밌네. 하지만 인생이란 게 원래 그런 계기로 달라지기도 하는 거니까"

하고 연신 감탄해 보인다.

"점점 기대되는걸. 어제 이 사람이 샀다는 내 구두."

어제는 분명 즐거웠다고 히비키는 생각한다. 저녁나절, 독채형 레스토랑 같은 그 건물 안에는 기울어가는 해가 비쳐 들고 있었다. 주변은 온통 거울 천지인 데다 쿵쿵 탁탁 바닥을 울리는 구두 소리는 수도 없이 들려오고. 사바사키가 골라준 레이스업 부츠는 자신이 봐도 깜짝 놀랄 만큼 잘 어울리고 게다가 걷기도 편했다(그 후, 가격에 또 한 번 놀랐지만). 일반 고객은 히비키 말고는 없는 듯했다. 'GUEST'라고 매직펜으로 큼직하게 적어놓은 스티커를 붙이고 있는 사람이 달리 눈에 띄지 않았으므로. 프레스*니 바이어니, 잘 알진 못하지만 업계 사람들 같아 보이는 이들만 잔뜩 있었다.

"왜 그렇게 생각하는데요?"

그것이 사바사키가 한 말이었다.

"나, 어쩐지 못 올 데를 온 것 같아."

히비키가 무심코 그렇게 중얼거렸을 때의 일이다. 깊이 생각하고 한 말은 아니었다. 조심스럽달까 주눅이 든달까, 여하튼 뭔가 말해야 할 것 같은 기분이 들었다.

"히비키 짱은 고객이니까 좀 더 거드름을 피워야 해요."

거드름을 피우라는 말이 우스워서 웃어버렸지만,

"상품은 전부 고객을 위해 만들어지는 거고, 프레스도 바이어도 모두 고객 한 사람 한 사람에게 가닿기 위해 여기 있는 거니까"

라는 말을 들었을 때는 왠지 감동했다. 히비키도 결혼 전에 잠깐 회사에 다니던 시절이 있었다. 그런 시절은 있었지만, 그 무렵의 자신이 지금의 사바사키처럼 진지하게 일과 마주하고 있었던가, 생각하고 말았다. 뭐, 생각할 것도 없이 그렇지 않았지만. 하야토와 이미 결혼

---

*   사진을 찍거나 기사를 쓰기 위해 온 잡지 및 신문 기자들.

223

을 약속한 터였고 그때까지의 '공백'을 메울 셈으로 취직했다. 그리고 2년 반 후에 임신을 하게 되면서 이른바 '결혼 퇴사'를 한 것이다.

"그야, 올블랙스가 위일걸?"

하야토가 말하고,

"그래도 전 왈라비스가 좋습니다"

라고 사바사키가 말한다. 화제가 럭비로 옮겨간 모양이다.

"이제 저리로 가도 돼?"

료가 물었다. 어른들만의 대화가 따분한 거다.

"노카도 데려가렴."

히비키가 대답한다. 미쿠가 맨 먼저 자리에서 일어났다. 하야토를 빼닮아 스포츠 관전광으로 커가고 있는 유우키는 식탁 앞을 떠날 기미가 보이지 않는다.

"맞다, 경단."

생각이 나서 히비키는 말했다. 사바사키가 아이들에게 줄 선물인 듯한 경단을 사온 것이다.

"지금 차 끓일 테니 경단 먹고 가렴."

"네 ― 에."

료가 대답하고,

"필요 없어"

라고, 미쿠가 대답한다. 히비키는 부엌에 서서 주전자에 물을 담아 불에 얹었다.

"그래도, 그래도, 퀘이드 쿠퍼보다 다니엘 카터가 스탠드오프로서는 우위죠?"

유우키가 신바람이 나서 이야기하는 소리가 들렸다.

요우는 지금 유방암 투병 중인 여성에 관한 르포를 쓰고 있는 참이
라며 담당 편집자와, 담당은 아니지만 친하게 지내는 또 다른 여성
편집자, 그리고 전에 만난 적이 있는데 누구인지 모모는 기억나지 않
는 젊은 여성과 함께 병원에서 여성이 느끼는 굴욕감에 대해 이야기
하고 있다. 무신경한 의사라든지 주변 사람의 조심성 없는 발언이라
든지.

TV 화면에서 소리를 죽인 미국 영화가 흘러나오고 있다. 요우가
말하길 'BGM 대신'이라지만, 소리를 죽였는데 어째서 BGM 대신
인지 솔직히 모모로서는 이해가 가지 않는다. 그래도 '맘모그래피'
니 '촉진'이니 '실리콘 소재로 된 새로운 유방의 성능' 같은 이야기
보다는 나아서 TV 화면을 멍하니 바라보고 있었다. 영화는 완전히
코미디물로, 아마도 「폴리스 아카데미」이겠거니 싶었다. 제복 경찰
이 이렇게 많이 나오는 코미디 영화가 달리 또 있다면 몰라도.

모모가 시부야역에 도착한 때는 다섯 시 전이었다.

오늘 저녁에 만날 수 있어?

사바사키에게 그런 메시지를 보냈다. 비가 내리고 모모는 우산을
갖고 있지 않았다. 그대로 집에 들어가고 싶지 않아 요우네로 왔지만
사바사키한테선 답신이 없고, 대신하듯 히비키가 보낸 메시지가 도
착했다.

'지금 집에 사바사키 와 있어. 모모 너도 와. 이미 퇴근했지?'

라는.

"모모 짱, 정기검진 제대로 받고 있어?"

묻기에,

"받고 있어요, 물론"

하고 대답하자,

"언니한테도 받으라고 좀 해. 이 사람 통 신경을 안 쓴다니까"

라는 말이 돌아왔다.

"조기 발견이 중요하다느니, 신뢰할 수 있는 '마이 닥터'를 찾으라느니, 글은 잘도 쓰면서."

"그야, 일이니까."

요우가 말했다.

"일로서 쓰는 거랑 사생활은 별개야."

세 병째 와인이 비워지기 전에 돌아가자고 모모는 생각한다.

"비, 아직 오나?"

중얼거리고, 병에 든 아티초크오일절임(오늘 저녁 손님 중 누군가가 손수 만들어 온 선물)을 하나 집어먹는다.

파란 티셔츠(왼쪽 가슴 위치에 작고 하얀 히비스커스 꽃무늬가 들어가 있는)에 부드러운 타월지로 된 멀티컬러 줄무늬 롱스커트. 그것이 오늘 저녁 히비키의 복장이며, 그 평상복의 수위 — 랄까, 실내복 느낌 — 에 사바사키는 압도당하고 만다. 이곳이 자신의 영역인 자택

이자 곁에 남편도 있으니 안심하는 것일 거라고 사바사키는 생각한다. 어제 본, 아마도 외출용이라 짐작되는 원피스 차림의 히비키보다 훨씬 무방비하고 생생하다.

"그럼, 아직 결혼 생각은 없다?"

하야토 말에 사바사키는 고개를 끄덕였다.

"예에, 아직은."

밤 열한 시가 지나고, 이 집 거실은 이제야 어른들만의 공간이 된 참이다.

"그렇구나, 젊네."

하야토는 무언가를 투덜거리는 투로 말하고, 미즈와리의 얼음을 달그락거렸다. 힘이 아주 세 보이는 외모와 달리 술은 세지 않은 듯하다.

"하지만, 모모는 이제 그리 젊지 않으니까 생각을 해줘야지."

히비키가 그렇게 말하고, 남편의 잔을 집어 물을 더 따라준다.

"어라? 술은? 술도 넣어줘."

사바사키는 새삼 하야토를 바라본다. 히비키 짱의 남편. 만나는 건 두 번째지만 눈앞의 남자에 대해 아주 많은 것을 알게 된 기분이다. 운송회사에 다닌다는 것, 자이언트 팬이며 올블랙스 팬이라는 것, 젊었을 적 폭주족 — 이건 히비키 말이고, 당사자 말로는 '무리 지어 다니지 않았기에 단독 폭주남' — 처럼 하고 다녔다는 것. 갈비를 좋아한다는 것, 신발 사이즈가 270(이탈리아식 표기로는 44)이라는 것, 지금도 복근 운동을 쉬지 않고 2백 회는 할 수 있고, 팔굽혀펴기는 한쪽 팔만으로도 가능하다(본인 이야기)는 것, 저음의 꽤 좋은 목소리를 지니고 있으며 아내를 '히비키'라 부른다는 것. 말수가 많은 사람이기도 해서, 직장 내에 '우치다'라는 이름을 가진 사람이 있다는 거며 숙부가 택시 운전을 한다는 것까지 알아버렸다.

그와는 반대로─. 이 집에서 내주는 미즈와리는 약해서 조금도 취하질 않기에 말똥말똥한 머리로 사바사키는 생각한다. 그와는 반대로 자신은 히비키에 대해 아직 아무것도 아는 게 없다, 라고.

"그래도 좋지. 뭐, 젊다는 건 그것만으로도 다양한 가능성이 있다는 거니까."

질리지도 않는지 같은 말을 읊조리는 하야토에게 동정을 느끼고, 사바사키는 내심 기묘한 기분이 들었다. 동정? 히비키 짱과 살고 있는 남자이므로 부러워해도 모자랄 판에.

"잠깐 실례할게요."

히비키가 바로 옆의 부엌으로 이동했다. 타월지에 싸인 풍성한 둔부에 눈을 빼앗긴다.

"내일 도시락 준비를 해야 해서."

"아, 그럼 전 이만 가보겠습니다."

자리에서 일어나 술잔과 젓가락을 싱크대로 가져간다. 돌아본 히비키는 명백히 한시름 덜은 표정을 하고 있었다.

"집이 어수선해서 미안해요."

그렇게 진심으로 미안한 듯이 말한다. 저녁나절에 하고 있던 옅은 화장은 시간의 흐름과 습기와 술로 인해 하나도 남아 있지 않았다.

지워진 걸까. 아니면 날아갔다? 어떤 게 옳은 표현인지 알 수 없었지만 어찌됐든 히비키의 피부는 혈색이 좋고 반들반들했다.

"아직 전철이 다니려나."

그렇게 말한 하야토는 이미 자리에서 일어난 후로, 배웅할 태세임을 알 수 있었다.

"잠깐만, 잠깐만."

히비키가 찬장 아래 문을 급하게 연다.

"죄송합니다, 궁둥이가 너무 질겨서."

사과한 사바사키에게 하야토는 기분 좋은 미소로 화답했다.

"괜찮아요, 또 와요, 즐거웠으니까. 말이 나와서 하는 말인데, 평소에는 걸즈 토크가 돼버리거든, 이 사람이랑 모모 쨩의."

그 뒷부분은 목소리를 낮춰 말했다.

"이거 가져가요, 이거."

히비키가 바스락바스락 소리가 나는 꾸러미를 현관에서 건넸다.

"전병."

사바사키의 가슴에 꾸러미를 거의 떠안기다시피 하면서 작은 소리로 설명하고, 만족스럽게 생긋 웃는다.

"아니, 됐어요, 이러지 마요."

그렇게 정색을 하고 마다할 정도의 일은 아니었다고 나중에 깨닫지만, 사양이라기보다 불의의 습격을 당한 듯한 놀라움에 사바사키는 그만 뒷걸음질을 쳤다. 사바사키는 기본적으로 간식을 즐기지 않는다. 히비키가 왜 자신에게 전병을 주려고 하는지 알 수 없었다.

"괜찮아요, 괜찮아."

히비키는 여전히 싱글싱글 웃고, 사바사키는 결국 그것을 받아 드는 수밖에 없었다.

히비키와 하야토는 둘이 같이 맨션 복도까지 나와 배웅해주었다. 히비키는 두 손을 흔들었다. 그 작은 손을 팔랑팔랑.

엘리베이터에 오르고 문이 닫히기 무섭게 히비키가 그리워졌다. 기묘하다고밖에 말할 수 없는 일이다. 남편도 자식도 있는 여자, 헤어지기에 앞서 전병을 주는 여자—. 그리고 깨닫는다. 이 건물의 그 집에서, 마치 그곳밖에 있을 곳이 없는 것처럼 살고 있는 그녀를 아무도 이해하지 못한다는 것이 사바사키는 화가 났던 거다. 발길을 돌려 끌고나와 바깥을 보여주고 싶었다. 괜찮다고 말하고 싶었다. 뭐가 괜찮은지는 둘째 치고, 그래야만 하기 때문에 괜찮다고.

바깥에 나와 휴대전화를 확인한다. 부재중 전화 두 통 중 한 통, 메시지 네 통 중 한 통이 각각 모모에게서 온 것이었다.

찜찜한 기분을 떨쳐내기 위해서라도, 라고 모모는 생각했다. 찜찜한 기분을 떨쳐내기 위해서라도, 다시 걸어 용건을 묻는 게 낫지 않을까.

요우네 집에는 다시금 손님이 늘고, 유방암에서 1인 노후로 화제가 옮겨가는가 싶더니 유품 정리니 묘지 가격이니 하며 한층 어둡고 가라앉은 분위기가 조성되기에 모모는 도망쳐 나왔다. 맨션에 돌아오자 자동응답 전화기 램프가 깜빡이고 있어서 눌러보니 이시와의 목소리가 흘러나왔다.

　모모는 어젯밤에 묵었던 호텔 방을 떠올리고 만다. 쓸쓸하다기보다 따분했던 체류를. 같은 장소가 이전과는 완전히 다른 느낌으로 와닿았다. 방을 나와 프런트로 내려가는 그 짧은 거리마저 혼자 걷자니 길게 느껴졌다.

　이시와에게 새 여자 친구가 생겼다고 들은 게 언제였더라. 4월인가 5월, 아직 더워지기 전이었다. 모모는 재생 버튼을 다시 한 번 눌러본다. 용건 녹음, 한 건, 째, 오늘, 오후, 아홉 시, 팔 분. 인공적인 여성 목소리에 이어 삐— 하고 작지만 귀에 거슬리는 소리가 난다.

　모모? 나. 자꾸 미안한데(희미한 웃음소리, 아니면 콧김), 전화 줄 수 없을까. 몇 시든 상관없으니까.

　다시 한 번 들었다.

　모모? 나. 자꾸 미안한데(잡음), 전화 줄 수 없을까. 몇 시든 상관없으니까.

　차분하고 명료한 목소리도 말투도 모모의 기억에 있는 그대로였다. 헤어진 지 1년이나 지났는데 이 방에서 이시와의 목소리를 듣는 게 무척 자연스럽게 느껴졌다. 다시 한 번 재생 버튼을 누르려는데 바로 옆에서 휴대전화가 진동하고, 흠칫 놀라 모모는 손을 도로 물린다. 그 작은 기계를 응시한 채 그것이 네 번 진동할 동안 움직일 수가 없었다.

　이시와이길 순간 바란 듯한 기분이 들었다. 하지만 사바사키였다.

　"미안, 전화 전혀 몰랐어."

모모가 전화를 받자 서두 — 이름을 댄다거나 상대가 모모임을 확인한다거나 — 없이 그렇게 말했다.

"학회는 어땠어?"

무사히 종료, 라고 모모는 대답한다. 확실하게 포인트를 벌어왔지, 라고.

"다행이네."

사바사키의 목소리는 밝다. 오늘 저녁에 만날 줄 알았는데. 그 말을 모모는 삼킨다. 약속했던 건 아니니까.

"전시회는?"

대신 그렇게 물었다. 밝은 목소리를 내려 애쓴다.

"무사히 종료."

사바사키는 같은 말을 사용했다.

"성황이었어. 히비키 짱도 와줬고."

어제도 만나놓고 오늘도 만났어? 그렇게 물어버리지 않도록 모모는 입을 다문다.

"모모 짱, 이미 집?"

"응, 좀 전에 들어온 참이야. 요우 언니네 있었어."

보고 싶다고 하면 사바사키가 와줄 거란 건 알고 있었다. 밤이 깊었으니 와서 자고 가겠지. 하지만 왜인지 그렇게 말하고 싶진 않았다.

"보고 싶었는데."

그래서 과거형으로 말했다. 부탁하는 게 아니라 사실을 보고하는 거다, 그렇게 생각하려고 하면서,

"오늘 밤, 사바사키 많이 보고 싶었는데"

라고.

그럼 지금 갈게. 평소의 사바사키라면 그렇게 대답할 터였다. 아니면 응, 나도 보고 싶었어, 라고.

"왔으면 좋았을 텐데."

사바사키는 그렇게 말했다.

"히비키 짱, 보고 싶어 했어."

모모는 귀를 의심했다. 옥쇄.* 그 말이 머리에 떠올랐다.

"흐음."

모모는 서운하다기보다 단지 기분이 상한 척 말한다.

"적어도 히비키는, 날 보고 싶어 해주었네."

사바사키는 짧게 침묵하고, 놀랍게도 진지한 목소리로 대답했다.

"응. 보고 싶어 했어."

---

* 玉碎. 명예나 충절을 위하여 깨끗이 죽는다는 뜻.

11월

"여 ─ 행?"

저도 모르게 목소리가 커졌다.

"나한테 무섭게 굴지 마."

상복 차림인 아내가 말한다. 장모의 일주기 법요를 마치고, 참석한 친척들과 다 같이 근처 식당에 들어온 참이다.

"왜 굳이 이 시기에 가는데? 오늘 일 알고 있으면서, 미운 짓을 골라 하는 것도 아니고."

목소리는 낮췄지만 하야토는 화를 숨기지 못하고 말했다.

"내가 어떻게 알아."

히비키는 남편에게 등을 돌리고 아이들이 벗어놓은 신발을 간추려 놓으면서 대답한다. 자신이 벗은 신발 정도는 직접 정리하도록 시켜야 한다고 하야토는 생각했지만 입 밖에 내진 않았다. 자신도 정리하지 않은(물론 히비키가 정리했다) 것이 생각났기 때문이다.

"비상식적이잖아."

발 밑으로 다다미를 삐걱거리며 방 안쪽으로 들어가면서 말을 이었다. 장모의 말년 동거인이었던 야마구치라는 남자가 하야토로서는 영 수상쩍다. 애당초 그 집에 눌러사는 것 자체가 이상하다.

"따로 추모하고 싶대. 나쁠 것 없잖아."

반투명 유리 너머로 옅은 해가 비쳐들고 긴 테이블 위에는 병맥주와 우롱차, 그리고 오렌지주스가 이미 차려져 있다.

"이보게, 하야토."

히비키의 숙부 내외가 말을 걸었다.

"우린 어디 앉으면 될까."

"아, 뭐 적당히 앉아주세요."

하야토는 대답하고 나서 자신도 적당히 자리를 잡고 앉는다. 도코노마*를 등진 상석에는 장모인 카즈에 씨의 영정과 위패가 놓여 있다.

"벌써 1년이라니, 빠르네."

친척 중 누군가가 말하고,

"그때는 정말 너무 갑작스러운 일이라 경황도 없었지만"

하고, 또 다른 누군가가 말한다.

절에서 올리는 독경은 다행히 정좌는 아니고 기다란 걸상처럼 생긴 나무 의자에 나란히 앉아 듣는 양식으로 되어 있어서 하야토는

---

* 일본식 방의 바닥을 한층 높게 만든 곳으로, 벽에는 족자를 걸고 바닥에는 꽃이나 장식물을 꾸며놓는다.

안심했다. 널찍한 마루방은 창을 전부 활짝 열어놓은 덕에 바람이 드나들어 기분 좋았다. 선향 냄새가 났다. 현란하다는 말이 딱 어울리는 선명한 색채의 휘장이 중앙에 쳐져 있고, 그 안쪽에서 스님이 목어를 두드렸다. 하야토는 딱히 신심이 깊은 성향은 아니지만 독경을 듣는 동안 기분이 평온해졌다. 잘 떠들고 깔깔깔 잘 웃는 사람이었던 카즈에 씨가 '성불했다'는 것이 느껴졌다.

"하야토 군, 인사, 인사."

재촉에 자리에서 일어난 하야토는 모여주신 것에 대한 감사의 말을 간략히 전했다. 자신보다 고인을 훨씬 더 잘 알아 '카즈에 씨'가 아니라 '카즈 짱'이니 '언니' 등으로 부르는 사람들 앞에서 인사말을 하자니 묘한 기분이 들기도 했지만 달리 어쩔 도리가 없다. 송화당 도시락이 나눠지고, 잔마다 술이 따라지고, 헌배를 했다. 잘 우는 아내는 일찌감치 눈이 충혈된 채 웃고 있다. 그래도 장례식 때와 달리 자리가 밝다. 추억담이며 세상 돌아가는 이야기며 때때로 피어오르는 웃음소리 따위가 어우러져서.

"역시 왔어야 하는 거 아냐?"

하야토는 좀 전의 이야기를 다시 끄집어냈다.

"예의란 게 있는데."

히비키는 고개를 갸웃한다.

"그러게. 나도 오길 바랐는데."

중얼거리다 입을 다물더니, 갑자기 얼굴을 들어 하야토를 보고 말한다.

"그런데 하야토, 야마구치 씨한테 무슨 말, 했지? 뭔가, 오지 말라는 듯한 말을."

"안 했어. 그런 말 할 까닭이 없잖아."

그 점에 대해선 자신이 있었다. 오지 말라고, 생각은 했어도 말로 하진 않았다.

"진짜?"

아내는 의심하는 눈치다.

"그렇다면 다행이지만."

입으로는 그렇게 말하면서 하야토한테서 눈을 뗐다.

"엄마, 이거 봐."

아내의 맞은편에서 노카가 자기 양말을 가리킨다.

"귀엽네. 물고기네?"

아내가 받아준다. 노카는 새 양말 — 작은 물고기가 수놓아져 있다 — 이 어지간히 마음에 드는 모양이다. 하야토에게도 오늘 아침부터 시도 때도 없이 보여주었다.

"그 도시락, 할머니도 먹는 거야?"

유우키가 묻고, 그 말인즉, 어차피 먹지 않을 거면 아까우니 자기가 먹겠다는 의미 같았다.

토요일. 맑긴 해도 공기가 차가워서, 이제 겨울이구나, 하고 요우는 생각한다. 주상복합건물 5층, 지압 살롱 옆이 모모의 치과클리닉이다. 얼마 전까지 아버지가 운영하던 클리닉이었다.

엘리베이터를 타고 올라와 어둑어둑한 통로를 걸어가자 여느 때와 다름없이 도어 스토퍼가 끼워진 채 문이 열려 있었다. 예전에는 이쯤만 와도 벌써 치과 냄새가 났는데, 하고 요우는 생각했다. 언제부터인지 그 냄새가 사라졌다. 마치 아주 평범한 맨션 방 같다.

"안녕하세요."

탈취기 성능이 강력해진 탓일까, 아니면 사용하는 약품이 달라진 걸까. 그런 생각을 하면서 접수대를 향해 인사했다.

"어머나! 언니."

나카가와 씨가 목소리를 높였다.

"모모 선생님, 언니 오셨어요."

당신 언니는 아닌데. 속으로 중얼거리며 안쪽의 응접 공간으로 들어갔다. 근처에 영화 시사회가 있어서 온 김에 여동생 얼굴이나 보고 가자 싶어 들렀을 뿐이지만, 이곳은 요우에게도 정든 장소다. 배타기排唾器가 내는 뽀골뽀골 소리가 들린다.

내주는 홍차를 마시며 기다리고 있자,

"어쩐 일이야"

하는 목소리와 함께 모모가 들어왔다. 하얀 가운 주머니에 양손을 찔러 넣고 있다.

"근처까지 온 김에."

요우는 대답하고, 얼마 전에 마거릿 밀러의 소설에서 읽은 흰 가운에 관한 묘사를 떠올렸다. 뭐였더라. '자칫 흰 가운 차림이란 것은, 평범한 젊은이와 구별 지어, 결코 화제로 삼고 싶지 않은 음침하고 불쾌한 것을 다루는 인물임을 나타낸다'나 뭐라나. 사고로 실명한 여성을 둘러싸고 펼쳐지는, 줄거리가 복잡하게 얽힌 소설이었다.

"토요일이고, 진료도 곧 끝나가지 않나 싶어서."

"거의 끝났지."

모모는 사무용 책상 앞 바퀴 달린 의자에 앉았다. 응접 공간과 사무 공간은 작지만 한 공간 안에 마련되어 있다.

"하지만 저녁엔 약속이 있어서."

휴대전화를 만지작거리면서 모모는 말을 잇는다.

"사바사키랑 만나는 거니까 같이 봐도 되지만, 그래도 좀 방해는 되지."

요우는 웃었다. 여동생이 이렇게 솔직한 말을 하는 상대는 자기뿐임을 알고 있었다.

"사양합니다."

대답하고 안심시켜주었다. 요우로서는 이해되지 않는 일이지만, 모모는 여전히 사바사키에게 열중하고 있다. 나라하시에게 듣자 하니, 당사자인 사바사키는 정작 유부녀인 히비키를 열렬히 짝사랑하는 중이라 하고, 모모도 그 사실을 알고 있는 데다 '어째서 히비키야'라며 투덜거리고 있다는데도.

"아, 엄마도 지금 긴자에 있어."

휴대전화 화면을 보면서 모모가 말했다.

"미나코가 문자를 보냈네. '어머니가 비젠 도자기 꽃병을 사주셨어요'라고."

요우는 상을 찌푸렸다. 엄마는 만나고 싶지 않다.

"여기 오기도 하나?"

자리에서 일어나 당장이라도 돌아갈 듯이 가방을 손에 쥐자, 모모가 어이없다는 듯이 쳐다봤다.

"골치 아픈 사람이긴 하지만, 물어뜯는 것도 아닌데 그렇게 겁낼 필요 없잖아?"

겁낼 것 같았다. 요우에게 엄마는 그 자체가 완벽한 공포다.

"그보다 모처럼 왔으니, 잠깐 볼까?"

"됐어."

단박에 대답했다. 무료로 진찰받을 수 있다는 건 분명 고마운 일이지만, 진찰받으면 어딘가 안 좋은 데가 발견될 게 뻔하고, 적어도 스케일링은 받게 되리란 것을 알고 있다. 요우는 스케일링이 싫다.

"어머나, 사모님!"

그때 나카가와 씨의 목소리가 들렸다.

"모모 선생님, 이번엔 어머님이세요오ー."

말끝을 늘려 즐거운 듯이 말했다.

아버지 차 뒷좌석에서 미쿠는 여동생의 발을 보고 있다. 차에 타면 바로 신을 벗는 습관이 있는 노카의 발은 조그맣고, 새로 산 하얀 양말에 감싸여 있다. 오늘은 신지 않았지만 같은 양말을 미쿠도 갖고 있다.

지난주 일요일, 유우키와 료와 노카는 엄마와 수족관에 갔다. 물론 미쿠에게도 같이 가자고 했지만 — 그렇다기보다 하마터면 억지로 끌려갈 뻔했다 —, 단호히 거절했다. 물고기에는 흥미가 없다. 게다가 수족관에는 사바사키도 갔다. 그건 좀 이상하지 않나?

"하지 마. 바람 들어와."

옆에서 창문을 연 유우키에게 미쿠가 말했다.

"어째서. 좋은데."

유우키는 같은 말을 부모님이 하면 따르면서 미쿠가 하면 무시한다.

"좋은데."

같은 말을 료까지 하더니, 미쿠를 타 넘어 불안하게 자리를 이동해 열린 창에 다가가려 한다.

"하지 마, 아파."

별로 아프진 않았지만 허벅지에 남동생의 다리가 부딪쳤기에 그렇게 말했다.

"유우키! 료! 조용히 해라."

굵은 목소리로 아버지가 나무라고, 유우키가 입을 삐죽 내민다.

"시끄러운 건 미쿠잖아."

료가 또다시 미쿠 위를 타 넘었다.

"너 때문에 야단맞았잖아."

유우키가 작은 소리로 말하고 미쿠의 장딴지를 발로 찬다. 이 차의 뒷좌석에 밀어 넣어지는 것이 미쿠에게는 늘 고통이다. 이곳은 집이나 마찬가지로 시끄럽고, 집보다도 비좁다. 료가 반대편 창문도 열었다. 그만 됐어, 하고 미쿠는 생각한다. 차고 싶으면 차고, 창문을 열고 싶으면 열라지.

"미쿠!"

조수석에서 엄마가 째지는 목소리를 냈다.

"노카랑 료가 몸 내밀고 있는 거 안 보이니? 위험하니까 창문 닫아."

"내가 연 거 아니야."

미쿠가 말했다.

"난 아까 닫으라고 유우키한테,"

끝까지 말할 틈을 주지 않았다.

"됐으니까 닫아. 혹시라도 막내가 떨어지면 어쩌려고 그러니?"

미쿠는 노카의 양 옆구리에 손을 끼워 넣고 자기 쪽으로 끌어당겼다. 옆에 깊숙이 앉힌다. 유우키와 료가 말없이 각자 앉은 쪽의 창문을 닫았지만, 돌아본 유우키가 히죽 — 명백히 '꼴좋다'라는 감정을 담아 — 웃는 것을 봤을 때에는 화가 난 나머지 토할 것 같은 심정이되었다.

"정말이지."

엄마는 엄마대로 화가 나 있다.

"차에 가만히 앉아서 가는 게 그렇게 어렵니? 다른 날도 아니고, 할머니 기일인데."

엄마의 무릎 위에 카즈에 씨 — 할머니는 손주들에게도 자신을 그렇게 부르도록 했다 — 의 사진이 든 커다란 액자가 얹혀 있다. 카즈에 씨가 여기 있었다면 엄마를 야단쳤을지도 모른다고 미쿠는 생각한다. '그렇게 아무 말이나 툭툭 내뱉지 마라.' '히비키 너는 왜 그리 금세 감정적이 되니?' 그렇게 말하며 미쿠를 감싸주었던 적이 많았다. 하지만 돌아가시고 말았다.

고개를 숙이자 다시 여동생의 발이 눈에 들어왔다. 파란 물고기가 수놓아진, 미쿠 자신도 갖고 있는(하지만 신을 마음이 나지 않는) 양말의 하얀색이 서서히 번진다.

비젠 도기와 하기 도기. 두 도공의 전람회는 그저 그랬다. 어느 작품이고 나쁘진 않았지만 시선을 빼앗겼다고 할 정도도 아니다. 그래도 한 점 구입한 이유는 늘 정성 어린 안내장 — 인쇄된 엽서지만, 여백에 예쁜 손 글씨로 '어떻게 지내세요?' 하고 유키를 걱정하는 말이며 계절 인사가 반드시 곁들여져 있다 — 을 보내주는 미나코에 대한 고마운 마음 때문이었다. 미나코라는 아이가 특별히 우월하다고는 생각하지 않지만, 안부 전화 한 통 없는 두 딸에 비하면 역시 훨씬 예의 바르고 세세한 데까지 마음 쓸 줄 아는 좋은 아가씨라고 인정하지 않을 수 없다. 게다가—. 신용카드 전표에 서명하면서 유키는 생각한다. 게다가 윤기 나는 차분한 흙색 — 빛을 받는 정도에 따라 적갈색으로도 홍갈색으로도, 회색에 가까운 검정으로도 보인다 — 꽃병은 유키가 정성을 기울이고 있는 정원의 들꽃과 잘 어울릴 터이다.

"여긴 조용하네."

작은 스툴에 앉아, 내준 녹차를 마시면서 말했다.

"뒷길이라서요."

미나코는 대답하고 미소 짓는다.

"이후에는 모모 짱한테 가시나요?"

묻기에 유키는 그만 한숨을 흘렸다.

"글쎄, 어떻게 할까."

에이스케가 나와 있는 날이라면 가겠지만—.

"가봤자 거북해할 뿐이라서."

쓴웃음 섞인 말에 미나코는,

"설마요"

하고 슬픈 목소리를 냈다.

"그럴 리 없어요. 여기까지 왔다가 그냥 가시면, 모모 짱 틀림없이 화낼 거예요."

그 말을 믿은 건 아니다. 아니, 전혀 믿지 않았지만 타당한 의견이라고 생각했다. 에이스케의 아내이자 모모의 엄마인 자신이 눈치 볼 이유는 없을 터. 과자라도 사들고 가서 일하는 여자아이들에게 건네주자고 마음먹는다.

"그러고 보니."

미나코가 말했다.

"우리 오빠, 기뻐하고 있어요. 모모 짱이랑 다시 만나게 돼서."

"그래?"

유키는 스스로 생각해도 얼빠진 목소리로 물었다.

"네."

미나코는 생긋 웃는다. 왜 그런지 만족스러워 보인다.

"어머나, 언제부터?"

물었지만 시기 따위가 문제는 아니었다.

"전혀 몰랐네?"

그래서 대답을 기다리지 않고 그렇게 말했다.

모모가 '이시왓치'라고 불렀던 남자를 유키는 그럭저럭 마음에 들어 했다. 하긴 에이스케 같은 남자를 반려자로 둔 자신에겐 그럭저럭 이상으로 마음에 드는 젊은 남자가 있을 리 없고, 다시 말해 유키한테서 얻을 수 있는 최고의 평가가 바로 '그럭저럭'이며, 그 남자와 모모가 다시 만나기 시작했다는 건 좋은 뉴스였다. 당연히 결혼할 줄 알았다. 헤어졌다고, 어느 날 갑자기 선언할 때까지만 해도.

"물건은 이번에도 택배 편으로 보내드릴게요. 전람회 끝나면 바로."

미나코의 배웅을 받으며 화랑을 나왔다. 초겨울 햇살은 약하지만 아름답다. 유키는 긴자라는 거리가 좋다. 추억이 많다. 학창 시절에는 에이스케와 자주 이 거리에서 영화를 봤다. 핫토리 — 지금은 그렇게 부르는 사람도 얼마 없지만 — 시계탑 아래에서 만났다. 유키와 에이스케는 따로 결혼식이란 건 하지 않았지만, 양가 가족이 모여 식사를 하고 축하를 나눈 곳도 이 거리였다.

유서 깊은 양과자점에서 이것저것 섞어 담은 과자 세트를 사들고 클리닉에 도착했을 때는 네 시가 지나 있었다. 삐걱거리는 엘리베이터를 타고 5층에 올라가자, 예의 시끄러운 접수 담당 아가씨가 맞아 주었다.

"어머나, 사모님!"

나카가와 — 라는 이름이었다고 유키는 기억해냈다 — 씨는 이어서 안쪽을 향해 목소리를 높였다.

"모모 선생님, 이번엔 어머님이세요오 —."

아가씨, 그런 목소릴 내면 환자들이 깜짝 놀라겠어요, 하고 나무랄 틈도 없이,

"요우 씨도 와 계세요"

라고, 즐거운 듯이 설명했다. 유키는 과자가 든 종이 가방을 건네고 응접 공간으로 발을 옮긴다.

"요즘 어떠니?"

우선 모모에게 묻고,

"보기 힘든 사람이 와 있네?"

하고, 요우를 향해 말했다.

"양호. 엄마는?"

모모가 대답했지만, 유키는 요우에게서 눈을 떼지 않았다. 어린아이처럼 앞머리를 일자로 자른 단발. 검정 스웨터에 위장무늬 바지라는 무서운 복장을 하고, 당장 돌아갈 사람처럼 코트와 가방을 손에 들고 있다. 살이 많이 쪘던 어릴 때와 달리 이 아이는 볼 때마다 야위는 것 같다고 유키는 생각한다.

"왜 그러니? 엄마한테 인사도 못 하니?"

"돌아가려던 참이었어."

요우가 말했다. 유키는 양쪽 눈썹을 치켜세운다.

"그게 인사니?"

코트를 벗고 의자에 앉아 다시금 두 딸의 얼굴을 보았다.

"대기실에는 아무도 없는 것 같던데, 오늘 진료는 끝난 거니?"

"앞으로 한 사람. 곧 오실 것 같은데."

모모가 대답했다. 사무용 의자에 앉아 불안해 보이는 표정으로 유키를 보고 있다.

"너도 앉지 그러니?"

유키는 요우에게 말했다.

"그런 곳에 멀거니 서 있으니 눈에 거슬려서 못 살겠다."

그렇지 않아도 넌 사람 신경을 거슬리게 하니까, 라고 말을 잇자 모모가 목소리를 냈다.

"엄마!"

"왜에?"

유키는 되묻는다. 사실을 말한 것뿐이다. 오랜만에 만났는데 잘 지내시냐고 묻기는커녕 불쾌한 듯이 뽀로통해가지고. 반항기라는 건 사춘기와 함께 끝나는 게 아니었던가.

"됐어, 모모."

요우는 들고 있던 코트를 입고, 무표정하게 유키를 보며 되풀이해 말했다.

"마침 돌아가려던 참이었어."

"그건 좀 전에 들었다. 됐으니까 앉으렴."

유키의 말을 묵살하고 요우는 그대로 돌아갔다.

"엄마."

중얼거린 모모의 목소리는 너무 약해서 거의 알아듣지 못할 정도였다.

하여간 엄마들이란.

전화를 끊고 아스미는 씁쓸하게 웃었다. 보온복대라니, 촌스럽게.

"줄무늬랑 물방울무늬 중에 어떤 게 낫니?"

엄마가 물었다. 요즘은 얇고 신축성 있고, 따뜻하고, 겉으로도 드러나지 않는 좋은 제품이 나온다면서, "많이 샀으니 네 것도 하나, 야마구치 씨 편에 보낼게"라고 했다. 아스미는 물방울무늬라고 대답했다. 대체 왜 보온복대를 '많이' 샀는지 이해가 안 가고 갖고 싶지도 않았지만, "그야 단연코 물방울무늬지" 하고 적당히 열의를 보였다.

바깥은 이미 캄캄하다. 커튼을 치고 라디오를 켜자 여자 목소리가 말했다. "또 — 그런 말 한다. 안 돼요, 아오키 씨, 가정이 있으시잖아요." 까부는 듯 밝은, 달콤하다고 해도 좋을 목소리지만 실제로는 제법 나이가 있는 아줌마일지도 모른다고 아스미는 생각한다. "하지만 생각하는 건 자유잖아요. 생각하는 건." 아오키 씨인 듯한 남성이 대답했다. "하다못해 마음만이라도 자유롭고 싶지 않습니까?"

아스미는 냉장고를 열어 타파웨어를 꺼낸다. 안에는 어묵이 들어 있다. 아르바이트하는 편의점에서 얻었다. 여름방학에 맞춰 시작한 편의점 아르바이트는 이런저런 것들을 받아올 수 있어서 좋다. 유효기간이 임박한 찐빵이라든지 우엉샐러드라든지 주먹밥이라든지. 일주일에 사흘, 오후 다섯 시부터 열한 시까지 교대근무제로 일한다.

타파웨어에 담긴 어묵을 진한 국물째 냄비에 쏟아 넣고 불에 올린다. 라디오에서는 아스미도 들은 적 있는 올드 포크송 — 제목은 모르지만 '지금은 그저 - 5년이라는 세월이 아주 긴 - 봄날이었다고 말할 수 있을 뿐이에요 -'라는 가사 — 이 흐르고 있다.

이런 상태를 고독이라 부르는 걸까. 아스미는 생각하고 만다. 학교에 갔다 다시 학교에서 돌아오고, 일주일에 사흘간 아르바이트를 하고, 친구는 있지만 대학 밖에서 만나는 일은 거의 없고, 남자 친구라고 할 사람도 없다. 젊디젊은 아가씨의 저녁밥이 편의점 어묵이고, BGM은 서글픈 올드 포크송이라는 이 상태를.

크큭, 하고 목구멍 안쪽에서 웃음소리가 새어 나왔다. 이런 상태가 아스미는 아무렇지도 않다. 그렇다기보다 대단히 만족하고 있다. 자신의 방, 자신의 시간, 최고가 아닌가. 냄비 안에서 어묵이 부글부글 끓기 시작한다. 좀 있으면 물방울무늬 복대도 올 것이고, 아스미는 완벽하게 겨울 채비를 끝냈다. 단 한 가지 아쉬운 건, 이 방에 고타쓰를 놓을 공간이 없다는 것인데, 아스미는 고타쓰라는 것을 좋아한다. 도쿄로 나오기 전까지는 자신이 그것을 좋아한다는 것조차 깨닫지 못했다. 있는 것이 당연하다고 여겼다. 잃고 나서 비로소 깨달을 때가 있다고, 사랑 노래에선 곧잘 불러대지만 아스미는 그것을 고타쓰로 알게 된 셈이다. 본가에는 옛날부터 호리고타쓰가 있었다. 지금은 물론 전기를 이용하지만 예전에는 연탄이 놓여 있었고, 연탄을 때던 시절에는 아직 태어나지도 않았던 아스미도 고타쓰 내부에 몇 개씩

남아 있는 탄 자국을 친숙하게 기억하고 있어서 ─ 숨바꼭질을 하는 것도 아닌데 노상 고타쓰에 기어들어간 까닭이 뭔지, 자신도 잘 모르지만 ─, 어쩐지 그 시절을 알고 있는 듯한 착각에 빠진다.

그 집 거실에 지금 야마구치 씨가 있다. 그렇게 생각하니 묘한 기분이 들었다. 아스미는 어묵을 그릇에 옮기고 튜브 속 겨자를 한 곁에 듬뿍 짜낸다.

마당 앞에 쭈그려 앉은 야마구치에게 달려간 것은 편의점 아르바이트를 갓 시작했을 무렵이었다.

"괘, 괜찮으세요?"

너무 놀라 말까지 더듬게 된 까닭은 심장 발작을 일으켜 돌아가신 카즈에 씨 일이 뇌리에 떠올랐기 때문이다. 야마구치도 꼼짝없이 죽는가 싶었다.

"에?"

하지만 얼굴을 든 야마구치는 괴로운 기색이라곤 전혀 없이 바로 일어났다.

"아, 미안해요. 괜찮습니다."

무슨무슨 체조를 하고 있었다며 돌이 ─ 그래, 분명 '아무에게도 보이지 않을 만큼 작은 돌'이 되어 있었다고 했다.

"하?"

되묻고, 전혀 괜찮지 않잖아, 라고 생각한 것이 기억난다. 아무에게도 보이지 않을 만큼 작은 돌 ─.

"되지 않는 게 좋아요, 그런 거."

아스미가 그렇게 말하자 야마구치는 예의 난감한 듯한, 딱해 보이는 미소를 띠었다. 그리고 느닷없이 물었다.

"학생 본가가 농가라고 했지요?"

야마구치는 농사일을 해보고 싶다며 컴퓨터로 이것저것 알아보았다고 했다. 신규 취농자 모집이라든지 자격이라든지 지원 시스템이라든지. 아스미에게는 난센스로 여겨졌다. 아스미의 본가는 귤 농사를 짓고 있지만, 배나 딸기, 버섯도 재배한다. 친척들도 모두 농사를 짓고 있으며 1년 내내 어딘가에서 무언가를 출하하는 등 일은 해도 해도 끝이 없다. 일손이 워낙 모자라다 보니 나이 들어 허리가 다 꼬부라진 노인들도 좀처럼 농사일에서 손을 떼지 못한다.

엄마에게 이야기하자, 한번 놀러오면 되지 않겠냐고 선뜻 말했다. 아스미가 신세지고 있는 분이라면 언제든 집에 재워드리겠다며. 딱히 신세지는 것도 없다고 순간 생각한 것도 사실이지만, 그 말은 하지 않았다.

야마구치는 눈을 반짝이며 ― 나이 든 어른치고는 귀여운 얼굴이라고 아스미는 생각했다 ―, 그렇다면 카즈에의 기일 때쯤에 꼭 찾아뵙고 싶다고 대답했다. 그래서 지금 야마구치는 시즈오카에 가 있다.

어묵을 다 먹고, 봉지에 든 팥생크림 샌드위치도 먹고 나니 아스미의 저녁 식사는 깔끔하게 끝났다. 냄비와 그릇을 씻고, 라디오를 끄고 TV를 켠다.

"좋은 사람이네, 온순하고 조심성 많고"

라는 것이, 아까 전화로 엄마가 야마구치에 대해 한 말이었다.

"오늘은 있잖니, 가쓰히코네 집에 갔었어. 견학한다더니 결국 일을 도와준 모양이야."

온순하고 조심성 많다는 것이 칭찬인지 아닌지 아스미로서는 알 수 없지만, 엄마는 칭찬할 셈이었던 것 같다.

아스미는 가쓰히코 — 란 아스미의 사촌이다. 대를 이어 매실 농사를 짓고 있다 — 와 그 부인과 아이들의 얼굴을 떠올리며 그곳에 섞여 있는 야마구치를 상상하려 했다. 잘 와 닿지 않는다. 와 닿지 않지만 상상할 수는 있었다. 야마구치의 맥없이 풀 죽은 모습이랄까, 머뭇머뭇 하는 모습이랄까, 여하튼 그 자리에 녹아들지 않는 느낌은 여기서 보았을 때와 마찬가지이다. 그렇다면 그 사람에게는 오히려 그런 모습이 자연스러운 건지도 모른다.

아스미는 아직 배가 좀 덜 차서, 마른 미역을 불려 폰즈 소스를 뿌려 먹기로 한다. 그러면 영양 밸런스가 조금은 좋아질지도 모른다.

어쩐지 이전만큼은 즐겁지 않다. 약발포성 화이트와인 — 고급은 아니지만 제법 깊은 맛이 나고 입에 당기는 술이라서 튀김 요리와 궁합이 딱이라며 사바사키가 고른 것 — 을 어느덧 여러 잔째 마시면서 모모는 생각했다. 사바사키는 여전히 싹싹하고 생글거리며 아낌없이 웃는 얼굴로 바라봐주고 있는데.

믿고 맡기는 이른바 '주방장 특선' 방식으로 공들여 조합한 꼬치가 차례차례 나오는 꼬치튀김집은 조명이 어둡고, 대화에 방해가 되지 않을 정도의 음량으로 재즈가 흐르고 있다. 사바사키는 지금, 최근에 재밌게 봤다는 연극 이야기를 하고 있는 참이다. 록 밴드가 나오는 연극인데 물론 그 연극 안에서만 존재하는 가공의 밴드지만 연극 바깥, 즉 현실세계에서도 시디며 프로모션 비디오를 발매하고 있고, '하지만 그것도 픽션의 일부'이며 '따라서 관객으로서는 자신들이 연극 속으로 빨려 들어가는 듯한, 연극이 현실로 밀려나온 듯한, 기묘한 혼란과 흥분을 느낀다'고 한다.

"팸플릿 가져왔으면 좋았을 텐데."

사바사키는 그렇게 마무리 짓고 생양배추를 한 입 베어 먹었다.

데이트라고 모모는 생각한다. 이건 분명 데이트다, 라고. 휴일 출근이었다는 사바사키는 오늘 연한 녹색 넥타이를 아주 옅은 회색 와이셔츠에 맞춰 맸다. 상의도 바지도 슬림한 양복. 이 아이는 언제 봐도 멋쟁이다, 라고 생각하다가 데이트 상대를 이 아이라고 불러도 괜찮은 걸까, 라고 다시 생각한다. 아까부터 나는 생각만 하고 있다, 라고도.

"맞다, 보여주고 싶은 것이 있어."

사바사키가 카운터 아래 훅에 걸어둔 가방에서 수첩을 꺼낸다.

"이거, 요 전날 노카가 그려준 나."

아하하, 하고 모모는 소리 내어 웃었다.

"귀엽다. 어린아이만이 그릴 수 있는 그림이네."

머리 부분은 온통 노란색이고 몸은 온통 파란색이었다. 머리가 몸통보다 크다.

"수족관에서 그려준 거야?"

사바사키와 히비키가 히비키네 아이들까지 데리고 시나가와의 수족관에 간 일은 히비키한테서 메시지로 보고받아 알고 있었다.

"수족관에서 돌아오는 길에 들른 케이크점이랄까, 카페?"

사바사키는 말끝을 올리며 대답한다.

"노카, 그림을 좋아해서, 유치원에서도 그림 그리는 시간이 제일 좋대."

"아이들 상대하는 거 피곤하지 않아?"

모모는 머리에 떠오른 생각을 그대로 말했다.

"전혀."

사바사키는 싱긋 웃으며 지체 없이 대답한다.

"귀엽잖아, 아이들."

토마토와 흰 살 생선 꼬치, 돼지등심과 완두콩 꼬치, 으깬 새우 살을 채운 연근 꼬치. 꼬치 요리는 스톱을 걸 때까지 계속 나온다.

"뭐, 매일은 힘들겠지만, 내가 그 아이들을 만나는 건 어쩌다 있는 일이니까."

사바사키의 말을 듣다 보니 모모는 왠지 짜증이 난다. 그야 당연하지, '그 아이들'은 네 아이가 아니니까. 그렇게 말하고 싶은 기분에 사로잡혀 스스로 놀란다. 나는 대체 무엇에 화를 내고 있는 걸까.

"남자아이들도 재미있어. 유우키는 평소 어른스럽게 굴지만, 물개 쇼에 아주 흥분했고."

그 '유우키'가 태어났을 때 나는 병원으로 달려갔거든? 모모는 그렇게 생각하고, 이내 그런 생각을 하는 자신이 지리멸렬하다고 느낀다. 이래서는 마치 사바사키와 경쟁을 벌이고 있는 것 같지 않은가. 사바사키와 가까워지고 있는 히비키가 아니라, 히비키(와 그 아이들)와 가까워지고 있는 사바사키를 질투하는 모양새가 되었다. 약발포성 화이트와인에 취한 탓인지도 모른다.

"히비키, 좋아해?"

하고 묻자,

"좋아해"

라는 대답이 돌아왔다. 연어 꼬치, 회향풀과 치즈 꼬치.

"그럼, 아이들 빼고 보고 싶단 생각은 안 들어?"

거듭 묻자,

"들어"

하고 단박에 대답한다.

"그런 생각도 들지만 현실적으로 어려운 일이고, 게다가 말이지, 그 아이들과 있을 때 히비키 짱은 매력적이야."

그 뒷부분은 깨우쳐주는 듯한 말투로 들려 모모는 혼란스럽다. 왜 내가 히비키의 매력에 대해 깨우침을 받아야 하는지.

"취한 것 같아."

그래서 인정했다.

"이제 더 못 먹을 것 같아. 배불러."

"에―, 진짜? 벌써?"

사바사키는 과장되게 놀란다. 두 병째 와인이 아직 반쯤 남아 있다.

"오늘 있지, 엄마랑 요우 언니가 둘 다 클리닉에 왔었어."

술에 취해서라기보다 화제를 바꾸고 싶어서 모모는 대뜸 말했다.

"같이? 진짜? 별일이네. 어쩐 일로?"

같이는 아니고 따로따로 왔는데 때마침 동시에, 라고 모모는 설명한다.

"요우 언니는 바로 돌아가버렸지만."

엄마는 그냥 있었다. 응접 공간의 소파에 진을 치고 앉아, 다음 환자가 와도, "진료 끝날 때까지 기다릴게"라고 했다. "나는 괜찮아. 여기 있으면 마음이 차분해져, 아빠의 기척이 느껴지니까"라고도.

그때 일을 떠올리고 모모는 쓸쓸하게 웃는다. '아빠의 기척'이고 뭐고 집에 돌아가면 당사자를 만날 수 있는 건데.

왜? 라는 얼굴로 사바사키가 바라보기에 설명이 되지 않는 설명을 덧붙였다.

"그 사람은 정말 이상해."

그 사람이 요우를 가리키는 말인지, 엄마를 가리키는 말인지 사바사키로서는 알 수 없었을지 모른다.

"남편바라기."

그래서 그렇게 보충 설명을 했다. 보충 설명하면서, 거의 처음 있는 일이지만 모모는 자신의 엄마를 부럽게 느꼈다. 그 사람에게는 '남편'이 있다. 히비키에게 하야토가 있는 것처럼.

밖에 나오자 이제 아홉 시가 지난 참이었다.

"어떡할래? 근처에 근사한 바도 있지만, 모모 짱 취했으면 침대로 직행할까?"

"아니."

모모는 그렇게 대답하고, 이내 다시 고쳐 말했다.

"역시 직행할래."

지하철역을 향해 앞서 걷기 시작한다. 사바사키가 금세 따라붙으며 등에 팔을 둘렀다. 적어도ㅡ. 밤공기를 들이마시면서 모모는 생각해본다. 적어도 내게는 좋아하는 남자와 잘 자유도 자지 않을 자유도 있다, 라고.

좋은 날씨가 이어지고 있다. 쾌청한 겨울날, 이라고 유키는 중얼거려본다. 정원 한가운데에 서서. 단풍철쭉이 올해도 빨갛게 물들었다. 이제 막 물을 뿌려서 젖은 흙냄새가 은은하게 올라온다. 꽃도 잎도 다 져버린 장미 나무들이 대나무를 우물 정# 자 형으로 엮은 높다란 지지대를 따라 뻗어 올라가 앙상하게 벌거벗은 가지를 늘어뜨리고 있다. 유키는 그 모습을 믿음직하다고 생각한다. 믿음직하고, 말쑥하니 아름답다고. 식물은 말을 하지 않지만 모두 자신들이 해야 할 일을 터득하고 있다.

에이스케는 요트 동료와 바다에 나가 있다. 크루징 하기엔 너무 추운 날씨라고 유키는 생각하지만, '움직이지 않으면 배에 좋지 않다'는 등의 이유로 겨울에도 어김없이 나간다. 잠깐 타고, 이른 시간부터 해변의 초밥집에서 술을 마시고, 전철이 끊기기 전에 돌아온다. 따라서 오늘은 저녁 준비를 할 필요가 없다. 자기 혼자 먹자고 요리하는 것도 재미없어서 오차즈케*로 때울 생각이다.

유키는 털머위의 노란 꽃을 한 송이 자른다. 오래 써서 손에 익은 전지가위가 탁, 하고 기분 좋은 소리를 냈다. 그 꽃은 지난주에 미나코네 화랑에서 발견하고 바로 오늘 아침에 배달되어 온 꽃병에 예상대로 잘 어울렸다. 유키는 그것을 계단 중간의 어둑어둑한 귀퉁이에 그대로 놓는다. 창이 많은 이 집에서 빛이 전혀 닿지 않는 매우 드문 장소에.

남편이 없는 집 안은 조용하다. 그 조용함을 유키는 음미한다. 남편의 존재를 음미할 수 없다면 남편의 부재를 음미하는 수밖에 없기 때문이다.

아이들이 어렸을 적, 유키에게는 뭘 음미할 여유가 없었다. 항상 무언가에 쫓겨 사느라 시간뿐만 아니라 공기까지 모자란다고 느꼈다. 자신이, 자신이 아니게 되어가는 것만 같아서 무서웠다.

지금 유키는 간신히 자기 자신을 되찾았다고 느낀다. 에이스케의 '마돈나'였던 자신을.

"왜 그런 식인데?"

지난주, 유키는 모모에게 그런 말을 들었다. 에이스케의 클리닉에서 요우가 돌아가버린 후에. 입 밖에 내진 않았지만, '나는 원래 이런 식이었어'라고 속으로 대답했다. '너희는 모를지 모르지만'이라고.

요우에게 좀 더 상냥하게 대해주라고 모모는 말했다. 엄마는 요우 언니에게 너무 심술궂다는 말도. 유키에게는 당치 않은 중상모략으

•   녹차 물에 밥을 말아 김이나 매실 등 고명을 올려 먹는 요리.

로 들렸다. 요우에게든 모모에게든 심술을 부리려고 마음먹은 적은 단 한 번도 없다. 뭐, 요우를 보면 속이 타는 건 맞지만 그건 그 아이가 너무 한심한 꼬락서니를 하고 있어서이고, 뭘 생각하는지 알 수 없어서이고, 생활 방식이 아름답지 않아서이다. 자신의 딸들이 아름답고 행복하게 살길 바라는 건 당연한 일 아닐까.

유키는 〈베스트 샹송 100〉이라는 네 장짜리 시디 가운데 한 장을 플레이어에 얹는다. 클래식 애호가인 에이스케에게 경멸당할까 봐 평소에는 틀지 않는 시디다. 코라 보케르의 「버찌가 익을 무렵」, 이베트 길베르의 「합승마차」, 그립고 사랑스러운 소리가 방 안에 가득 찬다.

그렇더라도―. 소파에 차분히 앉아 유키는 다시금 생각한다. 모모는 서른여섯 살이고 요우는 무려 마흔두 살이다. 그 나이 먹도록 같이 살 남자 하나 찾아내지 못하는 건 무엇 때문일까. 나름 인물 좋게 낳아주었건만―.

"이시와랑 다시 만난다며?"

유키가 물었을 때 모모는 노골적으로 불쾌한 얼굴을 했다.

"그런 거 아냐. 전혀 달라."

그리고 그렇게 말했다. 유키로서는 이해가 가지 않는다. 그럼 뭔데. 설명도 안 해주다니, 사람을 바보 취급하고 있다.

잘 닦인 유리 너머로 정원이 보인다. 여기서는 사각지대가 되는 장소에서 털머위가 싱싱한 꽃을 잔뜩 달고 있는 것을, 내일 에이스케에게 잊지 말고 전하자고 유키는 생각했다.

"죽었어?"

미토코는 놀란다기보다 어쩐지 기분 나빠하는 표정으로 말했다.

"응. 요 전날 일주기 법요도 마쳤어."

자신이 맡아 치른 건 아니지만 야마구치는 그렇게 말하고, 나온 커피에 설탕을 넣는다.

"일주기라니, 그렇게 한참 전에 죽었는데 그 일을 나한테도 엄마한테도 숨긴 거야?"

미토코가 약속 장소로 잡은 곳은 지난번과 같은 그녀의 직장 근처 커피숍이고, 야마구치는 전화상으로 "밥이라도……" 하고 말했지만, 그 제안은 거절이라기보다 묵살당했다.

"말도 안 돼."

미토코가 기도 안 찬다는 듯이 중얼거린다. 해 질 녘. 창밖은 이미 저녁 빛깔을 띠고 있다.

"그래서 나는 이제 여기 있을 필요가 없다. 여기란 예를 들어 도쿄이지만."

야마구치는 설명했다. 정식으로 이혼도 성립됐고 새로운 인생을 살고 싶다는 것, 지인의 소개로 시즈오카의 농가에 일자리를 구했다는 것. 실제로는 일자리라고 부를 만큼 안정적인 건 아니었지만.

여행은 놀라움으로 가득 차 있었다. 야마구치는 자신이 그런 식으로 남에게 도움이 — 더구나 육체노동을 통해 — 될 줄은 생각도 못했다. 농사일뿐만이 아니다. 닭장의 울타리를 수리하거나 식재료를 말리기 위한 그물망 손질, 자동차 운전을 못하는 고령자를 위한 운전대행, 기구 세정, 창고 청소 등과 같은 잡일도 그곳에는 산더미처럼 있었다.

옮기는 일, 늘어놓는 일, 바꿔 늘어놓는 일, 상황을 봐가며 내기도 하고 들이기도 하는 일, 도구를 같은 상태로 유지해두는 일, 그 모든 일이 끝도 없이 반복되어야만 한다.

"파견 사원 같네."

현지 사람들은 그렇게 말하며 좋아했다. 예전에 좀 더 경기가 좋았던 무렵에는 농번기에만 도우러 오는 노동자들이 있었단다. 그 사람들은 '파견 사원'으로 불렸다. "좋은 사람을 만나면, 보내고 나서 섭섭하지"라느니 "시원찮은 사람도 있었지만"이라느니, 야마구치는 이번에 그 사람들을 둘러싼 여러 가지 이야기를 들었다. 헛간이라도 좋으니 잘 곳을 마련해달라는 사람들도 있었던 모양인데 물론 야마구치는 제대로 방을 구할 생각이다. 집세가 싼 곳도 꽤 있었고, 미사코가 준 통장을 헐면 구입할 수 있는 집도 있었다. 수입은 몇 푼 안 되겠지만 먹고 사는 데에는 모자람이 없을 터이다.

무엇보다 기뻤던 건 그곳에 있는 내내 카즈에를 가까이에서 느낄 수 있었던 점이다. "예쁘네." "넓다." "재밌지 않아?" 야마구치는 카즈에가 그렇게 말하는 것을 느꼈고, "문제없어"라고 격려해주거나 "잘한다, 잘한다" 하고 칭찬해주는 것도 느꼈다. "아이고, 그렇다고 죽진 않아" 하며 깔깔 웃는 것도.

카즈에에 관한 부분을 제외하고 야마구치는 자신의 결심을 딸에게 전했다.

"걱정 없어. 외국에 가는 것도 아니고, 나도 나이를 거저먹은 건 아니니까."

딸을 안심시키고 싶은 마음과 약간의 자부심에서 그렇게 말하고, 해가 바뀌면 되도록 빨리 ─ 늦어도 차 밭의 성수기가 시작되는 봄까지는 ─ 이사할 생각이라고 알린다.

"귤은 종류 별로 수확 시기가 달라서 1년 내내 출하 작업이 이뤄지기 때문에 그쪽 사람들은 당장이라도 와줬으면 하더라만."

이건 다소 과장된 표현이었지만 덧붙였다. 야마구치의 커피는 아직 찰랑찰랑할 정도로 많이 남아 있지만 딸의 홍차는 다 비워지고 없었다.

"의미를 모르겠네."

미토코가 말한다.

"죽었다는 그 사람은 시즈오카와도 농가와도 아무 관련 없잖아? 아버지는 결국, 엄마하고도 그 사람하고도 상관없이, 멋대로 새 인생 어쩌고 하는 거잖아?"

관련은 있다고 생각했지만, 어떤 관련이 있는지는 갑자기 설명하기 어려웠다. 세상일이란 알고 보면 다 이어져 있기 마련이다, 라는 것이 그때 머리에 떠오른 유일한 대답이어서 야마구치 자신에게조차 설득력을 지니지 못했다.

"뭐, 상관없지만."

미토코가 말했다.

"엄마랑 이혼도 했고, 아버지는 이제 남이니까 별 상관없지만."

그런 건 아니라고 생각했다. 엄마와 이혼했어도 너하곤 앞으로도 영원히 부녀 사이니까, 라고. 하지만 그 말을 입 밖에 내지 않을 만큼의 분별력은 있어서 야마구치는 묵묵히 커피를 홀짝인다. 커피는 어느새 다 식어빠져 있고, 야마구치는 자기 혼자서 아주 오래 이야기했다는 것을 깨닫는다.

"그만 가도 돼?"

딸이 묻기에,

"아, 그래. 불러내서 미안했다"

라고 대답했다. 달리 대답할 말이 없었다.

읽던 책 — 토머스 핀천의 신작으로, "선생님은 틀림없이 좋아하실 것 같아서"라며 한 환자가 주었다 — 을 덮고, 이시와 히라쿠는 무심코 전화기에 시선을 준다. 시선을 준다고 울릴 리는 없지만.

모모와 마침내 연락이 된 것은 두 달 전이었다. 이시와 쪽에서 네다섯 차례 전화를 건 이후에 모모가 불쑥 걸어왔다. 목소리를 듣는 건 열 달 만이었다.

"이시왓치?"

깊은 밤이었다. 이시와에게는 그 목소리가 마치 질량을 갖춘 물질처럼 들렸다. 바로 곁에 있어서 손을 뻗으면 닿을 것만 같은. 대화는 사뭇 의례적이었지만 묘하게 매끄러웠다. "잘 지내?" "잘 지내." "비오네." "그러네." 짧은 말을 이어가면서 서로가 서로의 목소리를 확인하고 있었다고 이시와는 생각한다. "요 전날 클리닉에—" "갔었어. 미안. 갔었어." "딱히 사과 안 해도 되는데." 그 부분에서 희미하게 웃음소리가 새어 나왔다. 일찍이 이시와가 자신만 들을 권리가 있다고 여겼던 달콤한 웃음소리가. 왜 갔었는지는 이야기하지 않았다. 보고 싶었다느니, 다시 시작하고 싶다느니 하는 유의 말은. 서로서로 가족의 근황을 묻기도 하고, 이전에 둘이 좋아했던 미국 오디션 프로그램의 뒷이야기 — 누구누구가 데뷔했네 안 했네, 누구누구의 패션 감각은 최악이었네 등등 — 를 나눴을 뿐이다. 원활했다고 이시와는 생각한다. 모모와의 대화는 역시 이도저도 다 무척 원활했다. 예를 들어, 여름 동안만 사귄 광고대행사 아가씨와는 비교하려야 할 수도 없었다.

"또 이야기할 수 있을까?"

이시와가 묻자,

"옛 친구로서라면"

이라고 모모는 대답했다. 그래서 옛 친구로서, 이시와는 그 후에도 두세 차례 전화를 걸었다. 한 번은 같이 식사하자는 말을 꺼냈다. 매번 이쪽에서 다가가는 건 마음에 들지 않지만 어느 때고 거절당하진 않았다. 식사를 하고 집 앞까지 바래다주고, 헤어지기 전에 입술을 포갰을 때조차.

가망은 있다고 이시와는 느낀다. 집 안에는 들이지 않았고 키스 후에도 표정 변화는 없었지만, 모모가 옛날부터 신중한 여자였던 것을 생각하면 그런 것들은 오히려 당연한 일이리라.

이시와가 알고 있는 모모라면, 이제 슬슬 그쪽에서 연락을 해올 터였다. "어찌 됐든, 일방적으로 받기만 한다는 건 좋지 않잖아?" 예를 들면 그런 식으로 말하며(그 대사를 이시와는 일찍이 침대 위에서 모모에게 들은 적이 있다).

전화는 울리지 않는다. 울리지 않지만, 어차피 울리게 될 거라고 이시와는 믿을 수 있었다.

두루마리 휴지, 갑 티슈, 키친타월, 생리용품. 종이 제품은 부피가 커지지만 생필품이니 어쩔 수가 없다. 랩, 싱크대 배수구용 거름망, 쓰레기봉투. 의류용 세제, 직물용 살균탈취제, 휴대용 부탄가스. 쇼핑 카트는 순식간에 꽉 차버린다. 필요한 물건들 틈에 꽂혀 있는 봉지과자며 초콜릿은 짐꾼으로 데려온 유우키 짓이다.

"몇 개 담았니?"

과자는 세 개까지라고 말해두었지만 그것보다 많을 게 뻔하다. 크기가 작은 건 카트 바닥에 떨어져버리기 때문에 언제나 계산대 앞에서 알아차리게 된다.

"대략 세 개"

라는 것이 유우키의 대답이었다. 대형 드러그스토어는 없는 게 없이 다 있어서 편리하지만, 조수를 데려오지 않으면 짐을 다 들지 못한다. 데려오면 온 대로 살 게 늘어나고 만다. 하야토의 비번 날이 이토록 불규칙하지 않았다면 일정에 맞춰 장을 보러 나오고 차도 쓸 수 있겠지만―.

히비키는 건강식품 매장에서 문득 발을 멈춘다. 여성의 몸통 사진 — 허리가 아주 잘록하다 — 이 실린 상자에 눈을 빼앗겼다. 이런 허리의 소유자라면, 인생이 아주 많이 달라지겠지. 자신감을 갖고 당당하게 살아갈 수 있을 거야. 예를 들어 딸의 한 마디에 겁먹는 일도 없이.

솔직히 말해 히비키는 요즘의 미쿠가 무서웠다. 차갑고 비판적인 눈으로 자신을 보고 있다고 느낀다.

"이 컵 뿌옇잖아. 제대로 안 씻은 거 아냐?"

오늘 아침엔 그런 말을 들었다. 히비키가 개켜서 서랍에 넣어둔 옷들을, 접은 방식이 마음에 안 든다며 자기 것만 굳이 다시 접어 개키기도 한다.

"엄마, 블라우스에 얼룩 묻었어."

그렇게 말하며 상을 찌푸리고, 더러운 거라도 보는 듯한 눈으로 히비키를 본다. 그리고 미쿠는 히비키가 마른 여자가 아니라는 점을 걸핏하면 들먹였다. 발소리가 크다느니, 방금 팔뚝 살이 흔들렸다느니, 발등에까지 살이 쪘다느니(그렇게 말했을 때 히비키의 발치를 내려다본 미쿠는 거의 겁먹은 표정을 하고 있었다).

프로틴 음료, 섬유질 식품, 건강차, 지방분의 흡수를 억제하거나 지방 연소를 촉진한다고 적힌 알약 제품, 발뒤꿈치 부분이 없는 슬리퍼, 압박 효과가 있다는 양말.

"살 거야?"

유우키가 얼굴을 들여다보았다.

"안 사."

대답하고 계산대로 향했다.

"엄마도 운전면허 딸까?"

양손에 짐을 들고, 추운 하늘 밑을 아들과 나란히 걸으며 히비키는 말해본다.

"응? 어떻게 생각해?"

하고, 사뭇 좋은 생각이 떠올랐을 때와 같은 어조로.

"에—?"

유우키는 의심스러운 듯 말꼬리를 올려 말하고, 하지만 놀란 기색도 없이 말을 이었다.

"따고 싶으면 따도 되지만, 관두는 게 나을 것 같은데. 교통사고라도 일으키면 비참하잖아?"

어른스러운 말투로 이야기하는 아들은 축구 관전용으로 산 나일론 롱코트를 입고 있다. 코트가 너무 커서 오히려 어린애라는 게 강조된다. 한 걸음 한 걸음 걸을 때마다 소매와 몸통 부분이 스쳐서 사락사락 소리를 낸다.

"아빠한테 물으면 틀림없이 안 된다고 할걸."

미쿠처럼 반항적이진 않고, 지금도 가끔 어리광을 부리며, 사내아이치고는 뭐든 잘 이야기해주는 유우키랑 있으면 히비키는 마음이 편안해진다.

"면허를 따도 운전하지 않는다면 괜찮겠지만."

건방진 소리를 하는 점도 귀여웠다.

바깥에 나온 지 한 시간 조금 지났을 뿐인데 집에 돌아와보니 커튼

레일이 빠지고 주변은 온통 스티커 천지였다. 부엌 바닥 한 곳이 발 바닥에 쩍쩍 들러붙고 근처에 걸레가 떨어져 있었기에 무언가를 흘려서 대충 닦았으려니 짐작했다. 게다가 료가 하야토의 면도 크림을 제 얼굴에도 노카 얼굴에도 처바르고 있었다.

적당한 크래쉬 가공을 거친 청바지 한 벌과 시디 두 장, 어떻게 발음하는지 알 수 없지만 'ZADIG&VOLTAIRE'라는 브랜드의 오리지널 향수 'TOME 1 FOR HIM' 한 병. 오랜만에 혼자서 쇼핑을 만끽한 사바사키가 자택인 맨션으로 돌아온 것은 저녁 무렵이었다. 수시로 닦아서 상당히 깨끗한 창문 너머로 노을이 보였다. 일요일. 저녁은 본가에서 먹기로 하고 아까 전화해두었다. 커피 메이커를 세팅하고, 청바지가 든 쇼핑백에서 작은 가죽 주머니를 꺼낸다. 안에는 팔찌가 들어 있다. 심플한 가죽 끈을 둘둘 감아 차는 형식의 팔찌로 잠그개는 은색 스컬이다. 첫눈에 히비키에게 어울릴 것 같았다. 그렇긴 하지만 막상 사고 나니, 뭐라고 하면서 건네야 좋을지 고민이 됐다. 받을 수 없다고 하면 어떡하지, 라는 생각마저 든다. 전혀 자신답지 않은 일이었다. 사바사키는 남에게 뭘 선물하길 좋아하고 그것이 특기이기도 했다. 적어도 스스로 생각하기엔 그랬다. 특별한 의미 부여 없이 어디까지나 문득 생각이 나서 작은 물건을 선물하는 것이. 그것은 호의의 표명이 아니라 이해의 표시다. 이해와 우정, 게다가 일종의 공범관계라는.

하지만 상대가 히비키가 되면—. 사바사키는 불안해진다. 히비키에게는 그런 게 통하지 않을 것이다.

"에? 안 돼, 안 돼, 받을 수 없어."

과장되게 고사하는 목소리가 들리는 것만 같다. 모모에게 야단맞아, 라고 할지도 모른다. 아니면 하야토에게 혼난다고 하려나.

그런 식으로 생각할 필요는 없다는 것을, 어떻게 하면 전할 수 있을까. 히비키는 히비키일 뿐 주변 사람과는 상관없으며, 히비키를 위해 고른 선물이니 당연하게 받으면 된다는 것을.

우유를 데워 카페오레를 만들었다. 하사미 컵은 두툼하니 입술을 댔을 때 느껴지는 감촉이 마음에 든다. 사바사키가 생각하기에 커피라는 건 아침에 내리면 아침 냄새가 나고, 저녁에 내리면 저녁 냄새가 나는 것 같다. 히비키의 얼굴과 몸매, 목소리와 표정과 몸짓을 떠올리면서 마신다. 그러자 어떻게 해서든 목소리가 듣고 싶어졌다. 부엌에 서서 한 손에 컵을 든 채 휴대전화 화면을 만진다. 통화 기록을 띄우면 불과 몇 번만 터치해도 연결된다.

"여보세—"

"사바사키?"

여보세요, 라고 말할 틈도 주지 않고 히비키가 말했다.

"지금 여기 엉망진창이야. 미안한데 나중에 다시 걸게. 미안—."

전화가 끊기고 사바사키는 망연자실한다. 알았다고 말할 새도 없이 끊어진 전화는 사바사키의 손 안에서, 전화 자체가 놀란 양 히비키 번호를 표시하고 있다.

일방적으로 상대를 생각한다는 것을, 사바사키는 어릴 적 이후 해본 적이 없었다. 어릴 적이란, 초·중학생 무렵이다. 어떤 경우든 상대를 그저 좋아했다. 사실상 상대의 기분 따위는 아무려나 좋았다고 이제 와서 깨닫는다. 그런 식으로 누군가를 무작정 좋아하는 것을 어느 때부터인가 못하게 되었다. 상대가 자신에게 호감을 가져주는 것이 연애의 전제가 되었기 때문이다.

하지만─. 사바사키는 생각하고 만다. 그런 전제라는 것에, 일을 쉽고 간단히 끌어간다는 것 말고 다른 의미가 있을까.

컵을 씻어 건조대에 엎어놓는다. 너무 많이 만들어버린 커피는 차가운 우유와 합쳐 냉장고에 넣었다. 창밖의 노을은 사라져가고 붉은 빛깔은 이제 아주 희미하다.

크고 작은 두 개의 쇼핑백과 음반 매장의 비닐봉지. 집에 돌아와 놓아둔 자리에 그대로 있었다. 생각 난 김에 사진에 담는다.

구매욕 작렬, 이것이 오늘의 수확.

그 말을 곁들여, 예의 전제에 입각하여 모모에게 보냈다. 메시지 또한 사바사키에게는 이해와 우정, 거기에다 일종의 공범 관계라는 표시이지만, 모모에게라면 그것들은 통했다. 예상대로 곧 답신이 왔다.

부럽다, 쇼핑. 뭘 샀는데?

청바지, 향수, 블랙 컨템포러리 시디 두 장.

사바사키는 목록을 열거하고, '그래서 이제부터 본가에 가서 식사'라고 덧붙여 송신한다. 저녁노을이 사라진 창문에 커튼을 치자 다시 답신이 도착했다.

효자라고 인정해드리죠.

스마일 이모티콘과 함께 그렇게 적혀 있었다.

ㄷ자형 카운터는 맨나무이고, 안쪽에서는 기름이 튀거나 양념 타는 냄새와 함께 연기가 모락모락 피어오르고 있다. 벽의 후크에 나란히 걸려 있는 손님들의 코트, 선반에 놓인 TV에서 흐르는 NHK 뉴스.

"정통 꼬치구이집은 처음이에요."

물수건으로 손을 닦으며 아스미가 말했다.

"정통?"

야마구치가 되물었다.

"백화점에서 파는 꼬치구이라면 먹어본 적이 있고, 꼬치구이 도시락도 사봤지만, 이런 독채 가게랄까, 큰길가의 가게는 처음이라."

아아, 하고 웃는 낯으로 이해한 야마구치는 문득 그 웃음을 거두고 걱정스럽게 묻는다.

"맥주, 마셔요?"

"마셔요. 조금이라면."

아스미는 그렇게 대답해 안심시켜주었다.

본가에서 너무 큰 신세를 져버렸으니 그에 대한 답례로 밥 한 끼 대접할 수 있게 해달라. 야마구치에게 그 말을 들은 건 오늘 아침이다. 아스미는 어려워서라기보다 귀찮은 기분이 들어서 거절하려고 했다. 하지만 한사코 밥을 사겠다며, 학생도 바쁠 테니 시간을 조금 앞당겨도 상관없다며 아무 때고 편한 날을 알려달라고까지 하는데 거절하는 게 오히려 성가실 것 같아서 그럼, 오늘, 이라고 대답했다. 그래서 지금 아스미는 이곳에 와 있는 것인데 배도 많이 고픈 데다 가게 분위기며 손님 층 — 혼자 온 사람이 대부분이고 의외로 여성도 있었다 — 도 재미있고, 오기 전까지는 왠지 마음이 무거웠는데 막상 와보니 가슴이 설렜다. 먹을 의욕이 마구 샘솟는 듯했다.

"여긴 카즈에랑 자주 온 가게인데요."

생맥주 잔을 부딪지 않고 서로 들어 올리는 시늉만 하고 나서 야마구치가 말했다.

"첫 데이트 때 데려온 곳도 여기."

숙연히 들어야 할 이야기인 것 같아서 아스미는 두 손을 무릎에 놓았다. 하지만 카즈에 씨 이야기는 거기서 끝나고, 야마구치는 익숙하게 주문을 마친다.

"이번 일은 정말 고마워요."

아스미를 향해 돌아앉으면서까지 말했다.

"너무 잘해주셔서, 아스미 양과 가족 분들에게는 정말이지 감사하다는 말로는 부족할 따름입니다."

아버지보다도 나이 많은 남자가 머리를 숙이는 바람에 아스미는 몸 둘 바를 몰랐다.

"저희 가족이 도움이 됐다면 다행입니다."

격식을 차려 그렇게 대답했다.

아스미의 본가가 있는 땅에 대해 야마구치는 감격한 어조로 말한다. 새벽녘의 맑은 공기며 밤의 어두움, 아이들의 순수함, 표고버섯이라는 식물의 신비로움과 이름 없는 귤이 얼마나 맛있었는지에 대해서까지.

말수가 많네. 아스미는 내심 놀란다. 이제까지 야마구치에게 가졌던 '과묵하고 어설퍼 보이는 사람'이라는 인상을 '과묵하지 않고 어설퍼 보이는 사람'으로 변경한다.

눈앞에서 구워지는 꼬치 요리는 신선한 맛이 났다. 신선한 맛이 나는 꼬치구이란 것을 처음 먹어봤다고 아스미는 생각한다. 초로의 가게 주인이 낡아빠진 부채로 연기를 팔락팔락 피워 올리고 있다. 아니면 닭고기를 부채질하고 있는 걸까. 아니면 숯을? 아스미가 그런 생각을 하고 있는 동안에도 야마구치는 옆에서 아스미 엄마의 밝은 성격과 아버지의 온화함, 사촌 내외의 근면함을 칭찬했다.

"그런 가족들 사이에서 컸기에 아스미 양 같은 따님이 있는 거지요."

진지한 그 말에 아스미는 미간을 찌푸렸다. 안경을 쓰고 있는 데다 이렇게 하면 '화난 것 같아서 무섭다'고 친구들이 종종 이야기하지만, 화가 난 게 아니라 납득이 가지 않을 때 무심코 나오는 버릇이었다. 나 같은 따님? 자신이 어떤 딸인지 야마구치가 알고 있을 리도 없으련만.

"아, 나한테도 딸이 있는데 말이죠."

야마구치는 맥없이 웃으면서 말했다.

"그게, 아무래도, 아스미 양같이 자라주진 않아서."

"그야."

아스미는 순간, 그 딸에게 동정을 느끼면서 말했다.

"그야, 사람은 다 다르니까요."

야마구치는 난감한 얼굴을 했다.

"뭐, 그야 그렇지만."

난감한 얼굴로 그렇게 중얼거리곤 어느 새 나온 일본주에 머뭇머뭇 입을 댄다.

그 후론 아스미의 본가 이야기도 야마구치의 딸 이야기도 나오지 않고, 아스미는 정통 꼬치구이를 만끽할 수 있었다. 가장 마음에 든 건 간 꼬치이고, 야겐이라 불리는 연골 꼬치도 나쁘지 않았다. 카즈에 씨는 이 가게의 완자 꼬치와 간 꼬치를 좋아했단다. 하지만 간 꼬치에 대해선 좋아하는 것을 인정하지 않고, "난 핏기가 좀 없어서 간을 먹을 필요가 있어"라고 말했던 모양이다. 야마구치는 띄엄띄엄 그런 이야기를 들려주었다.

계산은 물론 야마구치가 했다.

"잘 먹었습니다."

아스미는 가게 주인과 야마구치 모두에게 이야기하고 의자에서 내려선다.

이른 시간에 들어온 탓에 이제 겨우 일곱 시가 지난 참이었다. 바깥에 나와보니 맞은편의 채소 가게도 약국도 휘황하니 밝은 데다 한창 영업 중이었다.

"표고버섯, 여기서는 얼마에 팔고 있으려나."

야마구치의 그 말에 아스미는 속으로 쓴웃음을 짓는다. 푹 빠졌네.

채소 가게로 성큼성큼 다가가는 야마구치를 보면서 좋은 사람이라고 여기는 반면, 이 사람에게 농사일이 가능할까, 하고 남의 일이지만 걱정하지 않을 수 없었다.

"아마도 료가 매달렸으려니 짐작은 하지만."

히비키는 그렇게 말하고, 걸어 다니면서 눈에 띄는 먼지덩어리 — 대부분 머리카락과 한데 엉켜 있다 — 를 오른손으로 집어 올려 휴지통에 버린다.

"아무리 그래도, 그 아이 몸무게만으로 레일이 빠질까."

부부 침실은 다른 방만큼 어질러져 있진 않지만 한동안 청소기를 돌리지 않아서 먼지가 눈에 띈다. 하야토가 쌓아둔 주간지 더미 주변은 특히 심하다.

"게다가 바닥의 미끈미끈한 건 달걀이었어. 날달걀. 냉장고를 열다가 떨어졌다지만, 그런 일은 절대 있을 수 없어. 팩째 선반에 놓아두었으니까."

더러워진 손끝을 스커트에 쓱 문질러 닦고, 히비키는 침대에 걸터앉는다.

"하지만 그런 희한한 일도 일어나기 마련이에요, 어릴 때는."

왼손에 쥔 휴대전화 너머로 사바사키의 목소리가 말했다.

"망가질 리 없는 물건이 망가지기도 하고, 있어야 할 게 없어지기도 하고, 반대로 그 자리에 있을 리 없는 것이 있기도 하고 말이죠."

"그러게."

맞장구를 치면서 자신의 발톱이 길게 자란 것을 알아차리곤 경대 서랍에서 손톱깎이를 꺼낸다.

"하지만 집을 비운 건 한 시간 내외인데 대체 어떤 속도로 놀면 그렇게 되느냐 말이지. 스티커는 서른 장 넘게 온데 붙어 있고, 미용실 놀이니 뭐니 하면서 머리카락도 잘라놓고."

히비키는 참상을 떠올리다 몸서리를 친다. 한참 어린 아이 둘이서 가위를 쥐고 놀았던 거다. 자칫 잘못해서 눈이라도 찔렀으면 어쩔 뻔했는지. 한 집에 있으면서 그걸 내버려둔 미쿠의 무책임함이 믿어지지 않았다. 히비키 귀에 사바사키의 작은 웃음소리가 와 닿는다.

"속도랄까, 시간의 흐름이 아마도 다르지 싶어요, 어른과 아이 사이에는."

"그렇네."

납득한 건 아니었지만 사바사키의 말에서는 객관성이 느껴졌다.

"아무도 다치지 않았고, 그 아이들은 엄청 착한 아이들이니 괜찮아요."

"그렇네."

남편도 연인도 아닌 남자의 목소리에는 바깥공기를 닮은 청결함이 있어서 히비키는 짜증이 사그라지는 것을 느낀다.

"오늘, 하야토 씨는요?"

사바사키가 화제와 함께 목소리 톤도 바꿔 물었다.

"마작."

히비키는 대답한다. 딸깍, 딸깍, 소리를 내며 발톱을 깎으면서.

"그 사람, 내일 쉬는 날이라서."

날을 새고 들어오면 아마 하루 종일 자겠지. 그런 생각이 들자 또 기분이 가라앉는다. 자는 남편을 깨우지 않게 아이들을 조용히 시켜야 하고, 청소기를 또 못 돌린다.

"하야토 씨, 내일 쉬어요?"

사바사키의 목소리에 기대감이 섞여 있다.

"그럼, 혹시 우리 만날 수 있어요?"

우리, 라는 말이 신선했다. 히비키는 전시회 날처럼 혼자 외출하는 자신을 상상한다. 혼자 나가서 사바사키와 만나, 예를 들어 차를 마시는 모습을. 이야기를 나누고, 나란히 걷고, 지나가다 눈에 들어오는 가게를 들여다보기도 하는 모습을.

"안 돼, 안 돼. 갑자기 그런 이야기, 무리야."

나갈 수 있다면 즐거울 거란 생각은 들고, 짧은 시간이라면 못 나갈 것도 없겠다 싶었지만 히비키는 그렇게 대답하고 나서 덧붙였다.

"무엇보다, 사바사키는 모모랑 만나야 하잖아."

"그래요?"

되묻기에,

"그래"

하고 대답한다. 아무렇지 않게 대답했다 싶었는데 마음은 평정심을 잃고 있었다. 전화기를 대고 있는 왼쪽 귀가 뜨겁다.

"당연하잖아, 사바사키는 모모 남자 친구니까."

어찌된 셈인지 발톱을 뒤이어 깎을 수가 없다. 오른손에 손톱깎이를 쥔 채 히비키는 자신의 발끝을 바라본다.

"하지만, 난 히비키 쨩에게 전화를 걸었어요. 모모 쨩이 보고 싶으면 모모 쨩에게 전화하겠죠."

사바사키는 그렇게 말했다.

2월

화분 개수도 자전거 대수도 달랐다.

"또예요?"

아르바이트 직원인 가토까지 눈살을 찌푸리고, 고객 앞에서 언짢은 얼굴을 보이면 안 된다고 평소에 젊은 친구들을 다독이는 하야토였지만, 첫 번째 현장에서도 비슷한 문제가 있었던 터라 이 친구들이 넌더리내는 것도 당연하다고 생각했다.

밖에 나와 사무실로 전화를 넣자 플래너인 우치다 씨는 한숨을 쉬었다.

"버린다고 했어요, 자전거는 두 대만 가져간다고."

하야토가 아무 대꾸를 하지 않자,

"망설임 없이 말하기에 확인서까지 받아두지는 않았지만"

하고 스스로 인정했다.

"화분은?"

"화분은 전부 가져갑니다. 하지만 적힌 대로 전부 여덟 개라고 했어요."

"했어요, 가 아니라 세어봤어야죠, 직접."

짜증이 밀려왔다. 자전거도 화분도 위에 다른 물건을 싣지 못하기 때문에 리스트를 작성할 때 특히 신경 써야 하는 항목이다. 그런 정도는 알고 있으련만.

"세어봤어요."

우치다 씨가 말한다.

"여덟 개, 였던 것 같아요."

"같아요, 가 아니라."

하야토는 들으란 듯이 한숨을 쉬었다. 화낸다고 해결될 일은 아니지만, 견적서의 정확도가 이사 작업의 핵심이라고 누누이 말해도 이해력이 떨어지는 우치다 씨에게 화가 났다.

"어쨌든 한 대 더 지원해줘야 해, 이래서는 다 못 실으니까."

하야토는 무뚝뚝하게 말하고,

"현장이 플래너를 신뢰하지 못하게 되면, 아웃입니다?"

라는 말을 덧붙이고서 전화를 끊었다. 흐린 하늘을 올려다본다. 눈이라도 내릴 것 같은 추위다. 실제로 일기예보에서는 눈이 내릴 수도 있다고 했다. 집 안으로 돌아가 이미 작업을 시작한 스태프에게 설명해야겠다고 생각했을 때 전화가 울렸다. 지원 트럭 배차 현황을 알려주려는 우치다 씨 전화이겠거니 생각했는데 받아보니 히비키였다.

"왜 이 전화로 거는데? 지금 중요한 연락 기다리는 중이라 끊는다."

말이 곱게 나오지 않았다. 하야토가 지금 손에 들고 있는 건 회사에서 지급받은 업무용 휴대전화다.

"잠깐만, 끊지 마."

히비키의 목소리에는 동요와 불안이 배어 있었다.

"미쿠가 없어졌어"

라고 한다.

"평소 쓰는 전화로 몇 번을 걸었는데 당신이 받질 않아서."

무슨 말인지 알아들을 수가 없다. 미쿠가, 없어졌다?

"아까 야단을 좀 쳤어. 아니, 좀 많이 나무랐어. 그랬더니 말대답을 하기에 나도 열이 확 받쳐서."

어지간히 좀 하시지, 또 모녀 싸움인가.

"몇 시쯤?"

짜증을 억누르고 물었다.

"아침이야, 열 시쯤. 아무 말도 없이 나가선 여태 안 들어왔어. 오늘은 가나코네 집에 놀러가기로 돼 있어서 기대하는 눈치였는데, 거기도 안 갔대. 좀 전에 가나코 엄마한테서 전화가 와서ㅡ"

미쿠는 아직 초등학생이다. 학교를 빼먹는 것도 아니고 폭력을 휘두르는 것도 아니다. 히비키가 왜 늘 미쿠 때문에 애를 먹는지, 그보다는 왜 번번이 초등학생과 같은 수준으로 싸움을 하는지 알 수 없었다.

"됐으니까 진정해."

불안에 떠는 목소리로 바쁘게 설명하는 아내의 말을 가로막는다. 손목시계를 보니 이제 겨우 오후 두 시가 지났을 뿐이다.

"지금 현장이니까, 나중에 내가 다시 걸게. 일요일 낮이고 제 발로 나간 거잖아? 다른 친구네 집에 가 있을지도 모르고, 좀 있으면 들어올 거야. 미쿠도 이제 아기는 아니니까."

"하지만—"

히비키는 뭔가 더 말을 하려 했지만,

"나중에 전화할게"

라고, 하야토는 같은 말을 되풀이하고 전화를 끊었다.

"갓!"

의미 없는 소리를 크게 내어본다. 정말이지, 요즘 되는 일이 없다. 야마구치는 갑자기 나가버리고 — 생각이 나자 새롭게 화가 솟구치기 시작한다. 무책임에도 정도가 있다. 관리인 대신이라는 약속으로 살게 해주었는데 —, 우치다 씨의 일솜씨는 엉성하기 짝이 없고, 아내와 딸은 노상 다투고.

"팀장님—!"

운동화 뒤축을 꺾어 신은 채 밖으로 나온 가토의 얼굴만 보고도 좋지 않은 소식임을 알았다.

"의류도 완전 많아요. 포장 박스가 완벽하게 모자라네요."

하야토는 다시 휴대전화를 연다.

이시와의 손가락은 통통하니 길다. 하얘서 그런지 왠지 모르게 여성스럽고 청결해 보인다. 그 손가락이 모모의 배 위에서 리듬을 타고 있다. 기타 현이라도 퉁기는 듯이 반복해서 일정한 움직임으로. 침실은 해가 잘 들고, 따뜻하게 난방이 되고 있으며 조용하다. 침대에 나란히 누워 모모는 천장을 보고 있다. 텍스타일 천장은 희고, 하지만 한곳만 비가 새기라도 한 것처럼 얼룩이 져 있다. 신축 맨션을 구입한 지 벌써 6년이 지났다.

"배고프다."

행위 이후의 느긋하게 풀어진 목소리로 이시와가 말했다.

"뭐 좀 먹으러 나갈까?"

여전히 손가락을 움직이면서.

"샌드위치나 파스타라면 만들어줄 수 있는데?"

모모가 대답하고 일어나 속옷을 집어 든다.

"볶음밥은?"

기대에 찬 목소리로 묻기에,

"그것도 가능"

하고 모모는 싱긋 웃어 보였다.

새해 첫날 이시와 방에서 그렇게 되고, 재회 후 오늘이 두 번째 섹스였다. 간단하달까, 무척 당연한 행위 같았다고 모모는 생각한다. 기분은 전혀 달랐는데 몸만 옛날로 돌아간 것 같았다.

"밤에는 다른 일정이 있댔지?"

"응, 요우 언니네 가기로 되어 있어."

대답했지만 같이 가자고 할 마음은 없었다.

모모는 양상추와 달걀을 넣어 만든 볶음밥에 곁들여 인스턴트 콩소메 수프를 컵에 담아냈다. 훌륭한 식단이라고는 할 수 없지만 자신들에게 어울린다고 생각했다. 손쉽고 안도감은 들지만 피폐한. 무심코 스푼을 왼쪽에 세팅하다 모모는 흠칫 놀란다. 이시와가 왼손잡이라는 것을 의식하고 있었던 것도 아닌데.

한술 뜨려는데 현관 벨이 울렸다. 이시와가 눈짓만으로(누구? 하고) 묻고, 알 도리 없는 모모는 어깨만 으쓱해 보였다.

"네."

인터폰을 들고 말하자 상대가 대답하기 전에 화상이 보였다.

"미쿠예요. 실례해도 될까요?"

고지식하다 싶을 정도로 예의 바른 말에 모모는 순간 멈칫했다.

"미쿠?"

의심한 것도 아니면서 목소리를 내어 되묻고, 자동잠금장치를 해제한다.

"미쿠야. 히비키 딸."

이시와를 향해 말했다. 그가 잠자코 있는 건 다음 말을 기다리고 있어서라는 걸 알았지만, 알았어도 그 이상 설명할 게 없었다. 미쿠가 왜 갑자기 찾아왔는지, 모모로서도 짐작이 가지 않았기 때문이다.

미쿠는 초등학생치고는 키가 크고, 오목조목 반듯하게 생겼다.

"실례합니다."

미쿠는 그렇게 말하며 복도로 올라서더니 자기 신발을 가지런히 정리했다.

"혼자 왔니? 집 잘 찾아왔네? 훨씬 어릴 때 오고 처음인데."

더구나 그 무렵엔 모모가 데리러 가거나 히비키가 데려다주거나 했다.

"주소 넣으면 지도에 나오니까."

대답한 미쿠는 거실 입구에서 이시와를 보고 발을 멈춘다.

"안녕."

이시와는 나름 비장의 무기라고 할, 노인과 아이와 마음에 둔 여자에게만 보이는 유의 미소를 띠고 말했다. 하지만 식사를 중단하진 않았다. 모모는 미쿠를 2인용 식탁 앞이 아닌 소파에 앉히고 인스턴트 수프만 내주었다. 배는 고프지 않다고 미쿠가 말했기 때문이다.

"그래서?"

미쿠 옆에 앉으며 물었다.

"갑자기 혼자 찾아오다니, 엄마랑 다투기라도 한 거니?"

미쿠가 이시와를 곁눈질로 살피기에,

"저 사람은 신경 쓰지 않아도 돼. 친구야. 그냥 놀러온 거야"

라고 설명했지만, 자신이 미쿠에게 괜한 변명을 하고 있는 것만 같아 멋쩍었다.

"돌아가요?"

미쿠가 묻고, 그 말뜻을 이해하지 못해 모모는 되물었다.

"응?"

"저 사람, 밤 되면 돌아가요? 아니면 자고 가요?"

물론 돌아가지, 라고 대답하자,

"그럼, 오늘 내가 여기서 자도 돼요?"

하고 미쿠가 말했다.

위를 보거나 팔을 들어 올리기가 힘들고, 그때마다 목이 심하게 아팠다. 근육통이라기보다 힘줄이 끊어질 것만 같은 느낌이다. 허리 우측도 당기는데 희한하게 그 자리는 오른손이 아니라 왼손을 움직일 때 찌릿찌릿하다. 두통도 있고 밤에 잠자리에 들고 나서도 계속되는데 아침이 되면 낫는다. 머리 일부분이 아니라 전체가 욱신욱신 부어오르는 것처럼 아픈데 그건 병이 났거나 다쳐서가 아니라 자신의 몸이 지르는 비명 같은 것이라고, 야마구치는 이해했다. 스즈키 농원 — 아스미의 먼 친척뻘이 되는 듯하다 — 에서 일손이 필요하다기에 왔다가 고작 사흘 만에 이 꼴이 됐다. 하긴 그 전에 일주일간 매실 농가의 출하 작업을 도왔고 그 전에는 이사까지 한 터라 60년간 도시 생활에 젖은 몸에는 엄청 가혹한 일이었다. 몸뚱이 하나뿐인, 너무나도 단출한 이사여서 육체적으로는 편했지만 마음이 피곤했다. 최소한의 가전제품과 가구를 들이고 공과금 납부 수속도 마쳤다. 미토코와 카즈에의 딸 내외, 그 밖에도 인사를 한다든지 마음을 설명해야 될 사람이 몇 명 있었는데 그들 대부분은 축복과 격려는 커녕 이해조차 해주지 않았다. 야마구치는 새로운 거처로 고른 임대 아파트에 전화를 놓지 않았다. 미사코가 있는 집을 나오고부터 자신에게 연락해오는 사람도 거의 없고, 휴대전화만으로도 충분하기 때문이다.

"적당히 쉬어가면서 하세요."

플라스틱 상자마다 귤을 가득가득 담아 트럭에 실으러 가던 스즈키 씨가 말했다.

"네. 고맙습니다."

하지만 야마구치는 이제 겨우 두 번째 상자에 귤을 담기 시작한 참이다. 날씨는 좋지만 기온이 낮고 바람도 강하다. 이런 날 대체 어떻게 하면 땀을 흘릴 수 있는지 모르겠지만, 스즈키 씨는 검붉게 그을린 얼굴을 수건으로 연신 닦고 있다. 야마구치로 말할 것 같으면, 빌린 물건이지만 튼튼하고 두툼한 작업바지를 입고, 셔츠를 두 장 껴입은 데다 그 위에 바람막이 점퍼를 입고, 장화와 목장갑으로 몸의 말단을 감싸고 있어도 추웠다. 좀 더 움직이면 따뜻해질지도 모르지만 이렇게 여기저기 아프고 삐걱대서야 애당초 기대하기 어려운 일이었다.

스즈키 농원은 넓다. 지금 수확하고 있는 아오시마 온주 및 주타로 온주 — 둘 다 수확 후에 한 달 정도 저장했다가 초봄에 출하하는 모양이다 — 외에 폰깡이니 등자니 청견이니, 야마구치로서는 이름을 외우는 것만도 보통 일이 아닐 정도로 많은 종류의 감귤류를 재배하고 있으며, 금귤 전용이라는 비닐하우스까지 있다. 이만한 땅을 소유하고 있으면 당연히 유복할 테고, 그런데도 그 유복한 사람들이 날마다 중노동을 하고 있다는 사실에 야마구치는 놀라지 않을 수 없다.

별 도움이 되질 않네.

움직이는 게 점점 힘들어져 야마구치는 양달을 골라 앉으며 생각한다. 그래도 기분은 나쁘지 않았다. 뭐, 어때, 하고 자기 자신에게 말했다. 이제 와서 허세를 부린들 달라질 건 없다. 4월부터는 일당을 받기로 되어 있지만 이번 보수는 현금이 아닌 물건으로만 지급되는, 말하자면 연수를 겸한 자원봉사다.

말은 번드레하네.

카즈에라면 그렇게 말하겠거니 싶었다. 하지만 그 목소리에 비난의 울림은 없을 터. 야마구치는 자신의 몸 여기저기가 쑤시는 것을 흥미롭게 음미한다. 엉덩이 아래 지면은 차갑고 딱딱하다. 계절노동자, 그것도 (지금 현재) 무수입인. 그렇게 생각하니 절로 입가에 미소가 번졌다. 나는 자유롭다. 병이 나도 의지할 사람 하나 없고 그 전에 죽을지도 모르지만 그때 일은 그때 가서 생각하자. 나른한 두 팔을 앞으로 쭉 뻗고 위아래로 흔들흔들 흔들어본다. '손끝이 물고기가 되어 활발하게 헤엄치는 이미지'로.

모모는 언니의 어렸을 적 모습을 떠올리고 만다. 부루퉁하고 고집스럽고, 상처 잘 받고. 적어도 무단으로 집을 나와 거의 알지도 못하는 장소까지 왔으면서 훌쩍거리지 않는 당찬 성격도 요우 언니와 꼭 닮았다. 지금 미쿠는 가져온 노트와 교과서를 펼쳐놓고 영어 학원 숙제라며 단어 일람표를 메우고 있다. 그밖에 잠옷과 칫솔도 챙겨왔다.

"자러 와준 건 반갑지만, 엄마한테 전화는 해야지. 그 정도는 알지?"

모모 말에 이시와가 식탁 의자에서 어이없다는 표정을 해 보이고,

미쿠는 짐짓 점잔을 빼며 말없이 고개를 끄덕인다. 무슨 일이 있었냐고 물어도 침묵을 지키기로 작정한 듯한 미쿠였지만, "아빠나 엄마한테 야단맞았니?"라는 물음에 "아뇨"라고 딱 잘라 대답하고 나서 "아빠는 관계없고"라고 덧붙였기에 히비키와는 관계가 있으려니 짐작했다.

"요우 짱네 가는 거 아니었어?"

이시와 말에 모모는 한 손으로 쫓아버리는 몸짓을 한다. 요우 언니와는 오늘 꼭 만나야 하는 것도 아니고, 전화 한 통 걸어 못 가게 됐다고 하면 끝나는 일이다. 요우 언니는 괘념치 않을 것이다.

"괜찮아요?"

숙제에서 얼굴을 들고 미쿠가 물었다.

"만약 안 되면 다른 곳에 갈 건데."

눈이 큰 아이다. 또렷한 그 쌍꺼풀도 요우 언니와 닮았다.

"물론 괜찮아. 당연히 괜찮지."

모모는 그렇게 말하곤 호기심에 사로잡혀 물었다.

"그런데 다른 곳 어디?"

허세를 부리느라 그냥 한 말이 아니라 믿는 구석이 있는 듯한 차분한 말투였기 때문이다.

"카즈에 씨 집."

미쿠가 대답한다.

"지금은 빈집이지만, 열쇠를 가져왔으니까."

모모의 표정 — 아마도 어리벙벙해 있었을 것이다. 용의주도하지 않은가 — 을 보더니 미쿠는 생긋 웃었다. 이시와가 침실로 돌아가고 나서 눈에 보이게 긴장이 풀린 눈치다.

"너네 엄마가 좋다고 하면 말이지만."

모모도 생긋 웃어 보인다.

"오늘 밤은 둘이서 뭔가 맛있는 거 먹자. 함께 요리하는 것도 좋고, 근처 가게에서 외식해도 좋고."

예전처럼 같이 그림책을 읽거나 노래를 부르거나 만화영화 비디오를 보거나 공주놀이를 할 만큼 어리진 않은 미쿠와 함께 달리 뭘하면 좋을지 알 수 없었다.

"뭐든."

미쿠는 별 고민거리도 아니라는 듯이 어깨를 으쓱해 보이며 대답했다.

"기름지지 않고 살찌지 않는 거라면 뭐든지 좋아요."

히비키는 안도한 나머지 그 자리에 털썩 주저앉는가 싶은 목소리로 말했다.

"다행이다 —."

"모모네 가 있대."

옆에 있는 누군가 — 아마도 하야토 — 에게 보고하고, 미안, 미안, 미안, 하고 장황하게 사과하면서 미쿠를 하룻밤 재우는 것에 동의했다. 내일은 학교 가는 날이지만 하루 정도 쉬게 해도 문제없을 거야 — 그 애가 성적만은 좋으니까 — 라며, 모모의 출근 시간에 맞춰 — 밑의 아이들을 유치원에 바래다줘야 하니까 — 클리닉까지 데

리러 가든지 하야토에게 차로 — 내일은 비번이니까 — 맨션까지 가
달라고 하든지, 라고 빠른 말투로 말을 이었다.

"정말 미안해. 설마 모모네 집에 갈 줄은 생각도 못했어. 친구네 집
이랑 학원 선생님한테는 전화했는데."

히비키의 목소리를 들으면서 모모는 식어버린 수프를 마셨다. 콜
드콩소메인 셈 친다.

"그럼 간다. 또 연락할게."

침실에서 나온 이시와가 한 손을 들고 그렇게 말하기에 현관까지
나가 한 손을 들어 배웅한다.

"하야토는 일하러 갔지, 아이들을 놔두고 찾으러나갈 수도 없지,
이제 어떡하나 싶었어."

미쿠가 보지 않는 틈을 타 이시와가 모모를 끌어안은 것과, 히비
키가,

"사바사키가 와주었기에 살았지만"

이라고 말한 것은 동시였다.

"혼자였으면 파출소에 달려갔을지도 몰라. 모모네 갈 거면 간다
고—"

문이 닫히고 모모는 멍하니 서 있었다. 그럼 지금도 사바사키는 전
화기 너머에 있다는 거다. 히비키 바로 옆에. 히비키는 "정말 미안
해"란 소리를 또 한바탕 반복하고 나서, "사바사키 바꿔줄게"라고
말했지만 모모는 거절하고 그대로 전화를 끊었다.

"자도 된대."

거실로 돌아와 미쿠에게 알린다.

"내일 엄마나 아빠가, 여기 아니면 긴자로 데리러 온다고."

미쿠는 거기에는 대답하지 않고, 진지한, 거의 화가 난 듯한 표정
으로 모모를 바라보고 물었다.

"모모 짱, 지금 그 사람이랑 결혼해요?"

취미랄까, 낙으로 삼고 있는 낮 목욕을 마치고 나오자 아내는 거실
의 흔들의자에 앉아 누군가와 전화통화를 하고 있는 참이었다. 에이
스케를 보더니 '어머나, 벌써 나왔어요?'라는 듯한 표정을 했다.

"예에, 그걸로 됐어요. 꼭 오전 중에 부탁해요."

그렇게 말하고 허둥지둥 수화기를 내려놓는다. 상대는 아마도 꽃
집이겠거니, 하고 에이스케는 짐작했다. 새삼스럽게 생일을 기뻐할
나이도 아닌데 그래도 아내는 매년 에이스케 생일에 어마어마한 꽃
을 준비해준다. 두 손으로 안기에도 힘들 만큼 커다란 나무 다발일
때도 있고, 맥 빠질 정도로 작은 들꽃 다발(의표를 찌를 생각이었겠지.
그 의도대로 에이스케는 의표를 찔렸다)일 때도 있고, 샴페인이 꽂힌 꽃
바구니일 때도 있었는데 매번 예상을 하는데도 여전히 가벼운 놀라
움과 감격을 에이스케에게 안겨주었다.

"야채 주스, 드실래요?"

응, 마실게, 하고 대답하고 에이스케는 소파에 앉는다. 리모컨을
쥐고 TV를 켠다. 오즈모 경기가 없는 달은 아무래도 맥이 빠진다. 하
지만 조금만 기다리면 스모뿐만 아니라 고교 야구 시즌도 시작된다

고, 생각한다. 방 안은 난방이 돌고 두툼한 목욕 가운 한 장만 입고 있어도 쾌적하다.

걸쭉한 야채 주스를 마시면서 아내의 끝없는 수다 — 생선 가격, 요우가 지나치게 빠져 있는(아내는 그렇게 생각한다) 유기견 돕기 자원봉사, 정원의 거미집 — 에 맞장구를 친다.

계절이 좋아지면 — 아마도 4월이나 5월에 — 아내와 둘이 여행에 나서는 건 어떨까, 하고 생각해본다. 에이스케 자신은 요트 동료며 학창 시절 친구들, 의사협회 사람들과의 교류 등으로 가끔씩 여행을 다니지만, 아내한테는 늘 집만 보게 했다. 외국 영화를 좋아하니 빈의 대관람차를 태워주면 기뻐할지 모른다. 에이스케는 오페라나 콘서트를 즐길 수 있고 아내는 클림트의 작품을 볼 수 있겠지. 하지만 아내에게는 음식이 너무 무거울지도 모르겠다. 육류가 여하튼 묵직하게 나오니까.

TV 화면에서는 숨을 들이마시며 배를 들이미는 건강법이란 것이 소개되고 있다. 아내의 화제는 근처에 이사 온 젊은 부부로 옮겨갔다가 입원 중인 친척의 용태를 거쳐 다시 생선 가격으로 돌아왔다.

"값이 비싸서 신선한가 하면 꼭 그렇지도 않잖아요?"

라고 말한다.

"고급 생선이 아니더라도 신선하고 맛있는 생선을 먹고 싶다는 게 욕심인 걸까"

라고.

"그럼, 그리스에라도 갈까."

가본 적 없는 나라였지만 생각이 나서 그렇게 말해보았다. 바다로
둘러싸인 나라이므로 생선은 신선할 것 같았다.

"그리스? 거긴 왜."

아내는 의아스러운 듯이 말한다.

"돈이 없어서 힘든 나라잖아요?"

그런 곳에 가느니 온천에서 느긋하게 보내는 게 낫다며 유후인이
라는 곳에 한번 가보고 싶었단다.

"그럼."

거기에 대해 조금 생각하다 에이스케는 대답했다.

"그럼, 핀란드는 어떨까. 괜찮은 사우나가 있다던데."

아내는 순간 어리둥절해하는가 싶더니 웃음을 터뜨렸다.

"당신은 기발한 게 하고 싶구나."

재미있다는 듯이 중얼거렸다.

"좋아요, 따르겠습니다, 어디든."

에이스케로서는 그런 것 말고 가끔은 자신이 아내를 수행하고자
생각했던 참인데 뭐, 어차피 같은 거라고 고쳐 생각한다.

"오노한테라도 물어볼까?"

항공사에 근무하는 연하의 친구 이름을 댔다.

"묻는 건 좋지만, 바쁘실 테니 대답을 재촉하면 안 돼요."

아내 말이 맞았다. 유념할게, 라고 에이스케는 대답하고 빈 컵을
아내에게 돌려주었다.

"대체 사바사키는 왜 불렀는데?"

하야토가 언짢은 어조로 물었다.

"부른 게 아니라니까? 가만히 있을 수가 없어서, 누구에게라도 의논하지 않으면 미쳐버릴 것 같아서 전화했더니, 걱정이 돼서 와준 거잖아."

히비키는 좀 전에도 설명한 것을 속 타는 심정으로 다시 설명했다.

"왜 나한테 전화 안 하는데."

"했잖아?"

그만 목소리가 커졌다. 밑의 두 아이는 재웠지만, 위의 두 아이는 아직 안 자고 깨어 있는지도 모른다.

"무엇보다, 문제는 사바사키가 아니라 미쿠잖아?"

목소리 볼륨을 낮추고 계속하자 하야토는 단박에 받아쳤다.

"미쿠는 사과했잖아."

히비키는 저도 모르게 천장을 올려다본다. 분명 미쿠는 사과했다. 돌아오자마자 현관에서 히비키의 얼굴을 빤히 보고, "말없이 사라져서 죄송해요"라고 무표정하게. 아마도 돌아오는 차 안에서 하야토가 시킨 대로. 떠올리자 다시 화가 끓어올랐다. 아빠한테는 솔직한 눈치인 미쿠에게도, 내일은 모처럼 쉬는 날이니 데리러 갈 거면 오늘 밤이 낫다고 가볍게 말하고 나가선, 네 기분은 이해한다는 둥 엄마도 힘에 부치지 않겠냐는 둥 적당한 말로 딸을 달랬을 게 뻔한 하야토에게도.

"사과하면 다 끝나는 게 아니잖아?"

그렇게 말하자 갑자기 눈물이 나려고 했다.

"그럼, 어떻게 하면 되는데?"

잠옷 위에 스웨트 셔츠를 껴입은 하야토는 덩치 큰 아이처럼 보인다. 침대에 털썩 내려앉더니,

"갓!"

하고 뜻 모를 소리를 내곤 방금 목욕을 마친 후라 아직 젖어 있는 머리를 목에 건 수건으로 픽픽 닦았다. 침실은 냉랭했다. 히비키는 난방을 돌리고 생각나는 그대로 말했다.

"그 아이한테는 엄마에 대한 존경심이란 것이 없어."

말한 순간, 그것이 사실이라는 확신이 들어 동요했다.

"설마 그럴라고."

하야토는 그렇게 말했지만.

둘이 걸즈 토크를 했다고, 모모는 전화로 보고해주었다. 집 근처를 산책하고 홍차 가게에서 홍차를 사고, 하지만 미쿠는 영어 숙제도 알아서 척척 다했다고.

"가출은 즐거웠니?"

집에 돌아온 미쿠에게 묻자,

"즐거웠어. 모모 짱네 집은 엄청 깨끗하니까"

라고 대답했다.

"모모 짱도 예쁘고 상냥하고."

몸은 얼음장처럼 차가운데 얼굴의 중심만 뜨거워져서 정신을 차려보니 히비키는 오열하고 있었다. 어른스럽지 않다는 걸 알고는 있

지만 슬프고 화나고 분했다.

"뭐야, 왜 우는데."

조심조심 말하고 일어선 하야토의 전신주 같은 몸에 매달리자, 온 가족이 사용하는 바디샴푸와 따뜻한 수증기 냄새가 났다.

"이제 싫어. 나, 그 아이가 무서워. 당신은 절대 몰라."

스웨트 셔츠에 얼굴을 묻고 오열하면서 호소한 탓에 하야토의 귀는 물론 자신의 귀로도, 무슨 말인지 알아들을 수 없었지만 알아듣지 못해도 상관없었다. 아니, 못 알아듣는 편이 낫다는 것을 알고 있었다.

"어엉어엉어엉, 으어으어으어, 이잉이잉이잉."

하야토가 몸을 흔들면서 목소리를 합쳐 놀린다. 놀림을 당하면서 달래어지던 히비키가 결국 울다 웃고, 하야토에게 둔부를 꽉 움켜잡혔다.

BGM 삼아 틀어놓은 DVD는 톰 행크스의 「빅」이다. 여동생이 좋아하는 영화일 텐데, 정작 모모는 "감회가 새롭네"라는 말만 하고 처음부터 TV 화면에 거의 관심을 보이지 않는다.

"오늘도 있었어."

모모는 그렇게 중얼거리고, 요우가 깎아낸 사과를 포크로 찍는다. 위스키와 얇게 썬 사과는 최근 요우가 밀고 있는 조합이다.

"뭐, 사바사키도 조만간 싫증이 날 테지."

그렇게 대답했지만, 정작 신경 쓰이는 건 2층에 있는 나라하시였다. 혹은 허둥지둥 옷을 주워 입은 자기 자신. 요우는 남자와 — 물론 여자하고도 — 연애한 적 없고, 할 생각도 없다고 늘 공언해왔다. 나라하시라는 남자의 존재를 여동생에게 숨길 필요는 없지만, 어쩌다 보니 이미 2년 넘게 말할 기회를 놓치고 지금까지 오고 말았다.

"그런데 왜 히비키일까."

중얼거린 모모에게,

"드물잖니, 그런 아이"

라고 대답하곤 위스키를 홀짝였다. 올드그랜다드란 이름의 약간 되직한 느낌이 나는 이 위스키는 나라하시가 즐겨 마시는 것으로 떨어지면 직접 사온다.

"게다가, 그 아이한테는 왠지 모르게 그냥 내버려둘 수 없는 느낌이 있잖아? 위태로워 보인달까."

옛날에 자주 본가에 놀러왔었기에 요우도 알고 있는 여동생 친구의 인상을 떠올리며 말했다.

"두 번째야."

모모가 말했다,

"두 번째?"

요우는 그렇게 되물었지만, 묻는 동시에 이해하고 웃었다.

"아—, 그 폭주족."

히비키의 남편이 된 남자가 개조 오토바이를 몰고 본가에 찾아오는 것을 자매의 모친은 끔찍하게 싫어했다. 히비키와 사귀기 전, 그 남자는 모모에게 푹 빠져 있었다. "그렇게 차갑게 구는데도 자꾸 찾아와. 눈치라고는 없는 것 같아." 고등학생이었던 모모는 난감한 듯이 그렇게 말했다.

"그때 무슨 일 있었니? 그 폭주족이랑."

설마, 하고 모모는 상을 찌푸린다.

"그럼 됐지, 뭐. 그딴 옛날 일."

요우는 잘라 말하고, 얇게 썬 사과를 한 조각 손가락으로 집어 먹는다. 아삭아삭 소리를 내며 씹어 으깨자 입안이 시원해졌다. 솔직히 요우로서는 잘 이해가 가지 않는다. 다들 대체 뭘 바라고 여기 붙었다 저기 붙었다 하는 건지. 그렇게까지 하면서 누군가와 같이 있어야 할 이유라도 있는 걸까.

"하긴, 그렇지."

모모는 미소 짓는다.

"흐리멍덩해가지고."

흠칫 놀란 이유는 자신의 말투가 엄마랑 똑같았기 때문이다(그 엄마는 올해만큼은 아버지 생신에 와야 한다고 신신당부했다. 머리 아프게 나라하시에게도 다녀오라는 소리를 들었다. 가족은 소중하니까, 라고).

TV 화면에서는 톰 행크스가 고층 맨션 집에 들여놓은 트램펄린 위에서 쑥스러운 듯이 — 연인 역의 여배우와 단둘이었기 때문이지만 — 방방 뛰어오르고 있다.

"나 있지, 이시와치하고도 또 잤어."

"좋잖아, 그건 그것대로."

요우가 대답했다. 누군가와 자는 것과 누군가와 붙어 지내는 건 전혀 다르다. 그것을 요우는 이미 나라하시에게 배우고 말았다.

　우습게도 식생활은 전에 없이 충실하다. 실제로 재배하고 있는 농작물뿐만 아니라, 일을 도와준 데 대한 답례라며 말린 음식이니 통조림 같은 것도 들려주고, 그 집의 저녁 반찬 ― 오늘은 닭튀김과 연근조림 ― 까지 나눠주는 바람에 구입한 지 얼마 안 된 소형 냉장고는 신선한 식재료와 나물 담긴 그릇이며 타파웨어로 가득 찼다. 흙 묻은 무 두 개는 부엌 바닥에, 다양한 귤이 가득 든 상자는 현관에 놓여 있다. 노동의 대가라기보다 아스미네 친척의 호의임을 알고는 있지만, 연일 녹초가 되도록 열심히 일하다 보니 좋아해주는 것 또한 사실이며 피차 나쁘지 않은 거래라고 야마구치는 느낀다.

　아파트는 오래되긴 했어도 마침 새롭게 보수를 한 참이라 두 평 남짓한 일본식 방은 다다미가 파랗고 상쾌한 냄새가 난다. 베란다는 없지만 창밖에 철책이 있고 그곳에 걸터앉으면 멀리 작으나마 바다가 보인다.

　습관대로 매일 저녁 야마구치는 잔 두 개에 맥주를 채운다. 마지막에는 두 잔 다 자신이 마셔버리지만, 액자에 담긴 카즈에의 사진 ― 만난 지 얼마 되지 않았을 무렵, 함께 고시키누마로 여행 갔을 때 찍은 스냅 사진이다. 야마구치는 아직 처자식과 살고 있었다 ― 앞에 한 잔을 놓고 마음속으로 이야기를 건다. 만약 인간에게 혼이란 것이 있다면 카즈에의 혼은 틀림없이 이곳에 있다고 야마구치는 믿을 수 있었다. 적어도 야마구치가 알고 있는 카즈에의 혼은. 예를 들어 천국에서 죽은 남편과 재회했을지도 모를 카즈에는 생각하지 않기로 했다. 그것은 아마 다른 카즈에일 것이다. 살아 있든 죽었든 사람이 타인에게 기대할 수 있는 건 결국 '부분'이지 싶다.

하늘에는 아직 저녁노을이 희미하게 남아 있다. 아침이 일찍 시작되는 만큼 밤 아홉 시면 잠이 오는 야마구치는 닭튀김과 연근조림, 데쳐서 간장에 버무린 소송채와 정체불명의 오코노미야키 비슷한 반찬(이것도 받은 거다)을 집어 먹으면서 밖에서 나는 소리를 들었다.

"안 가아."

"왜 그러는데, 가면 좋잖아."

아파트 앞길은 고등학교 통학로인 듯 꽤 떠들썩하다. 자전거 바퀴가 지면을 스치는 소리까지 잘 들린다. 목소리가 지나가자 방 안은 다시 고요해졌다.

야마구치는 자신의 고등학생 시절을 과거로서 또렷이 떠올릴 수 있고, 바로 어제라고까지는 말할 수 없어도 바로 얼마 전이라는 정도의 감회는 지니고 있다. 하지만 그런 동시에 고등학생이었던 때가 없었던 것처럼 느껴지기도 한다. 방금 아래를 지나간 두 남자아이가 고등학생이 맞는다면, 내가 그랬던 적은 없다고 강하게 느낀다. 바로 옆에 놓인 새 전기스토브에서 묘한 냄새를 풍기며 새빨갛게 발광하고 있는 두 개의 관을 멍하니 바라보면서.

현관 벨이 울렸다. 옛날 풍의, 말 그대로 '딩동' 하고 울리는 차임벨인데 음량 조절이 되질 않아 요란하게 울린다.

"네네."

일어나면서 소리 내어 말하고, 히스이* — 아스미 사촌의 만딸로 허세 가득한 이름이라고 야마구치는 생각하지만, 놀랍도록 순수하고 착한 아이다 — 인 줄로만 알고 문을 열었다. 곧잘 이 시간 즈음에 제 엄마가 들려준 나물을 가져다주기 때문이다.

그러나 문 앞에 서 있는 사람은 히스이가 아니었다. 안색이 나쁘고, 머리가 길고, 바느질 잘된 갈색 코트를 입은, 야마구치의 기억 속 그대로인 아내였다. 이미 이혼했으니 아내가 아니라 전처이지만, 야마구치의 머리에는 아내라는 말밖에 떠오르지 않았다.

"걱정 마요."

아내였던 여자는 그렇게 말했다. 안녕하세요도 오랜만이네요도 아닌, 걱정 마요.

"재결합을 강요하러 온 건 아니니까."

재결합이란 말의 딱딱함이 안쓰럽게 와 닿았다. 그리고 떠올린다. 이미 헤어지기 몇 년 전부터 미사코가 이런 투로만 말을 하게 되었던 것을.

"할 말이 있어서 왔어요. 곧 돌아갈 거예요."

야마구치가 아무 대답을 못 하고 있자,

"잠깐 들어갈게요."

하고 멋대로 집 안에 들어왔다. 마치 집 안 구조를 알고 있기라도 한 듯이 망설임 없는 발걸음으로 거실(겸 부엌)에 들어선다. 하긴 일

---

*   비취의 일본식 발음.

본식 방은 거실을 지나야만 들어갈 수 있는 구조로 되어 있고, 애당초 이곳에 방의 배치 따위는 존재하지 않는 거나 다름없다는 것을 야마구치는 깨닫는다.

"낮에 한 번 왔었는데 비어 있고, 아까 다시 왔을 때도 비어 있어서 근처에 찻집이라도 있나 봤더니 아무것도 없데요. 어슬렁어슬렁 걷다 보니 강이 있어서―"

문득 말을 끊고,

"여하튼 주소는 거짓이 아니었던 거네"

라고 표독스럽게 끝맺는다. 말수가 많은 건 신경이 곤두서 있다는 증거임을 야마구치는 안다. 옛날부터 그랬다. 평소엔 감정이 읽히지 않는 차분한 말씨를 쓰는 여자이지만 신경이 곤두서면 갑자기 말이 많아진다. 예의 묘하게 앞질러 공격하는 목소리와 말투에 일찍이 짜증도 나고 넌더리가 나기도 했다. 그러나 지금은 어쩐지 우스꽝스러워 보였다.

"밥 먹고 있었어."

야마구치는 말했다.

"괜찮으면 한술 뜨든지."

"됐어요."

미사코는 누가 뒤에서 때리기라도 한 것처럼 돌아보며 대차게 쏘아붙였다.

"그럼, 뭐, 앉기라도."

말은 그렇게 했지만 리놀륨 바닥에 앉히기도 뭣하고, 식탁에는 카즈에 사진도 있어서 결국 다다미방으로 안내했다.

"차 내올게."

노상 깔려 있는 이부자리를 반으로 개켜 한구석에 밀어놓고 말해본다.

"여긴, 보다시피 차를 재배하는 곳이라서."

여전히 서 있는 미사코의 다리가 그때 눈에 들어왔다. 스타킹에 싸인 그 다리는 가늘고 힘줄이 불거져 있긴 했지만 생기라곤 찾아볼 수 없었다. 피로하고 지친, 중년 여성의 다리다.

아스미 사촌의 아내 ― 히스이의 엄마 ― 가 가르쳐준 대로 찻잔을 따뜻하게 데우고 나서 녹차를 따랐다.

"그래서, 하고 싶은 말이란 게 뭔데?"

좁고, 가구라곤 없는 새 다다미방에서 마주하고 묻자, 미사코는 한치의 망설임도 없이 조용히 말했다.

"당신은 최악이야"

라고.

"아버지로서도, 남편으로서도, 남자로서도, 인간으로서도."

한 마디씩 천천히, 짚어나가는 듯이. 스스로 생각해도 의외다 싶게 야마구치가 내쉰 한숨에는 미소가 섞여 있었다.

"뭐야, 그거였어?"

야마구치는 말했다.

"알고 있었어, 그런 줄"

이라고, 오히려 그제야 안도하며.

한겨울 거리는 공기가 시리도록 쨍하고, 맑게 갠 날에도 바람이 차갑다. 하지만 뒤집어 생각하면, 공기가 차갑기 때문에 옅은 햇살의 온기를 피부가 제대로 느낄 수 있다. 점심시간, 모모는 낯익은 대로를 걸으며 생각한다. 부티크의 진열창 안은 이미 봄이라기보다 초여름이로구나, 하고. 소녀풍의 깅엄 체크무늬 원피스, 묘하게 다리가 길어 보이는 면바지, 선명한 색상의 폴로셔츠. 토요일 낮의 긴자는 평일과는 확실히 뭔가가 다르다. 모모는 한 가게의 유리창 너머로 위장무늬 반바지를 발견하고, 사바사키에게 어울릴 것 같다고 생각했다. 엄청 잘 어울릴 것 같다. 사이즈를 모르니 지금 당장 살 순 없지만 저녁에 약속한 장소로 가기 전에 여기서 만나기로 하면 어떨까. 사바사키가 이 옷을 마음에 들어 하고 만약 맞는 사이즈가 있다면 사서 선물하는 건?

그러고 싶은 마음이 강하게 일었지만 모모는 그 마음을 접는다. 그런 건 어쩐지 스폰서 같다는 생각이 든다. 그건가? 호스트의 환심을 사려 하는 유한마담. 이럴 때 모모는 아홉 살이라는 나이 차가 불편하게 느껴진다. 하지만 이내 자조했다. 바보 같다. 사바사키가 자신을 스폰서나 유한마담 따위로 여길 리 없다는 건 알고 있었다. 그에게 자신은 여자 친구들 중 한 명에 지나지 않으니까.

처음부터 그랬다고 모모는 인정한다. 모모 자신부터가 사바사키를 남자 친구로 생각했다. 애인은 아닌 남자 친구로. 둘 다 독신이고 성인이므로 키스나 섹스를 포함한 우정이 성립해도 괜찮을 것 같다. 그로 인해 만약 누군가가 마음 아파 한다면, 그 누군가와는 헤어져야 마땅하지 않나 싶었다. 그래서 헤어졌다.

따라서 이건—. 옛날 구로사와 문구점이 있었던 사거리를 건너, 살갗을 찌르는 바람에 목을 움츠리면서 모모는 생각한다. 따라서 이건 자업자득이다. 그렇게 생각하는 건 기분 좋았다. 이해가 된달까, 납득이 간다. 하지만 어째서 히비키일까, 라는 의문은 여전히 의문으로 남는다.

"드물잖니, 그런 아이."

요우 언니는 그렇게 말했다. 게다가 그 아이한테는 왠지 모르게 그냥 내버려둘 수 없는 느낌이 있잖아? 위태로워 보인달까, 라고. 맞는 말이라고 모모도 생각한다. 히비키는 감정이 쉽게 드러나고, 순진하고 외곬이라서 위태위태하다. 게다가 무척 상냥하다. 빈말이라도 가꾼다고는 할 수 없는 외모만 해도, 남편과 아이들에게 손이 너무 많이 가다 보니 자신을 돌볼 짬이 없는 것이리라. 언젠가 엄마에게 들었던, '스스로 자신의 몸을 치장하다니 쓸쓸하고 부끄러운 일이다'라는 말이 떠올리고 싶지도 않은데 떠오르고 만다(엄마는 대체 왜 제일 듣기 싫은 말만 골라서 하는지).

카페에 도착하자 미나코는 이미 샌드위치를 시켜 덥석덥석 베어 먹고 있었다.

"미안해요, 먼저 시작해서. 사람을 나오라고 해놓고 정말 말도 안 되지만, 오늘 하필 오너가 없어서 30분 안에 돌아가야 해서."

종이 냅킨을 입가에 대고, 씹고 있던 것을 삼키고 나서 말했다. 빈틈없는 화장과 가느다란 손끝, 고풍스럽게 긴 검은 머리와 단정한 미소. 그렇게 언제 봐도 변함없는 미나코 스타일로.

"당연히 그래야지, 늦어서 미안해. 마지막 진료가 길어지는 바람에."

거짓말이었지만, 유리창 너머의 반바지에 눈길을 빼앗겼다고 말할 수도 없다.

"그보다 축하해. 결혼, 하기로 했다지. 이시왓치한테 들었어."

미나코의 왼손을 잡고, 가는 손가락 위에서 빛나는, 첫눈에 그것임을 알 수 있는 화려한 반지에 깊이 감동한 척하면서 모모는 말했다.

"뭐, 어쩌다 보니."

미나코는 난처한 듯 어설프게 웃으며 대답했고, 예의 달콤하고 분내 나는 향수 냄새가 코끝에 스몄다.

사바사키와의 저녁 식사에 대비해 점심은 가볍게 때우기로 마음먹은 터라 모모는 카운터에서 콩 샐러드와 홍차를 골랐다. 자리로 돌아와 코트를 벗고 앉았다.

"6월 4일, 비워놔요."

"6월 4일?"

모모는 거기까지 생각이 미치지 못한 자신의 아둔함에 어이가 없었다.

"그래요. 결혼식, 물론 와줄 거죠?"

오랜만에 점심, 괜찮아요? 오늘 아침 미나코가 보낸 메시지를 보자마자 결혼 소식을 알리려나 보다 생각했다. 물론 괜찮지. 축하해야 하잖아. 그래서 그렇게 답신을 보냈다. 신랑 될 사람에 대해선 이전

부터 들어 알고 있었고, 양다리가 의심된다느니 태도가 분명치 않다
느니 푸념도 들어온 터라 뒤이은 보고를 듣게 될 거란 생각만 했다.

결혼식—.

"그건 좀, 어떨지 모르겠네."

그런 자리에 가면 이시와의 부모님과도 마주치게 된다.

"난 사양하는 게 나을 것 같아."

모모는 그렇게 말하고 나서,

"물론, 축하는 할 수 있게 해줘, 나중에 따로"

라고 덧붙이고, 종이 물수건의 비닐을 찢었다.

"왜?"

미나코는 눈을 휘둥그레 뜬다. 마치 그 이유를 진짜 모르는 것처
럼. 모모는 묵살했다.

"프러포즈, 로맨틱했어?"

대신 목소리 톤을 밝게 하여 그렇게 묻고, 사용하기 힘든 플라스틱
포크로 양상추를 한 장 어렵사리 집는다.

"뭐, 나름대로."

미나코가 대답했다. 그 프러포즈란 것을 '마침내' 받게 된 것은 차
안이었다는 것, 기쁘다기보다 안심했다는 것, 결혼식은 신사에서 올
릴 예정이며 결혼 후에도 일은 계속할 생각이라는 것. 그런 이야기를
미나코는 연락사항처럼 척척 이야기하고, 행복감이나 설렘 같은 건
설령 있다 해도 내보이지 않았다.

"그런데 도저히 안 돼요?"

그리고 그렇게 묻는다. 친지석이 아니라 친구석에 앉으면 되고, 부모님에게도 모모 짱은 내 친구로서 참석해주는 거라고 잘 말해둘 테니까, 라고.

모모는 미나코가 싫진 않았다. 아마 당사자는 아니라고 할 테지만—"에? 난 모모 짱보다 훨씬 계산적인데?" 예를 들어 그런 식으로 말하며 어깨를 으쓱해 보이는 모습이 상상된다—, 거짓 없는 사람이라고 모모는 느낀다. 처음 만났을 때부터 그런 느낌을 받았다. 그래도 그 자리에 갈 기분은 아니었다.

"미안해."

그래서 그렇게 말했다.

"미나코 부모님, 나한테 엄청 잘해주셨거든."

어서 와요, 모모 짱, 기다리고 있었어. 이시와를 따라 갈 때마다 그렇게 말하며 맞아주었다. 모모는 이시와 어머니와 함께 부엌에 섰고, 이시와 아버지가 운전하는 차를 타고 근처 마트에 갔다. 두 분 모두 말수가 많은 편이었고, 굳이 말하자면 그 집에선 과묵한 이시와보다 그 부모님과 더 많은 이야기를 나누었다.

"아쉽네."

미나코는 어깨를 으쓱한다.

"모모 짱이 와준다면 엄마 아빠도 기뻐할 텐데."

의기소침해하지 않고 말을 이은 미나코는 점심시간이 짧았던 것을 다시금 사과하며 자리에서 일어난다.

"그럼, 나중에 따로 축하하기로 해요? 오빠랑 같이."

끝으로 그런 말을 했다.

손을 흔들며 보내고 모모는 혼자 남겨진다. 평일보다 사람이 적은, 통유리라서 밝은, 메뉴가 적힌 칠판이 커다란, 학교 식당처럼 어수선한 카페에.

콩 샐러드를 뒤적이며 모모는 이시와를 생각했다. 오늘 저녁에 만날 사바사키도. 언제까지일까. 그리고 생각한다. 언제까지 이런 짓을 해야 하는 걸까. 그렇다기보다, 어째서 인간은 꼭 누군가를 선택해야만 하는 걸까.

돕겠다고 말한 건 사바사키였다. 그때는 망설였지만, 막상 아무도 없는 본가에 와보니 사바사키가 있어주는 것이 고마웠다. 알고 있었던 일인데 집에 아무도 살고 있지 않다는 것만으로 슬픔이 거의 물리적으로 — 가슴에서 목으로, 등줄기로 — 복받쳐 눈물이 날 것 같았다.

"작년까지는 엄마 남자 친구가 살아줬는데."

사바시키에게 설명했다.

"남자 친구?"

창을 전부 열어젖히고 집 안 공기를 환기시키면서 사바사키가 말했다.

"제법이시네, 어머니."

어땠는지는 모른다. 모르지만, 그 말에 히비키는 마음이 조금 편해진다.

"어디부터 손을 댈까?"

묻기에 지체 없이 대답했다.

"부엌부터."

엄마와 야마구치의 생활의 장이었던 다다미방은 이미 정리되어 있고, 창고로 변한 옆방은 너무 무섭기 때문이다.

"따로 간직해두고 싶은 것들은 대충 정해놨어. 빨리빨리 해치워버리자."

거지반 스스로를 다독이는 듯이 히비키는 밝은 목소리를 낸다. 역 근처 편의점에서 사온 작은 페트병에 든 엽차를 사바사키에게 하나 건네고, 하나는 따서 한 모금 마셨다. 추워서 둘 다 코트를 그대로 입은 채였다.

엄마가 돌아가셨을 때 통장과 보험증권, 집 등기권리증 같은 건 하야토가 집으로 챙겨갔다. 따라서 오늘은 개인적인 것, 아무도 없는 집에 놓아두고 싶지 않은 유품이라든지 가족의 추억이 담긴 물건들을 골라내러 온 것이다.

"그런 일은 혼자 하는 거 아니에요."

사바사키는 그렇게 말했다. 지난주, 오늘 일을 전화로 이야기했을 때. 히비키는 놀랐다. 혼자 하는 수밖에 없다고 생각했기 때문이다. 아이들을 달고 오면 일에 진전이 없을 게 뻔했고, 하야토가 아이들을 봐줘야 했다. 게다가 이건 히비키 자신의 문제다.

"도울게요. 같이 가요."

사바사키는 주장을 굽히지 않았다.

"절대, 누군가 같이 있는 게 낫다니까."

툇마루 너머로 보이는 마당은 검은 흙바닥이 드러나 있다. 하긴 엄마가 살아 있을 무렵에도 이 마당에 별다르게 손길이 닿았던 건 아니지만.

부엌은 금세 끝났다. 파란 컷글라스 한 세트와 작은 오리베 접시 다섯 장, 큰 아카에 사발 하나. 골라낸 그것들을 둘이서 다다미방으로 옮긴다. 이렇게 옮겨놓은 것들을 다음 휴일에 하야토가 차로 가지러 와주기로 되어 있었다. 그것 말고도 온갖 것에 추억이 깃들어 있었지만 히비키는 보고도 못 본 체했다. 집에 가져가봤자 넣어둘 곳도 없다.

"다음은?"

사바사키가 웃는 낯으로 묻는다.

"옆."

히비키는 벽을 가리켰지만, 엄마가 돌아가신 후로 발을 들여놓지 않은 그 방에 들어가기가 두려웠다.

"잠깐만."

복도에서 히비키는 사바사키의 팔을 붙잡았다.

"여기, 정신없거든. 우리 엄마는 정리 정돈이 서툴러서 뭐든 쟁여 둬버리니까."

의미 없는 말이라는 건 알고 있었다. 이곳에는 아버지 유품도 있다. 돌아가신 지 20년이 넘었는데도 양복이며 모자가 지금껏 윗미닫이틀에 걸려 있다(적어도 히비키가 마지막에 봤을 때는 그랬다).

"보나마나 먼지투성이일 테고."

스스로 생각해도 참 못났다 싶지만, 추억이 깃든 물건들을 대면하고 그중 대부분을 버려둬야 한다고 생각하니 발이 떨어지지 않았다.

"괜찮아요."

미소를 머금은 목소리와 동시에 사바사키가 양팔을 둘러 격려하듯이 아주 잠깐 히비키를 안았다. 사바사키의 다운재킷에서 공기가 푸슉 빠져나간다. 두른 팔은 금세 풀렸다.

"중요한 게 잔뜩 있어 보이네요."

사바사키가 장지문을 열고 말한다.

"화로! 추억의 물건이다"

라고도.

"어? 히비키 짱 거?"

이번에는 세탁소 비닐이 씌워진 채 아버지의 양복 옆에 걸려 있는 세일러복을 가리키며 물었다.

"이러면 안 되는데, 미안해."

히비키는 울먹이는 소리로 말했다.

"싫다, 진짜, 바보 같네, 이 나이 먹고. 나, 정말 눈물샘이―"

다시 한 번 끌어당겨져 안겼다.

"괜찮아요."

다시 한 번 그 목소리를 들었다. 이번 포옹은 길고, 힘 있고, 부드러웠다. 히비키는 흐느끼면서 창피해서 울다 웃는다.

"미안해, 나도 바보 같다는 거 알아."

사바사키의 가슴에 입이 눌려 있는 탓에 띄엄띄엄 이어지는 말이 더한층 뭉개졌다.

어째서일까, 하고 히비키는 생각한다. 어째서 이렇게 안심이 되는 걸까. 남편도 애인도 아닌 남자의 품 안에 있는데.

안녕하세요, 하는 목소리가 들렸다. 아주 짧은 공백에 이어 사바사키가 팔을 푼다.

"실례합니다, 누구 계세요?"

2층의 여대생들 중 한 명의 목소리임을 알았다. 매번 자기 아이들과 놀아준 여학생 말고 또 다른 여학생. 야마구치에게 일자리를 소개했다는—.

"네에."

대답을 하고, 젖은 얼굴을 대충 손으로 닦으며 복도로 나간다. 현관에는 아무도 없다.

"아, 안녕하세요."

여대생은 마당에 서 있었다. 열어놓은 다다미방 유리문 앞에.

"안녕하세요."

히비키는 웃는 낯을 보였다.

"다행이다—. 아무도 없는 줄로만 알고 있다가 깜짝 놀랐어요. 야마구치 씨가 돌아오셨나 싶기도 하고."

여대생은 그렇게 말하고 나서 히비키의 얼굴 — 부은 듯 빨갛고, 아마도 아직 젖어 있는 — 을 알아차리고 묻는다.

"괜찮으세요?"

"물론 괜찮아요. 엄마 유품을 정리하던 중이었어요."

설명하자, 아아, 하고 납득한다.

"힘들죠, 그런 일"

이라고 했다.

"아."

여대생이 목소리를 내고 목례를 하기에 돌아보니 사바사키가 서 있었다.

"앨범은 가져가는 거죠?"

라고 한다.

"가져가야지. 몇 권이나 돼서 놔둘 곳이 마땅치 않지만."

히비키가 대답했다. 누구냐고 물으면 친척이라고 대답할 생각이었는데 여대생은 아무것도 묻지 않았다.

"그럼, 전 아르바이트가 있어서."

고개를 꾸벅 숙인다.

"유품 정리, 힘내세요."

히비키는 유리문을 닫는다.

"스캐너를 사서 데이터로 만들어버리는 건?"

사바사키가 말한다.

"시디로 구워버리면 자리 차지하지 않고도 보존해둘 수 있어요."

무슨 말인지 이해가 가지 않았다.

"응? 다시 한 번 말해봐."

돌아보는데 다시 끌어안기고, 이번엔 입술도 포개지고 말았다.

사바사키가 같이 가줘서 정말 많은 도움이 됐어. 히비키는 나중에 모모에게 그렇게 보고할 생각이었다. 그랬는데, 이제 보고할 수 없게 돼버렸다고, 머리 한구석으로 생각했다.

택배 편으로 도착한 상자를 내려다보며 미사코는 현관에 선 채 움직일 수가 없었다. 상자에는 오후 두 시부터 네 시 사이에 배달되도록 지시하는 둥근 스티커가 붙어 있었다. 품명, 귤. 전표에 볼펜으로 눌러 쓴 낯익은 글씨.

정말 보낼 줄이야.

미사코는 믿을 수가 없었다. 사람을 우습게 보는구나 싶었다. 되돌려 보낸다는 선택지가 우선 떠올랐지만, 그건 그것대로 에너지가 소모되는 일이었다. 그 사람에게 의외로 나쁜 의도는 없을 거란 생각이 뒤이어 떠오르고, 그런 식으로 생각하기 때문에 내가 이렇게 업신여김 당한 거라고 고쳐 생각한다.

"며칠 내로 보낼게."

야마구치는 분명히 그렇게 말했다. 2주 전, 미사코가 주소에만 의지해 시즈오카까지 찾아갔을 때 일이다. 만날 생각은 없었다. 멀리서 보고만 오자. 처음엔 그럴 생각이었다. 딸한테 상대 여자가 이미 죽었다는 이야기를 전해 들었을 때 미사코는 남편이 집을 나갔을 때보다 더한 충격을 받았다. 그때는 적어도 분노의 감정으로 자신을 지킬 수 있었고, 인터넷 채팅 따위로 만난 여자와 어차피 오래 갈 리 없다며 우습게 볼 수도 있었다. 하지만 그 여자는 이미 1년 전에 죽었고 그런데도 남편은 돌아오지 않았다. 요컨대 여자에게 정신이 팔렸던 게 아니라 미사코와의 생활에서 도망치고 싶었던 거다. 딸을 내세워 돈을 구걸하면서까지.

택배 상자는 테이프가 아니라 스테이플러로 마감되어 있다. 굵고 튼튼한 적동색 금속 심으로. 미사코는 부엌에서 요리용 가위를 들고 나와 스테이플러 심 밑에 끼워 넣었다. 위를 향해 힘을 실어보지만 심이 휘어졌을 뿐이다. 스테이플러 심을 제거하지 않은 채 상자 뚜껑의 한쪽을 힘껏 잡아당겼다. 심이 박힌 자리에서 두꺼운 골판지가 찢어지고 다음 순간, 심 세 개가 한꺼번에 빠지면서 뚜껑이 열렸다. 터덕, 으로도 드득, 으로도 들리는 소리를 내며.

안에는 물론 귤이 들어 있었다. 종류도 크기도 잡다한, 정말이지 이제 막 딴 것처럼 몇 개는 잎사귀가 달린 채. 상자 안은 바깥보다 어둡고, 손을 넣자 서늘했다. 별도의 편지 같은 것은 없었고, 그 점에 미사코는 마음 깊이 안도한다. 소리를 들었는지 어느새 곁에 와 있던 아르고의 목을 끌어안아 안심시켰다.

"귤이야. 그냥 귤."

오랜만에 만난 야마구치는 다소 야윈 것도 같고 좀 그을려 보이기도 했지만 그 외에는 일찍이 미사코의 남편이었던 남자와 똑같은 외모에 똑같은 목소리를 지닌, 거의 낯선 남자였다. 낡아 보이긴 했지만 정돈된 집 안을(노상 어지르기만 하고 TV 리모컨 하나 제자리에 갖다놓을 줄 모르는 남자였는데) 가뿐하게 돌아다니고(거실 바닥에 온종일 드러누워 꼼짝하지 않는 남자였는데), 일부러 찻잔까지 데워가며 녹

차를 내주었다(부엌 근처에는 가지도 않던 남자였는데). 그리고 그 식
탁—. 소박한 것들뿐이었지만 차려놓은 반찬 가짓수가 꽤 많았다.
맥주잔이 두 개 나와 있고 그중 하나는 여자의 사진 앞에 놓여 있었
다. 그때 일을 떠올리는 것만으로도 가슴이 술렁인다. 사진 속에서
몸집이 작은 평범하기 짝이 없는 얼굴의 여자가 웃고 있었다. 마냥
즐거운 듯이.

미사코가 느낀 것은 굴욕이었다. 심장이 차가워지는 듯한 그것은
굴욕이었고, 야마구치를 힐난하지 않고는 견딜 수 없었다. 당신은 최
악이야. 그렇게 욕을 퍼부었다. 놀랍게도 야마구치는 동요하는 기색
없이 대답했다.

"뭐야, 그거였어?"

라고,

"알고 있었어, 그런 줄"

이라고, 엷은 미소마저 띤 채. 다툼이 끊이지 않던 부부였기에 미
사코가 야마구치를 힐난하는 것도 욕하는 것도 처음은 아니었지만,
야마구치가 대답을 한 건 그때가 처음이었다. 예전에는 뚱하니 입을
다물고 있거나 그렇지 않으면 이리저리 둘러대거나 발뺌하는 게 일
상다반사였다. 낯선 남자다. 그렇게 생각했다. 나는 이 사람에 대해
아는 게 전혀 없었다. 그리고 그 순간에 엄습한 상실감에서 미사코는
지금도 빠져나오지 못하고 있다.

바닥에 털썩 주저앉은 자세로 아르고의 따스한 목덜미에 얼굴을
묻는다. 강아지 특유의 풋콩 비슷한 냄새를 들이마시고 나서 아르고

를 놓아주었다. 젖빛유리 너머로 사라수 가지와 푸른 잎이 보인다. 후련하다. 미사코는 그렇게 생각하려 한다. 우리가 같이한 계절은 끝났다. 더 이상 미워하지 않아도 되고, 사랑하려고 애쓰지 않아도 된다. 후련하다. 그렇게.

사바사키는 귀를 의심했다.

"설마."

그것이 불쑥 입을 타고 나온 말이다. 하지만 나라하시와 요우가 남녀 사이라는 건, 듣고 보니 납득이 간다고 할까, 오히려 "역시"라고 해야 할 일인 듯한 기분도 들었다.

"진짜야."

모모는 이어서,

"벌써 2년 됐대"

라고 말했다.

"깜짝 놀랐어"

라고 작은 목소리로. 모모 말에 의하면 미쿠가 가출한 그 일요일, 요우가 사는 게스트하우스에서 자매가 '곤드레만드레' 취해 있는데 2층에서 나라하시가 내려왔단다. 2층 '천상의 동굴'에서.

"뭔가, 생생하달까, 보고도 믿기지가 않았어."

모모는 그렇게 말하고 난감한 듯한 표정으로 웃었다.

"요우 언니에게 좋아하는 사람이 생겼다는 건 반가운 일이지만."

"그렇지."

대답하고 사바사키는 순대를 하나 입에 넣는다. 선로변의 중화요리점은 최근 발견한 마음에 드는 가게다.

나라하시의 아내를 사바사키는 알고 있다. 원래 그 부부의 약혼 축하(겸 나라하시의 귀국 축하) 자리에 마침 있었던 것이 인연이 되어 그가 운영하는 구두회사에 취직한 것이다. 사십 대지만 소녀라기보다 소년 같은 귀여운 여자인 그녀는 사장 부인인 동시에 가게의 스태프 중 한 사람이다. 그것도 유능한.

"알 수가 없어, 사람이란."

사바사키가 말했다.

오늘 모모는 복잡한 배색의 스웨터를 입고 있다. 오렌지색을 비롯해 노랑, 분홍, 주황, 연녹색 따위가 섞인 부드러워 보이는 스웨터로 피부가 하얀 모모에게 잘 어울린다.

"좀 오랜만이네, 모모 짱이랑 만나는 거."

만나서 기쁘다고, 콸콸 솟구치는 기분 그대로 그렇게 말하자,

"히비키만 만나니까 그렇지"

하고, 놀리는 듯한 투의 대답이 즉각 돌아왔다.

"그건 그래."

사바사키는 인정한다. 히비키와는 만나는 것뿐만 아니라 잠도 자 버렸다. 히비키의 돌아가신 어머니 집에서.

한 걸음만 내딛으면 된다고 사바사키는 염원한다. 그녀가 본래의 그녀를 되찾기 위한 한 걸음. 하지만 모모와 같이 있을 때는 전혀 다른 공기가 흐른다. 눈을 감아도 느껴질 만큼 확실하고, 그립도록 자

연스러운 공기가.

"이거, 맛있다."

모모가 가리킨 것은 슈마이*였다. 나무 찜통에서는 아직 뜨거운 김
이 피어오르고 있다. 모모는 낮에 이시와의 여동생을 만났단다. 결혼
날짜가 잡혀서 안심했다더라고. 타이완 맥주가 두 병 다 비었기에 사
바사키는 사오싱주를 주문한다.

"하지만 결혼이 곧 해방으로 이어지는 건 아냐."

모모가 말했다.

"해방?"

"그렇잖아, 나라하시 씨는 결혼했고, 히비키도 그렇고. 하지만 두
사람 다 다른 상대와 다른 일을 저지르고 있어."

사바사키는 씁쓸하게 웃는다.

"나라하시 씨는 둘째 치고, 히비키 짱은 아무 일도 저지르지 않으
려 하고 있어."

나온 잔 두 개에 얼음을 넣었다.

"다를 거 없어."

모모는 잘라 말한다. 사오싱주 잔을 건네자 그대로 까랑, 하고 얼
음 소리를 내며 한 모금 마시고 — 모모의 희고 가는 목에 사바사키
는 마음을 빼앗겼다 — 나서 말한다.

"다들 언제까지 이런 짓을 하려나."

•   중국식 찐만두의 일종.

눈가에 미소를 띠고 웃는다. 입이 아니라 눈가에 미소를 띠는 모모의 웃는 방식이 사바사키는 좋다.

"이런 짓이라면, 데이트? 섹스? 이성 교제?"

토요일인 데다 거리도 가까워서 이후에는 아마도 모모네 집으로 가게 될 거라고 생각하면서 묻자,

"그 전부"

라는 대답이 돌아왔다.

"생각에 잠기거나, 갑자기 쓸쓸해지거나, 불안해지거나"

하고 말을 잇는다. 사바사키가 거들었다.

"누군가가 보고 싶어지거나, 목소리가 듣고 싶어지거나, 그런 생각이 든 것에 놀라거나, 행동하고 후회하거나?"

"그래, 맞아, 그거야."

모모는 웃었다. 쾌활하다고 하기에는 체념이 너무 섞인, 하지만 우습다는 듯한 목소리와 표정으로.

벽에 메뉴가 빽빽이 붙어 있는, 빨강색과 금색으로 화려하게 내부를 꾸민 가게 안은 좁고, 빈자리 없이 꽉 차서 시끌시끌하다. 오랜만에 만난 탓인지 모모의 표정 하나하나, 몸짓 하나하나가 신선해 보였다. 신선하게 그리고 정겹게.

"오늘 있지, 미나코 만나면서 든 생각인데."

메뉴판을 펼치고 추가할 요리를 물색하면서 모모가 말한다.

"나랑 사바사키는 닮은꼴 동지인 것 같아."

오늘 밤 모모는 예전의 모모 같다고 사바사키는 생각한다. 처음 만

났을 무렵의, 아직 이시와의 애인이었던 무렵의 모모.

"몰랐어?"

"알고 있었어."

그 대답에 사바사키는 안심한다. 얼른 가게를 나가고 싶은 심정이었다. 가게를 나가면 오랜만에 길거리에서 모모를 꽉 껴안아야지 하고 마음먹는다. 모모는 웃을 것이다. 연인으로서가 아니라 공범자로서.

두 딸들 사이에서 에이스케는 기분이 좋다. 적어도 오늘 밤에 한해서는 그 점이 가장 중요하다고 유키는 생각하려 한다. 요리는 나무랄데 없이 잘됐고, 오랜만에 가족이 다 모여 에이스케의 일흔두 번째 생일은 떠들썩한 밤이 되었다. 그러니 그 외의 일 — 오늘 밤 갑자기 맞닥뜨린, 유키로서는 이해도 승복도 하기 힘든 몇 가지 사건 — 에 대해선 나중에 생각하자. 나중에 아니면 내일.

실제로 유키는 녹초가 되었다. 이미 며칠 전부터 생일 준비에 매달린 데다 요 몇 시간 동안의 대화와 술과 놀라움과 음악 등으로 에너지가 완전히 방전돼버렸다.

"뒷정리는 우리가 할 테니 어서 앉아주세요."

남자들이 시키는 대로 에이스케와 딸들이 앉아 있는 소파에서 조금 떨어진 흔들의자 — 이 집을 지었을 때 에이스케가 선물한 의자다. 이후 가족들 사이에서는 '엄마 자리'가 되어 있다 — 에 앉아 와인잔을 손에 들었지만 부엌이 신경 쓰였다. 이 집 부엌에 남자가 서 있다는 것 하나만도 믿을 수 없는 일이었다. 에이스케는 젊었을 적에 자주 손님을 초대했다. 학교 때 친구며 요트 동료, 클리닉 직원. 여행지에서 만났다는 거의 낯선 사람들을 초대한 적도 있다. 딱 오늘 밤처럼 떠들썩했다. 그런 밤이 유키는 좋았지만, 손님에게 설거지를 시킨 적은 단 한 번도 없다. 당연하지 않은가. 하지만 오늘 밤은―. 이도 저도 다 평소와는 사정이 달랐다.

모모가 전화로 친구를 데려오고 싶다고 말한 게 나흘 전이었다. 어떤 친구? 묻자, 요우 언니 남자 친구랑 내 남자 친구, 라고 설명했다.

"요우 남자 친구?"

되묻고, 유키의 사고는 거기서 거의 멈춰버렸다.

"좋지. 데려오렴."

대답했지만, 자신의 귀에조차 딱딱하게 굳은 목소리로 들렸다.

"여보."

에이스케가 부르기에 가만 보니 와인 병을 내밀고 있다. 남편은 소파에 앉은 채 팔을 뻗어 유키의 빈 잔에 ― 아무리 봐도 닿지 않는 거리인데 ― 더 따라주려는 모양이다.

"어머나, 고마워요."

유키는 황급히 다가갔다.

"유쾌하지 않아?"

에이스케가 말한다.

"이렇게 유쾌한 밤은 오랜만이야."

유키는 부정하지 않았다. 에이스케는 취해 있다. 취한 사람을 상대로 본심을 말하는 건 어리석은 짓이다.

"다행이다. 우리도 유쾌해요."

모모가 그렇게 말하고, 동의를 구하는 듯이 언니를 본다.

"그러네."

요우는 애매하게 대답하고 유키를 보았다. 안색을 살피는 건지 아니면 재미있어 하는 건지, 딸의 표정으로는 판단이 서지 않는다. 그렇다 해도―.

"너희도 가서 거드는 게 어떻겠니?"

유키가 말했다.

"그렇게 앉아서 TV만 보지 말고."

TV를 보고 있는 건 에이스케뿐임을 알고 있었지만, 채근하자 모모 혼자 "네에" 하고 자리에서 일어나 물소리가 나는 쪽으로 간다.

"넌?"

"방해라고 봐. 비좁은 장소에 네 사람씩 있어봤자."

어이없게도 모모는 이내 돌아왔다.

"아빠 엄마 곁에 가 있으래. 곧 끝난다고."

에이스케가 웃었다.

"꽤 괜찮은 남자를 잡았구나."

유키는 속으로 한숨을 쉬고, 이 사람은 취했다고 다시 한 번 자신을 다독인다. 그렇게 하지 않으면 기뻐할 수가 없는 것이다. 요우도 모모도 결혼할 생각은 없다고 분명히 말했기 때문에("하지만, 사귀고 있잖니?" 물론 유키는 그렇게 물었다. "사귀고 있지. 그러니 걱정 마요"라고 모모가 대답하고, "사귀고 있다고 봐, 아마도"라고 요우도 대답했다. 나란히 천연덕스럽게).

분명 둘 다 느낌이 괜찮은 청년들임은 인정하지 않을 수 없을 것이다. 예의 바르고, 화제에 상관없이 대화에 참여할 만한 지성도 갖추었다. 유키가 손수 만든 요리에 기분 좋은 식욕을 발휘해주었고, 실제로 음반을 걸어놓고 이야기하는 에이스케의 지휘자론에도 끈기 있게 귀를 기울여주었다. 하지만 유키가 제대로 이해한 거라면(잘못 들은 건지도 모른다고 유키는 아직 기대하고 있었다), 한 회사의 사장과 사원이라는 이 남자들 중 하나는 유부남이고, 하나는 '아직 매인 몸이 될 생각은 없다'고 할 만큼 어리다.

통 모르겠다. 유키는 딸들 — 술기운 탓인지(저마다의 남자의 존재 때문에?) 두 뺨에 홍조를 띤 채 평소 유키 앞에서는 좀처럼 보이지 않는 웃는 낯을 종종 보인 딸들, 일찍이 어렸던, 어느새 자라선 저 혼자 큰 줄 아는 버거운 딸들 — 을 보면서 생각한다. 이 아이들은 도대체 어쩔 작정인지. 뭘 하고 싶은 건지. 대체 왜, 자진해서 고독해지려 하는 건지. 정말 유키로서는 도무지 알 길이 없었다.

이제 봄이다.

대문 앞턱이 높아서 매번 자전거를 들이려면 조금 고생스럽지만, 그렇게 들어간 마당 구석에 노란 복수초 꽃이 피어 있는 것을 발견하고 아스미는 생각했다. 작지만 노란빛이 선명한, 그런데도 왜인지 수수한 이 꽃이 아스미는 좋다. 자전거를 벽 앞에 세우고 U자형 자물쇠를 채운다. 그건 그렇고, 여대생들이란 아주 귀찮은 인간들이라고 이미 수차례 생각한 것을, 자신도 그중 하나라는 사실은 당연히 무시하고서 또 생각한다. 부모님과 같이 사는 아이들은 괜찮은데 자신처럼 지방에서 올라와 혼자 생활하는 아이들이 툭하면 연대連帶하고 싶어 하는 것이 아스미는 영 성가시다. 자러 오라는 둥 자러 가도 되느냐는 둥 노상 물어오고, 거절하면 놀란다. "왜?" 그 아이들은 어김없이 그렇게 묻지만, 그거야말로 아스미가 묻고 싶은 말이다. 왜 그딴 걸 해야 하는데?

오후 세 시. 흐리긴 해도 잿빛 하늘에는 어렴풋이나마 한낮의 빛이 섞여 있다. 오늘은 아르바이트가 없는 날이다. 대학은 학년말 방학에 돌입했다. 이 자유! 아스미는 이제부터 만화 삼매경에 빠질 생각이다. 『세인트 영맨』을 1권부터 다시 읽는 거다. 이건 아스미가 최근 빠져 있는 만화이고, 그 전에는 『불가사의한 소년』이었다. 물론 '마이 베스트'는 흔들림 없이 『구구는 고양이다』이지만.

드르륵 소리와 함께 현관문이 열렸을 때 아스미는 또 카즈에 씨의 딸이겠거니 생각했다. 유품 정리니 뭐니. 하지만 나온 사람은 카즈에 씨 딸이 아니라 손녀였고, 아스미를 보더니 노골적으로 실망한 얼굴을 했다.

"쇼코 언니인줄 알았네"

라고 한다.

"아쉽겠구나."

아스미는 그렇게 대답하고 가르쳐주었다.

"그 언니는 이미 자기 집에 갔어. 학점도 다 땄고, 졸업식 때까지는 안 올 듯싶은데."

다른 한 세입자를 말한다. 다음 달이면 이곳을 나가버린다. 그렇게 되면 이 집은 2층이고 1층이고 아스미 말고는 정말 아무도 없게 되고, 그건 아무래도 불안해서 아스미도 이사를 고려하고 있다. 이곳은 마음에 들지만.

"흐음."

손녀는 납득한 듯했지만 실망감을 감추진 못했다.

"쇼코 언니에게 용건이라도?"

물었지만 대답은 없었다.

"엄마, 안에 계시니?"

이번에도 대답이 없다. 아스미는 어깨를 으쓱해 보인다.

"아무렴 어때."

계단으로 향하려는데 뒤에서,

"TV 보여줄 수 있어요?"

하고 물어왔다.

"여기, 전기도 가스도 수도도 이제 다 끊겨서."

그렇게 작은 목소리로 덧붙인다.

"에―, TV?"

만화책을 읽을 때 잡음이 나는 건 싫었다. 그렇더라도 따분해하는 아이를 난방도 안 되는 방에 놔두자니 가엾단 생각이 들어서 말해보았다.

"만화책으로 하자, 빌려줄 테니."

"어떤 만화?"

의아스러운 듯 묻기에,

"여러 가지 있어"

라고 대답했다.

"게다가 2층이 더 따뜻해."

미쿠라는 아이구나, 하는 생각이 문득 들었다. 미쿠는 있지, 나하고도 딸하고도 닮지 않아서 예뻐. 카즈에 씨가 언젠가 그렇게 말했었다. 그 외에도 손주들 이야기를 아스미는 많이 들었다. 누구누구는 심성이 고와, 누구누구는 잠시도 가만히 있질 못하고―.

"그럼, 방에 가 있을 테니까 생각 있으면 올라와. 엄마한테 꼭 말하고?"

아스미가 그렇게 말하자 미쿠는 생긋 웃었다.

"알겠어요. 그렇게 할게요."

미쿠가 바라보고 있는 가운데 아스미는 계단을 올랐다. 익숙할 대로 익숙해진 '내 집' 같은 느낌이 나는 검은 금속 계단. 옛날부터 아이들을 상대하는 건 자신 있다. 적어도 여대생을 상대하는 것보다는 훨씬 낫다.

나 자신의 마음에 아무것도 걸치지 않은,
더없이 솔직해질 수 있는 시간이 필요하다.

치과 의사인 모모는 머지않아 결혼할 거라 여기고 있던 연인과 헤어져 아홉 살 연하의 사바사키와 사귀기 시작한다. 모모의 절친한 친구인 히비키는 아이 넷을 둔 전업주부. 이야기는 히비키 어머니의 갑작스러운 사망과 함께 시작된다.

돌아가신 어머니의 동거남에 대한 대응을 둘러싸고 벌어지는 히비키 부부의 작은 마찰. 모모를 만나면서 히비키에게도 관심을 보이는 사바사키. 마흔이 넘도록 연애니 결혼과는 담을 쌓고 사는 듯 보이는 가난한 프리라이터 요우. 인생 성공의 기준을 '결혼'에 두고 딸들에게선 '남편바라기'라는 비난 섞인 소리를 듣고 사는 유키. 그런 유키와 두 딸을 너그럽게 포용하는 남편 에이스케. 30년 결혼생활을 저버리고 새로운 사람과 동거를 시작한 지 얼마 되지 않아 혼자가 되어버린 야마구치. 꿈꾸던 '혼족'으로서의 일상을 즐기며 주변을 관망하듯 살아가는 여대생 아스미……. 11월부터 시작하여 2월, 5월, 8월, 9월, 11월 그리고 이듬해 2월까지 모모와 히비키를 둘러싼 주변 인물들 간의 잔잔한 듯 격렬한 일상이 펼쳐진다. 특이할 만한 것은 우선 등장인물이 꽤 많다는 점이다. 형제자매, 부부, 미망인, 동거남, 전 부인, 친구, 연인, 내연남 혹은 내연녀, 하숙생, 직장 동료, 게스트하우스 식구들……. 또한, 이 수많은 관계 속 인물 중 많은 이가 화자話者로 등장한다는 점. 다양한 연령대의 다양한 사람들, 어림잡아 열 명이 넘는 인물이 주변인이 아닌 주인공으로서 자신들이 경험하는 일상을, 마음의 민낯을 여과 없이 드러낸다. 하나의 상황이 일단락되면 한 행을 비우고 다음 사람의 상황으로 옮겨가는 방식으로 일정한 순서 없이 화자가 계속 바뀌지만, 누구에게나 쉽게 읽히는 평이한 언어를 따라가노라면 특별한 설명 없이도 인물들 간의 관계 구도가 영상처럼 자연스럽게 머릿속에 그려진다. 등장인물이 많아서 복잡하다기보다는 오히려 이야기가 증폭되어갈수록 생기는 다음 장면에 대한 궁금증과 기대감이 색다른 재미를 안겨준다.

또 한 가지 눈여겨볼 만한 것은 각자의 처지에 따라, 시점에 따라 타인에게 품는 인상이 다 다르다는 점이다. 누군가의 눈에는 처자식을 버리면서까지 새 여자에게 접근한 뻔뻔한 인물이 다른 누군가의 눈에는 그저 어설프고 의기소침한 초로의 남자일 뿐이고, 자신을 무시하고 괴롭히는 오빠가 엄마의 눈에는 그저 다정하고 기특한 아들이고, 요령 없고 고집 세고 반항적이기만 한 딸이 누군가의 눈에는 인정 많고 공정하고 진중한 인물이고, 딸들에게는 가식적이고 독선적인 엄마가 남편의 눈에는 이해심 많고 한결같은 아내이다. 어떻게 얽이든 어느 누구도 이 세상을 혼자서는 살아갈 수 없다는 점에서 위와 같은 엇갈림은 끊임없이 되풀이될 것이다. 끝도 없고 답도 없는…….

그러고 보면 결국 '서로가 서로에게 기대할 수 있는 것은 부분일 뿐'이며 그래서 편리하기도 하고 무섭기도 한 것이 인간관계이지 싶다. 연애도 결혼도 마찬가지가 아닐까. 그 '부분'이 전부인 양 기대어 사랑하다가도 어느 순간 또 다른 '부분'에 절망하여 등을 돌리기도 하는 것을 보면.

분명한 것은 누구든 예외 없이 상황에 따라 감정이 변하고 시점이 변할 수 있기에 그때그때 멈춰 서서 숨을 고르고 내 마음의 바닥을 차분히 들여다봐야 한다는 점이다. 나 자신과 그리고 타인과의 건강한 소통을 위해.

2017년 함박눈이 펑펑 내리는 날

신유희